DATE			

LO QUE ES SAGRADO

Dennis Lehane

LO QUE ES SAGRADO

Traducción de Ramón de España

RBA

23.74
06/13

Título original: *Sacred*
© Dennis Lehane, 1997
© de la traducción, Ramón de España, 2011
© de esta edición: RBA Libros, S.A., 2011
Diagonal, 189 - 08018 Barcelona
rba-libros@rba.es / www.rbalibros.com

Primera edición: enero de 2011

Ref.: OAFI478 / ISBN: 978-84-9867-885-7
Composición: Víctor Igual, S.L.
Impreso por: Liberdúplex
Depósito legal: B-45.702-2010

Para Sheila

«No deis a los perros lo que es sagrado;
no arrojéis vuestras perlas a los cerdos.
Si lo hacéis, puede que las destrocen con sus pezuñas,
y que luego os despedacen.»

MATEO 7:6

PRIMERA PARTE

EL ALIVIO DE LA PENA

1

Un pequeño consejo: si alguna vez seguís a alguien por mi barrio, no vayáis de rosa.

El primer día que Angie y yo detectamos al gordo bajito que nos estaba siguiendo, el hombre llevaba una camisa rosa debajo de un traje gris y un chaquetón negro. El traje era cruzado, italiano, demasiado bonito para mi barrio. ¿Como cuánto de bonito? Pues como varios cientos de dólares por encima del presupuesto de mis vecinos. El chaquetón era de cachemir. Supongo que la gente de mi barrio se puede permitir el cachemir, pero prefieren invertir ese dinero en cinta aislante para enganchar el tubo de escape a sus Chevys del 82, por lo que apenas si les queda lo suficiente para financiarse unas vacaciones en las Seychelles.

El segundo día, el gordo bajito sustituyó la camisa rosa por una blanca más discreta y se deshizo del cachemir y del traje italiano, pero seguía dando el cante, cual Michael Jackson en un centro de día, gracias al sombrero que lucía. Nadie de mi barrio —ni de ninguno de los vecindarios de Boston que yo conozca— lleva en la cabeza nada que no sea una gorra de béisbol o un gorrito de lana. Y nuestro amigo el Fardón, pues así lo habíamos bautizado, llevaba un bombín. Un bombín estupendo, eso sí, pero que no dejaba de ser un bombín.

—Igual es extranjero —comentó Angie.

Miré por la ventana de la cafetería de la Avenida. El Fardón torcía la cabeza hacia abajo y, de repente, se ponía a atarse los cordones de los zapatos.

—Extranjero, ¿eh? —dije—. ¿De dónde exactamente? ¿De Francia?

Angie me lanzó una mirada asesina y se puso a untar queso cremoso en un *bagel* con tanta cebolla que se me saltaban las lágrimas sólo con mirarlo.

—No, idiota. Del futuro. ¿Nunca has visto aquel episodio de *Star Trek* en el que Kirk y Spock aparecen en la Tierra en los años treinta y no saben cómo comportarse?

—No soporto *Star Trek*.

—Pero te suena el concepto.

Asentí y, acto seguido, bostecé. El Fardón estudiaba atentamente un poste telefónico como si nunca hubiera visto uno antes. Puede que Angie estuviera en lo cierto.

—¿Cómo es posible que no te guste *Star Trek*?

—Es fácil de explicar. Lo veo, me aburro y apago la tele.

—¿Y qué me dices de *La siguiente generación*?

—¿Y eso qué es? —pregunté.

—Cuando naciste —atacó mi socia—, seguro que tu padre le dijo a tu madre: «Mira, cariño, acabas de dar a luz a un vejestorio».

—¿Adónde quieres ir a parar? —inquirí.

El tercer día optamos por divertirnos un poco. Cuando nos levantamos por la mañana y salimos de mi casa, Angie fue hacia el norte y yo hacia el sur.

Y el Fardón la siguió a ella.

Pero el Siniestro me siguió a mí.

Nunca había visto antes al Siniestro, y es muy posible que jamás hubiese reparado en él si el Fardón no me hubiese dado motivos para hacerlo.

Antes de salir de casa rebusqué en una caja llena de objetos veraniegos y encontré un par de gafas de sol que suelo llevar cuando el clima permite ir por ahí en bicicleta. Las gafas tenían un espejito enganchado a la izquierda de la montura que se podía extender o plegar y que te permitía ver a tu espalda. No era algo tan molón como los chismes que Q le proporcionaba a Bond, pero me sería de utilidad y ni siquiera tendría que flirtear con la señorita Moneypenny para conseguirlo.

Estoy convencido de que era el primer chaval de mi barrio con un ojo en el cogote.

Vi al Siniestro cuando me detuve de forma repentina ante la entrada de La Despensa de Patty para tomar mi café matutino. Me quedé mirando la puerta como si la carta del establecimiento estuviese colgada en ella, desplegué el espejito y giré la cabeza hasta que reparé en un tipo con pinta de enterrador que había al otro lado de la avenida, junto a la farmacia de Pat Jay. Tenía los brazos cruzados sobre el pecho de gorrión y mantenía la mirada clavada en mi cogote. En las mejillas hundidas lucía unos surcos que parecían ríos, y a media frente le nacía un triángulo de pelo.

Una vez en el interior del bar de Patty, plegué el espejito y me pedí un café.

—¿Te has quedado ciego de repente, Patrick?

Levanté la vista y vi a Johnny Deegan echándome leche en el café.

—¿Cómo dices? —le pregunté.

—Las gafas de sol —aclaró—. En fin, estamos a mediados de marzo y no ha salido el sol desde el Día de Acción de Gracias, Patrick. ¿Te has quedado ciego o es que intentas ir a la última?

—Yo siempre intento ir a la última, Johnny.

Deslizó el café por la barra y me cobró.

—Pues te quedan fatal —sentenció.

Una vez en el exterior, me quedé mirando a través de los vidrios ahumados al Siniestro mientras éste hacía como que se quitaba una mota del pantalón y luego se ponía a atarse los cordones de los zapatos, añagaza ya perpetrada por el Fardón el día anterior.

Me quité las gafas de sol en atención a Johnny Deegan. Bond era un tío muy enrollado, de eso no hay duda, pero nunca había sido visto en La Despensa de Patty. Joder, a ver quién te sirve un Martini con vodka en este barrio. Ni agitado ni removido: pides eso por aquí y sales por la ventana.

Crucé la avenida mientras el Siniestro se concentraba en los cordones de los zapatos.

—Hola —lo saludé.

Se puso de pie y miró alrededor como si alguien lo hubiese llamado desde una cierta distancia.

—Hola —repetí mientras le ofrecía la mano.

La miró y volvió a observar la avenida.

—Caramba —dije—. Observo que, no contento con seguir a la gente de forma chapucera, no andas sobrado de buena educación.

La cabeza giró tan lentamente como la Tierra sobre su eje hasta que sus negros ojillos coincidieron con los míos. Tenía que mirar hacia abajo, pues era más alto que yo, y la sombra de su esquelética cabeza se cernía sobre mi rostro, extendiéndose por los hombros. Y que conste que yo no soy un tío bajito.

—¿Nos conocemos, señor? —Tenía una voz de ultratumba, como si el hombre no viera la hora de regresar al ataúd.

—Por supuesto que sí —le dije—. Tú eres el Siniestro. —Miré a uno y otro lado de la avenida—. Bueno, ¿dónde te has dejado al conde Drácula?

—Señor, usted no es tan divertido como se cree.

Levanté el vaso de café.

—Espera a que me haga efecto la cafeína, Siniestro. Dentro de quince minutos te vas a tronchar conmigo.

Me dedicó una sonrisita de superioridad y los surcos de las mejillas se le convirtieron en desfiladeros:

—Debería ser menos previsible, señor Kenzie.

—No me digas, Siniestro.

Una grúa me arrojó un bloque de cemento a la rabadilla mientras algo con dientes muy afilados me pegaba un mordisco en el cogote. Perdí de vista al Siniestro mientras la acera se levantaba y se dirigía a toda velocidad hacia mi oreja.

—Me encantan sus gafas de sol, señor Kenzie —me dijo el Fardón mientras veía pasar de manera borrosa su cara de goma—. Le quedan la mar de bien.

—Son de alta tecnología —añadió el Siniestro.

Alguien se echó a reír, otro puso un coche en marcha y yo me sentí de lo más estúpido.

Q se habría sentido muy avergonzado.

—Me duele la cabeza —dijo Angie.

Estaba sentada a mi lado, en un sofá de cuero negro, y también tenía las manos atadas a la espalda.

—¿Y usted qué tal, señor Kenzie? —inquirió una voz—. ¿Cómo tiene la cabeza?

—Agitada, no removida —repuse.

Me giré en dirección a la voz, pero mis ojos sólo encontraron una potente luz amarilla envuelta en un halo marrón. Parpadeé y sentí que la habitación se movía un poco.

—Lamento lo de los narcóticos —dijo la voz—. Si hubiera habido otra manera de hacer las cosas...

—No lo lamente, señor —dijo otra voz, que reconocí como la del Siniestro—. No había otra manera.

—Por favor, Julian, dales unas aspirinas a la señorita Gennaro y al señor Kenzie —la voz suspiró tras la dura luz amarillenta—. Y desátalos, haz el favor.

—¿Y si se mueven? —sonó la voz del Fardón.

—Asegúrese de que no lo hagan, señor Clifton.

—Muy bien, señor, lo haré encantado.

—Me llamo Trevor Stone —dijo el hombre de detrás de la luz—. ¿Les dice algo mi nombre?

Me froté las marcas rojas de las muñecas.

Angie se frotó las suyas y respiró un poco del oxígeno de lo que supuse que sería el estudio de Trevor Stone.

—Les he hecho una pregunta.

Miré hacia la luz amarilla:

—Sí, así es. Me parece muy bien. —Me volví hacia Angie—. ¿Qué tal estás?

—Me duelen las muñecas. Y la cabeza también.

—¿Y aparte de eso?

—Estoy de un humor de perros.

Volví a mirar a la luz:

—Estamos de un humor de perros.

—No me extraña.

—Váyase a tomar por culo —le dije.

—Qué ingenioso —dijo Trevor Stone desde detrás de la luz mientras el Fardón y el Siniestro se echaban unas risitas.

—Qué ingenioso —repitió el Fardón.

—Señor Kenzie, señorita Gennaro —dijo Trevor Stone—. Les prometo que no quiero hacerles daño. Supongo que se lo acabaré haciendo, pero sin querer. Necesito su ayuda.

—Ah, vaya —dije incorporándome sobre mis inseguras piernas. Angie siguió mi ejemplo.

—¿Alguno de esos dos merluzos podría llevarnos a casa? —preguntó Angie.

La agarré de la mano porque las piernas se me doblaban y la habitación se inclinaba excesivamente hacia la derecha. El Siniestro me clavó el índice en el pecho con una suavidad tal que casi no lo sentí, y Angie y yo nos desplomamos sobre el sofá.

Cinco minutos más y lo volvemos a intentar, les dije a mis piernas.

—Señor Kenzie —prosiguió Trevor Stone—, si le da por ahí, puede usted tirarse media hora más levantándose del sofá, que nosotros seguiremos derribándole de un plumazo. Así pues, relájese.

—Secuestro —dijo Angie—. Retención forzosa. ¿Sabe de qué estoy hablando, señor Stone?

—Sí, lo sé.

—Muy bien. ¿Es consciente de que, en ambos casos, se trata de delitos federales que conllevan unas penas bastante serias?

—Mmmm —susurró Trevor Stone—. Señorita Gennaro, señor Kenzie, ¿hasta qué punto son conscientes de su propia mortalidad?

—Ahí ha habido sus más y sus menos —reconoció Angie.

—Me consta.

Angie alzó las cejas en mi dirección y yo hice lo propio en la suya.

—Pero esos más y esos menos son lo que usted dice: meros sustos que vienen y van. Ahora los dos están vivos, son jóvenes, albergan unas expectativas razonables de seguir en la tierra treinta o cuarenta años más. Pero el mundo —con sus leyes, sus hábitos y costumbres, sus sentencias obligatorias para delitos federales— les vigila. Por el contrario, yo ya no tengo ese problema.

—Es un fantasma —le susurré a Angie, quien me dio un codazo en las costillas.

—Tiene razón, señor Kenzie —dijo él—. Mucha razón.

La mitad superior de su cabeza parecía tallada en roble claro: las pobladas cejas arrojaban sombra sobre unos duros ojos verdes, una nariz aguileña, unos pómulos pronunciados y una piel del color de las perlas.

La mitad inferior, por el contrario, se había hundido en sí misma. La mandíbula se había desplomado a ambos lados y los huesos parecían habérsele fundido en el interior de la boca. El mentón, reducido a la mínima expresión, apuntaba directamente al suelo, envuelto en una gomosa capa de piel, y la boca había perdido cualquier asomo de forma: sus cerúleos labios flotaban en esa descontrolada estructura como una ameba.

Tanto podía tener cuarenta años como setenta.

Vendas del color de la piel le cubrían la garganta a retales húmedos como verdugones. De pie tras el macizo escritorio, se apoyaba en un bastón de caoba con un puño dorado en forma de cabeza de dragón. Los pantalones a cuadros grises flotaban en torno a sus delgadas piernas, pero la camisa de algodón azul y la chaqueta de lino negro se ceñían a un pecho fuerte y a los hombros como si los hubiera llevado toda la vida. La mano que empuñaba el bastón parecía muy capaz de desintegrar pelotas de golf con un mero apretón.

Se irguió un poco más y, aguantándose en el bastón, se nos quedó mirando.

—Contémplenme bien —dijo Trevor Stone—, y luego les explicaré algo sobre lo que es la pérdida.

2

—El año pasado —dijo Trevor Stone—, mi mujer regresaba a casa en coche de una fiesta en el club Somerset de Beacon Hill. ¿Les suena el lugar?

—Nos pasamos la vida ahí —ironizó Angie.

—Ya. Bueno, el caso es que el coche se averió. Yo estaba saliendo de mi despacho en el centro cuando ella me llamó, y fui a recogerla. Es curioso.

—¿Qué es curioso? —pregunté.

Parpadeó:

—Sólo pensaba en lo poco que habíamos hecho eso precisamente. Ir juntos en coche. Una consecuencia de mi entrega al trabajo. Algo tan sencillo como pasar juntos veinte minutos en un coche era algo que apenas hacíamos media docena de veces al año.

—¿Qué ocurrió? —se interesó Angie.

Stone se aclaró la garganta:

—Al salir del puente Tobin, otro coche intentó sacarnos del camino. Atracos de carretera, creo que los llaman. Yo acababa de comprar el vehículo —un Jaguar XKE— y no estaba dispuesto a dárselo a una pandilla de matones convencidos de que desear algo equivale a tenerlo. Así que...

Miró por la ventana durante unos breves instantes, intuyo que perdido en el recuerdo del metal crujiendo y el motor chirriando, del aroma del aire de esa noche.

—El coche volcó hacia el lado del conductor. Inés, mi mujer, no podía dejar de gritar. Entonces no me di cuenta, pero resulta que se le había roto el espinazo. Los salteadores estaban enfadados porque había destruido el coche que ya consideraban suyo. Mientras yo intentaba mantenerme consciente, mataron a Inés a tiros. Le disparaban al coche sin parar y yo encajé tres balazos. Curiosamente, ninguno de ellos afectó a zonas mortales, pero una bala se me alojó en la mandíbula. Luego, los tres tipos intentaron prenderle fuego al vehículo, pero nunca se les ocurrió agujerear el depósito de gasolina. Al cabo de un rato, se aburrieron y se marcharon. Y yo me quedé allí tirado, con tres balas en el cuerpo, varios huesos rotos y el cadáver de mi esposa al lado.

Habíamos dejado atrás el estudio, donde se habían quedado el Siniestro y el Fardón, y trastabillado hasta la sala de esparcimiento —o de juegos, o como quiera que se diga— de Trevor Stone, una habitación del tamaño de un hangar para aviones en la que había una mesa de billar y otra de *snooker*, una diana para dardos clavada en la pared de madera de cerezo, una mesa de póquer y una pequeña zona verde en una esquina para ensayar lanzamientos de golf. Una barra de caoba recorría la parte este de la sala, y sobre ella colgaban vasos suficientes como para abastecer las juergas de los Kennedy durante un mes.

Trevor Stone se sirvió dos dedos de whisky de malta. Luego inclinó la botella en mi dirección y en la de Angie, y ambos declinamos la oferta.

—Los hombres —unos muchachos, en realidad— que cometieron el crimen fueron detenidos y condenados con bastante rapidez. Hace poco empezaron a cumplir cadena perpetua en Norfolk, y supongo que hasta ahí puede llegar la justicia. Mi hija y yo enterramos a Inés y eso sería todo, a excepción de la pena que sentimos.

—Pero... —apuntó Angie.

—Al sacarme la bala de la mandíbula, los médicos dieron con los primeros síntomas de un cáncer. Y a base de hurgar lo acabaron localizando en mis nódulos linfáticos. Creen que también se ha extendido a los intestinos. Y poco después de eso, estoy convencido de que se quedarán sin cosas que extirpar.

—¿Cuánto le queda? —le pregunté.

—Seis meses. Eso dicen ellos, pero mi cuerpo me dice que cinco. En cualquier caso, no llegaré al otoño.

Giró en su silla y miró por la ventana hacia el mar una vez más. Seguí su mirada y observé la curva de una ensenada rocosa al otro lado de la bahía. La ensenada se retorcía hasta acabar en algo que recordaba a las pinzas de un bogavante. Contemplé la parte central hasta encontrar un faro reconocible. La casa de Trevor Stone se alzaba en un peñasco en medio de Marblehead Neck, una mellada franja en el paisaje de la Costa Norte de Boston en la que las casas costaban algo menos que un pueblo entero en cualquier otro sitio.

—La pena —dijo— es carnívora. Se alimenta tanto si estás despierto como si no, tanto si la combates como si te rindes a ella. Se parece mucho al cáncer. Y un buen día te levantas y ves cómo ha engullido todas las demás emociones: la alegría, la envidia, la avaricia y hasta el amor. Y te encuentras a solas con la pena, desnudo ante ella, convertida en tu dueña.

Entrechocaron los cubitos de hielo de su vaso, y él se los quedó mirando.

—No tiene porqué ser así —dijo Angie.

Stone se dio la vuelta y le sonrió con su boca de ameba. Los labios blancos temblaban contra la carne destruida y los huesos pulverizados de la mandíbula. La sonrisa apenas tardó en desvanecerse.

—Usted está familiarizada con la pena —dijo en voz baja—. Lo sé. Perdió a su marido. Hace cinco meses, ¿no?

—Ex marido —dijo Angie mirando el suelo—. Así es.

Hice ademán de darle la mano, pero ella negó con la cabeza y apoyó la suya en el regazo.

—Leí todo lo que salió en la prensa —dijo Stone—. Hasta me leí aquel terrible librote que publicaron. Ustedes se enfrentaron al mal. Y ganaron.

—Fue espantoso —le dije, aclarándome la garganta—. Créame.

—Es posible —dijo él mientras sus duros ojos verdes buscaban los míos—. Puede que lo fuese para ustedes dos, pero piensen en todas esas futuras víctimas a las que salvaron de esos monstruos.

—Señor Stone —intervino Angie—. Con el debido respeto, no nos hable de eso.

—¿Por qué no?

Angie levantó la cabeza:

—Porque usted no sabe nada al respecto y acabará por decir estupideces.

El hombre acarició levemente el puño del bastón antes de inclinarse hacia mi socia y tocarle la rodilla con la otra mano.

—Tiene usted razón. Discúlpeme.

Y Angie acabó sonriéndole de una manera que no le había visto con nadie desde la muerte de Phil. Como si ella y Trevor Stone fueran viejos amigos. Como si ambos vivieran en sitios a los que no llegasen ni la luz ni la bondad.

—Estoy sola —me había dicho Angie un mes atrás.

—No, no lo estás.

Estaba tumbada en un colchón que habíamos extendido en el salón de mi piso. Su cama y la mayoría de sus pertenencias seguían en su casa, en la calle Howes, porque se veía incapaz de volver a entrar en el sitio en el que Gerry Glynn le había disparado y donde Evandro Araujo, tirado en el suelo de la cocina, se había desangrado hasta morir.

—No estás sola —le dije abrazándola desde atrás.

—Sí que lo estoy. Y eso no va a cambiar por mucho que me abraces y me quieras.

Dijo Angie:

—Señor Stone...

—Trevor.

—Señor Stone —insistió—, entiendo perfectamente su dolor. Se lo aseguro. Pero nos ha secuestrado. Usted...

—No se trata de mi dolor —la interrumpió—. No, no. No me refería a mi pena.

—¿A la de quién, entonces? —le pregunté.

—A la de mi hija, Desirée.

Desirée.

Dijo su nombre como si formara parte de una oración.

Cuando estaba bien iluminado, su estudio era un santuario dedicado a su hija.

Donde antes sólo había visto sombras, encontraba ahora fotos y pinturas de una mujer en prácticamente todos los estadios de su vida: desde que era un bebé hasta que entró en la escuela primaria, fotos de cuando iba al instituto, imágenes de su graduación universitaria. Polaroids vetustas y chapuceras enmarcadas en madera de teca. Una foto improvisada de ella con una mujer, que evidentemente era su madre, parecía haber sido tomada en una barbacoa en el jardín mientras ambas estaban junto a una parrilla, con un plato de papel en la mano, ajenas al objetivo de la cámara. Era un momento intrascendente, borroso por los extremos, plasmado sin pensar en la presencia del sol, que arrojaba una sombra oscura sobre la lente del fotógrafo. Era de esas fotos que si no las enganchabas en el álbum todo el mundo lo comprendería. Pero en el estudio de Trevor Stone, enmarcada en plata de ley y aupada a un estilizado pedestal de marfil, adquiría un carácter divino.

Desirée Stone era una mujer hermosa. Su madre, según deduje de varias fotografías, era de origen latino con toda probabilidad, y la hija había heredado el cabello espeso y del color de la miel, las gráciles líneas del cuello y de la mandíbula, una bella estructura ósea, una nariz delicada y una piel que parecía estar permanentemente bajo el brillo del crepúsculo. Su padre le había legado unos ojos del color del jade y unos labios generosos y decididos. Donde más se notaba la simetría de su herencia genética era en una fotografía que Trevor Stone tenía sobre el escritorio, sin ninguna otra que la acompañara. En ella, Desirée aparecía entre su madre y su padre, llevando la toga y el birrete púrpuras típicos de la ceremonia de graduación, ante el campus principal del Wellesley College. Tenía los brazos en torno al cuello de sus progenitores y trataba de acercar sus rostros al suyo. Los tres sonreían abiertamente, rebosantes de riqueza y de salud, y la belleza delicada de la madre y la prodigiosa aureola de poder del padre parecían unirse y fundirse en el rostro de la hija.

—Dos meses antes del accidente —dijo Trevor Stone, cogiendo un momento la fotografía. La miró y la mitad inferior de su rostro arruinado reflejó un espasmo en el que quise ver una sonrisa. La colocó de nuevo sobre el escritorio y nos miró mientras tomábamos asiento frente a él—. ¿Alguno de ustedes conoce a un detective privado llamado Jay Becker?

—Sí, lo conocemos —dije.

—Trabaja para Investigaciones Hamlyn y Kohl —añadió Angie.

—Correcto. ¿Y qué opinan de él?

—¿A nivel profesional?

Trevor Stone se encogió de hombros.

—Es muy bueno en su trabajo —dijo Angie—. Hamlyn y Kohl sólo contratan a los mejores.

Stone asintió.

—Según tengo entendido, esa firma les ofreció trabajo a ustedes hace unos años.

—¿De dónde ha sacado eso? —le pregunté.

—Es cierto, ¿no?

Asentí.

—Y por lo que yo sé, la oferta era más bien generosa. ¿Por qué no la aceptaron?

—Señor Stone —le dijo Angie—, por si no se ha dado cuenta, a nosotros no nos van la ropa cara ni los despachos lujosos.

—¿Y a Jay Becker sí?

Asentí:

—Estuvo unos años en el FBI antes de darse cuenta de que en el sector privado se ganaba más dinero. Le gustan los buenos restaurantes, la ropa cara, los pisos bonitos y ese tipo de cosas. Los trajes le sientan muy bien.

—Y según ustedes, es un buen investigador.

—Muy bueno —dijo Angie—. Es el que tiró de la manta con lo del Banco Federal de Boston y sus conexiones mafiosas.

—Ya lo sé. ¿Quién creen que lo contrató?

—Usted —dije.

—Y muchos otros hombres de negocios que perdieron algo de dinero cuando se hundió el sector de la construcción y empezó la crisis del 88.

—Y si ya ha recurrido antes a él, ¿por qué nos pregunta la opinión que nos merece?

—Porque recientemente contraté al señor Becker, así como a Hamlyn y Kohl, para que encontraran a mi hija, señor Kenzie.

—¿Para que la encontraran? —se interesó Angie—. ¿Cuánto tiempo lleva desaparecida?

—Cuatro semanas. Treinta y dos días, para ser exactos.

—¿Ha dado Jay con ella? —pregunté.

—No lo sé —repuso—. Porque el señor Becker también ha desaparecido.

Esa mañana hacía frío en la ciudad, aunque no demasiado y tampoco había mucho viento. El mercurio rondaba los diez grados; un clima que hacía notar su presencia, pero no lo suficiente como para que le cogieras manía.

En el jardín trasero de Trevor Stone, sin embargo, un viento frío que venía del Atlántico te azotaba la cara de mala manera. Yo me subí el cuello de la chaqueta de cuero para afrontar la brisa marina y Angie se metió las manos en los bolsillos y se arrebujó todo lo que pudo, pero Trevor Stone ofreció tranquilamente su cuerpo al viento. Sólo había añadido a su vestimenta una ligera gabardina gris que revoloteaba en torno a él mientras contemplaba el océano. Parecía que estuviera retando al frío a ver si era capaz de infiltrarse en su cuerpo.

—Hamlyn y Kohl me han devuelto lo que dejé en depósito y han abandonado el caso —nos informó.

—¿Por qué motivo?

—No me lo han dicho.

—Eso no es ético —afirmé.

—¿Y qué puedo hacer?

—Demandarles —dije—. Llévelos a juicio y que los empapelen.

Le dio la espalda al mar y se nos quedó mirando hasta que nos rendimos a la evidencia.

—Cualquier recurso legal es inútil —dijo Angie.

Y Stone asintió:

—Porque estaré muerto antes de llegar a juicio. —Volvió a darle la cara al viento y habló de espaldas a nosotros, dejando que el aire nos trajera sus palabras—. Yo era un hombre poderoso que no conocía el miedo ni la falta de respeto. Ahora me siento impotente. Todo el mundo sabe que me estoy muriendo. Todo el mundo sabe que no me queda tiempo para plantarles cara. Y todo el mundo, de eso estoy convencido, se está riendo de mí.

Atravesé el césped y me situé a su lado. La hierba desaparecía un poco más allá de sus pies, donde empezaba un peñasco de escarpadas piedras negras cuya superficie brillaba cual ébano barnizado contra las airadas olas al pie del acantilado.

—¿Por qué nosotros? —le pregunté.

—He hecho mis averiguaciones —repuso—. Y todo el mundo me ha dicho que poseen las dos cualidades que yo necesito.

—¿A saber? —preguntó Angie.

—Son honrados.

—Hasta cierto punto...

—Todo lo honrado que se puede ser en un mundo corrupto, ya lo sé, señor Kenzie. Pero lo son con la gente que se gana su confianza. Que es a lo que yo aspiro.

—Pues lo de secuestrarnos no sé si ha sido lo más acertado.

Se encogió de hombros:

—Soy un hombre desesperado cuyo reloj biológico no para de correr. Han cerrado la oficina y ni aceptan casos ni reciben a clientes potenciales.

—Eso es verdad —reconocí.

—A usted, señor Kenzie, le he llamado a su casa y a su despacho un montón de veces durante la última semana. No se pone jamás al teléfono, ni tiene contestador automático.

—Tengo uno —me defendí—, pero ahora está desconectado.

—Le he enviado cartas.

—Sólo abre los sobres que contienen facturas —le explicó Angie.

Y él asintió como si eso fuera de lo más normal en ciertos ambientes.

—Así pues, tuve que tomar medidas desesperadas para conseguir que me prestaran atención. Si rechazan el caso, estoy dispuesto a darles veinte mil dólares sólo por el tiempo que han pasado aquí y los inconvenientes que les haya podido causar.

—Veinte mil —dijo Angie—. Dólares.

—Sí. Para mí el dinero ya no significa nada. Y si no encuentro a Desirée, no tengo a ningún otro heredero. Además, si se informan sobre mí, descubrirán que veinte mil dólares no son nada en comparación con la suma total de mi fortuna. Por lo tanto, si así lo desean, regresen a mi estudio, cojan el dinero del cajón derecho superior del escritorio y vuelvan a sus vidas.

—Y si nos quedamos aquí —dijo—, ¿qué quiere que hagamos?

—Encontrar a mi hija. Ya he asumido la posibilidad de que esté muerta. Soy plenamente consciente de ello, francamente. Pero no quiero morir en la inopia. Tengo que saber qué le ha ocurrido.

—Supongo que ha recurrido a la policía —apunté.

—Y han hecho como que me prestaban atención —asintió—. Pero lo único que ven es a una chica asediada por el dolor que ha optado por desaparecer una temporada para ver si se recupera.

—Lo cual, para usted, no es el caso.

—Conozco a mi hija, señor Kenzie.

Giró apoyándose en el bastón y empezó a recorrer el jardín en dirección a la casa. Mientras le seguíamos pude ver nuestro reflejo en las cristaleras del estudio: un hombre en las últimas que se mantenía firme bajo el azote del viento mientras la gabardina flotaba a su alrededor y el bastón buscaba un asidero en la hierba congelada; a su izquierda, una mujer hermosa y pequeñita con el negro cabello golpeándole las mejillas y los estragos de la pérdida bien visibles en el rostro; y a su derecha, un hombre de treinta y pocos años que llevaba una gorra de béisbol, tejanos y una chaqueta de cuero y que lucía una expresión levemente confusa mientras contemplaba a las dos personas, orgullosas pero dañadas, que tenía al lado.

Al llegar al patio, Angie le abrió la puerta a Trevor Stone y le dijo:

—Señor Stone, ha hablado de dos cualidades nuestras que andaba buscando.

—Sí.

—Una era la honradez. ¿Y la otra?

—Me dijeron que eran implacables —dijo mientras entraba en su estudio—. Absolutamente implacables.

3

—Cincuenta —dijo Angie mientras íbamos en metro desde la parada de Wonderland al centro.

—Ya lo sé —dije yo.

—Cincuenta mil pavos —insistió—. Veinte mil ya me parecía una cifra desquiciada, pero ahora llevamos encima cincuenta mil dólares, Patrick.

Eché un vistazo al vagón de metro, a la astrosa pareja de borrachos que teníamos a unos tres metros, al mogollón de pandilleros que parecían estar a punto de tirar de la manilla de emergencia, al lunático rubio y pelopincho, totalmente ido, que tenía al lado...

—¿Puedes hablar un poco más alto, Angie? No estoy seguro de que te hayan oído los gamberros del fondo.

—Huy... —Se inclinó sobre mí—. Cincuenta mil dólares —susurró.

—Sí —susurré a mi vez mientras el convoy tomaba una curva entre chirridos metálicos y los fluorescentes parpadeaban: encendido, apagado, encendido de nuevo.

El Siniestro, también conocido como Julian Archerson, se había ofrecido a llevarnos a casa en coche, pero a la que nos incorporamos al tráfico inmóvil de la Autovía 1-A, tras tirarnos cuarenta y cinco minutos atrapados en la Carretera 129, le pedimos que nos dejara en la parada de metro más cercana, que resultó ser la estación Wonderland.

Así que ahora nos apretujábamos junto a las demás sardinas en un vagón decrépito que atravesaba un laberinto de túneles, cuyas luces se apagaban y se encendían sin pensar en que llevábamos encima cincuenta mil dólares procedentes de Trevor Stone. Angie llevaba el talón de treinta mil metido en un bolsillo interior del chaquetón y yo atesoraba los veinte mil en efectivo entre el estómago y la hebilla del cinturón.

—Necesitarán dinero en efectivo si van a empezar de inmediato —había dicho Trevor Stone—. No reparen en gastos. Esto no es más que dinero para lubricar engranajes. Llámenme si necesitan más.

«Lubricar engranajes.» Yo no tenía ni idea de si Desirée Stone estaba viva o no, pero si lo estaba, se veía obligada a refugiarse en el rincón más remoto de Tánger o Borneo para que hubiera que fundirse cincuenta de los grandes para encontrarla.

—Jay Becker —dijo Angie antes de emitir un silbido.

—Sí —reconocí—. Poca coña.

—¿Cuándo le viste por última vez?

—Hará cosa de unas seis semanas —le informé, encogiéndome de hombros—. No tenemos mucho contacto.

—Yo no lo he visto desde los premios Big Dick.[1]

El lunático de la derecha enarcó las cejas y se me quedó mirando.

Yo me encogí de hombros y le dije:

—Te matas para darles la mejor educación, y éste es el resultado.

El tipo asintió y siguió contemplando su reflejo en la ventana del vagón como si no le gustara nada lo que veía.

El premio Big Dick era en realidad el Galardón de Oro a la Excelencia en el Trabajo que otorga la Asociación de Investigadores de Boston. Pero todos los del ramo lo llamamos el Big Dick a secas.

Este año lo había ganado Jay Becker, al igual que el anterior, y así

1. Big Dick: en argot, Polla Grande. Private Dick es también el diminutivo de Detective Privado. *(N. del t.)*

desde el 89, cosa que condujo al rumor de que pensaba abrir su propio negocio y despedirse de Hamlyn y Kohl. Pero yo conozco bien a Jay, por lo que no me sorprendió lo más mínimo que los rumores acabaran siendo falsos.

Y no es que Jay hubiera pasado hambre en solitario. Todo lo contrario, posiblemente era el detective privado más conocido de Boston. Era bien parecido, más listo que el demonio y, si le daba por ahí, muy capaz de conseguir adelantos sustanciosos. Muchos de los clientes más acomodados de Hamlyn y Kohl habrían cambiado gustosos de acera si Jay hubiese abierto ahí su propio negocio. El problema estaba en que esos clientes podrían haberle ofrecido a Jay todo el dinero de Nueva Inglaterra sin que él se dignara aceptar sus casos. Todo investigador que firmaba un contrato con Hamlyn y Kohl suscribía también una cláusula según la cual si el investigador en cuestión abandonaba la empresa, se comprometía a dejar pasar tres años antes de aceptar a cualquier cliente con el que hubiese trabajado previamente en Hamlyn y Kohl. Y en este negocio, tres años equivalen a una década en otros.

Así pues, Hamlyn y Kohl lo tenían bien pillado. Eso sí, si había alguien lo suficientemente bueno y respetado como para abandonar la firma y montárselo muy bien por libre, ése era Jay Becker. Pero era terrible en cuestiones de dinero, puede que el peor de mi gremio. En cuanto lo pillaba, se lo fundía: en ropa, coches, mujeres, abrigos de piel y lo que se os ocurra. Hamlyn y Kohl se encargaban de todos sus asuntos, le pagaban el despacho, vigilaban la buena marcha de sus acciones y le controlaban los bonos del estado. Básicamente, le hacían de papá, una figura de la que Jay Becker no podía desprenderse.

En Massachussets, los aspirantes a investigador privado tienen que acumular dos mil quinientas horas de trabajo con un detective ya en activo para poder obtener su propia licencia. Gracias a su experiencia en el FBI, a Jay le bastaba con mil horas, que son las que hizo a las órdenes de Everett Hamlyn. Angie cumplió las suyas conmigo. Y yo, con Jay Becker.

La técnica de reclutamiento de Hamlyn y Kohl consistía en escoger a un aspirante a detective privado al que consideraban prometedor y colocarlo junto a un investigador veterano que lo curtiera en el oficio, le acompañara en sus dos mil quinientas horas y, por supuesto, le abriera los ojos al dorado mundo de Hamlyn y Kohl. Todos los que conozco que consiguieron su licencia de esta manera, acabaron trabajando para ellos. Bueno, todos menos yo.

Cosa que no le sentó nada bien a Everett Hamlyn, a Adam Kohl y a sus abogados. Durante un tiempo, me lo hicieron saber a base de enviarme unas cartitas con el remite de los representantes legales de Hamlyn y Kohl o, en ocasiones, de los propios Hamlyn y Kohl. Pero yo nunca había firmado nada ni les había dado la menor indicación verbal de que pensase unirme a su empresa; y cuando mi propio abogado, Cheswick Hartman, se lo hizo notar por carta (su papelamen también era de lo más lustroso), la tabarra dejó de materializarse en mi buzón. Y aún no sé muy bien cómo, pero el caso es que he montado una agencia cuyo éxito supera mis previsiones, y lo he hecho a base de una clientela que difícilmente podría permitirse los honorarios de Hamlyn y Kohl.

Pero recientemente, supongo que a raíz de nuestro encontronazo con los desquiciados psicópatas Evandro Araujo, Gerry Glynn y Alec Hardiman —encontronazo que le costó la vida a Phil, el marido de Angie—, habíamos cerrado la agencia. Desde ese momento no habíamos hecho gran cosa aparte de hablar, ver películas antiguas y beber en exceso.

No sé cuánto tiempo nos podríamos haber tirado así —puede que un mes más, puede que hasta que nuestros hígados nos pidieran el divorcio alegando un castigo tan cruel como inmerecido—, pero el caso es que Angie contempló a Trevor Stone con una simpatía que no le había dedicado a nadie en tres meses; y hasta le sonrió con afecto, por lo que supe que íbamos a aceptar el caso aunque hubiese cometido la indelicadeza de secuestrarnos y drogarnos. Y había que reconocer que esos cincuenta de los grandes contribuían bastante a disculpar los malos modos iniciales del señor Stone.

Había que encontrar a Desirée Stone.

Un objetivo de lo más sencillo. Si llevarlo a cabo era igual de sencillo, habría que verlo. Para encontrarla, de eso estaba convencido, habría que dar primero con Jay Becker o, por lo menos, seguir su pista. Jay había sido mi mentor y el hombre que me había proporcionado mi principal máxima profesional:

—Nadie —me dijo en cierta ocasión, hacia el final de mi aprendizaje—, y cuando digo nadie me refiero a nadie en absoluto, puede mantenerse oculto si quien anda tras él es la persona adecuada.

—¿Y qué me dices de los nazis que se fugaron a Sudamérica después de la guerra? Nadie encontró a Josef Mengele hasta que se murió en paz.

Jay me lanzó una mirada de ésas a las que me había acostumbrado durante nuestros tres meses juntos. Se trataba de lo que yo describía como su mirada de «agente federal», la mirada de un hombre que se ha tirado lo suyo recorriendo los pasillos más oscuros del gobierno, un hombre que sabía dónde estaban enterrados según qué cadáveres y qué papeles habían sido destruidos y por qué motivo, alguien que entendía las maquinaciones del auténtico poder mucho mejor que la mayoría de nosotros.

—¿Tú te crees que la gente no sabía dónde estaba Mengele? ¿Me tomas el pelo? —Se inclinó sobre la mesa en el restaurante de la Torre de la Bahía y se apretó la corbata contra el pecho aunque ya nos habían retirado los platos y las migas, así era él de impecable—. Patrick, permíteme que te asegure una cosa. Mengele tenía tres grandes ventajas sobre la mayoría de las personas que intentan desaparecer.

—¿A saber?

—Una —dijo levantando el índice—, Mengele tenía dinero. Al principio, millones. Pero a los millonarios se les puede encontrar. Dos —el dedo medio se unió al índice—, tenía información —sobre otros nazis, sobre fortunas enterradas bajo el suelo de Berlín, sobre todo tipo de descubrimientos científicos conseguidos a base de usar como cobayas a judíos—, y esa información fue a parar a varios gobiernos, incluido el nuestro, que se suponía que lo andaban buscando.

Alzó las cejas y se arrellanó sonriente.

—¿Y la tercera ventaja?

—Ah, sí. Tercera ventaja, y la más importante: Josef Mengele nunca me tuvo a mí pisándole los talones. Porque nadie puede ocultarse de Jay Becker. Y ahora que te he entrenado a ti, mi D'Artagnan, mi joven gascón, tampoco hay nadie que pueda ocultarse de Patrick Kenzie.

—Gracias, Athos.

Hizo una galanura con la mano y se dio un golpecito en la frente.

Jay Becker. Un tío con mucha clase, sí señor.

Jay, pensé mientras el vagón abandonaba el túnel y salía a la luz de Downtown Crossing, espero que tuvieras razón. Porque voy para allá. Hacia el juego del escondite, estés preparado o no.

De regreso en mi casa, guardé los veinte de los grandes en el agujero de debajo de la cocina en el que almaceno las armas de repuesto. Angie y yo le sacamos el polvo a la mesa del comedor y extendimos sobre ella lo que llevábamos acumulando desde esa mañana. En el centro pusimos cuatro fotografías de Desirée Stone, acompañadas de los informes diarios que Trevor había recibido de Jay hasta su desaparición trece días atrás.

—¿Por qué esperó tanto para contratar a otro investigador? —le había preguntado a Trevor Stone.

—Adam Kohl me aseguró que pondría a otro hombre en el asunto, pero me temo que sólo estaba ganando tiempo. Una semana después, se deshicieron de mí como cliente. Me pasé cinco días estudiando a todos los investigadores privados de la ciudad con reputación de ser honrados, y acabé optando por ustedes.

Consideré la posibilidad de llamar a Hamlyn y Kohl para escuchar la versión de Everett Hamlyn, pero llegué a la conclusión de que acabaría hablando con la pared. Si te desprendes de un cliente del prestigio de Trevor Stone, no te vas a poner a cotillear al respecto con un posible competidor.

Angie se puso delante los informes de Jay y yo revisé las notas que ambos habíamos tomado en el estudio de Trevor.

—En el mes siguiente a la muerte de su madre —nos había dicho Trevor cuando regresábamos del jardín—, Desirée sufrió dos traumas diferentes, cada uno de los cuales bastaba para destrozar a cualquier muchacha de su edad. Primero me diagnosticaron un cáncer terminal, y luego murió un chico de la universidad con el que ella estaba saliendo.

—¿Cómo murió? —preguntó Angie.

—Se ahogó. Fue un accidente. Pero Desirée... Bueno, siempre había llevado una vida muy protegida con su madre y conmigo. Hasta la muerte de su madre, su vida había sido impoluta, ajena a la menor tragedia. Siempre se había considerado una persona fuerte. Probablemente porque era decidida y tozuda como yo, cualidades que confundía con esa especie de resistencia que uno desarrolla en condiciones adversas. Es decir, que nunca había sido puesta a prueba. Y con la madre muerta y el padre en cuidados intensivos, era evidente que estaba dispuesta a aguantar lo que le echasen. Y creo que lo habría logrado. Pero después de lo de mi cáncer vino el fallecimiento de un pretendiente. Un golpe detrás de otro.

Según Trevor, Desirée empezó a desintegrarse bajo el peso de las tres tragedias. Se convirtió en insomne, perdió muchísimo peso y había días en los que apenas conseguías arrancarle una frase.

Su padre la urgió a buscar ayuda psiquiátrica, pero ella canceló las cuatro citas que él le organizó. En vez de eso, como le informaron el Fardón, el Siniestro y unos cuantos amigos, fue vista deambulando por el centro de la ciudad durante casi todo el tiempo. Se iba en coche —el Saab Turbo de color blanco que le habían regalado sus padres con motivo de su graduación— hasta un garaje de la calle Boylston y se pasaba los días caminando por el centro o por los jardines de Back Bay en el Collar Esmeralda, un parque de quince kilómetros que rodea la ciudad. En cierta ocasión llegó hasta el apartado Museo de Bellas Artes, pero por lo general, según le contó el Siniestro a Trevor, prefería la zona boscosa que atraviesa la avenida Commonwealth y desemboca en los Jardines Públicos.

Fue allí, como le explicó a su padre, donde conoció a un hombre que, según ella, le proporcionó por fin algo de solaz y del consuelo que llevaba buscando desde finales de verano y comienzos de otoño. Ese hombre, que le llevaba siete u ocho años, se llamaba Sean Price y también había sido azotado por la tragedia. Su mujer y su hija de cinco años, le explicó a Desirée, habían fallecido el año anterior cuando un radiador defectuoso inundó la casa de monóxido de carbono mientras él estaba fuera de la ciudad por motivos de trabajo.

Sean Price las encontró muertas la noche siguiente, al regresar del viaje, le explicó Desirée a su padre.

—Eso es mucho tiempo —dije levantando la vista de mis anotaciones.

Angie apartó los ojos de los informes de Jay Becker:

—¿A qué te refieres?

—En mis notas pone que Desirée le dijo a Trevor que Sean Price descubrió los cuerpos casi veinticuatro horas después del fallecimiento.

Angie se inclinó sobre la mesa, se hizo con sus propias notas, que yacían junto a mi codo, y se puso a hojearlas.

—Pues sí. Eso es lo que dijo Trevor.

—Me parece mucho tiempo —apunté—. Una mujer joven... esposa de un hombre de negocios al que le van bien las cosas, pues Concord es un barrio caro... ¿Ni ella ni su hija son vistas en veinticuatro horas y nadie se da cuenta de que algo pasa?

—En estos tiempos que corren, como tú sabes, los vecinos cada vez son menos amistosos y más indiferentes.

Puse mala cara.

—Bueno, vale, es posible que así estén las cosas en el centro de la ciudad o en los suburbios de clase media-baja. Pero eso sucedió en Concord, tierra de victorianos, de casas señoriales y del Viejo Puente del Norte. O sea, la Norteamérica pulcra y de clase alta. La cría de Sean Price tiene cinco años. ¿Nadie la cuida durante el día? ¿No va a una guardería o a clases de danza o de algo así? ¿Y su mujer? ¿No hace aerobic o va a trabajar o queda a comer con otra esposa de clase media-alta?

—Veo que la cosa te preocupa.

—Un poco. Hay algo que chirría.

Angie se acomodó en el asiento:

—Los del oficio a eso le llamamos una «corazonada».

Me incliné sobre mis notas con el bolígrafo en la mano.

—¿Y cómo se escribe? ¿Con «c» o con «k»?

—Con «c» de capullo —me sonrió mientras les daba unos golpecitos a sus anotaciones con el bolígrafo—. Hay que investigar a Sean Price —dijo mientras escribía esas dos palabras en el margen superior del cuaderno—. Y las muertes por inhalación de monóxido de carbono en Concord entre 1995 y 1996.

—Y el novio muerto. ¿Cómo se llamaba?

Pasó una página:

—Anthony Lisardo.

—Exacto.

Angie hizo una mueca al mirar las fotos de Desirée:

—A esta chica se le muere mucha gente.

—Pues sí.

Cogió una de las fotos y sus facciones se relajaron.

—Dios, qué guapa es. Y la verdad es que resulta lógico que encuentre consuelo en otro superviviente —me miró—. ¿No crees?

Le sostuve la mirada, buscando en sus ojos el brillo del dolor que había tras ellos, el miedo a volver a querer para volver a sufrir. Pero todo lo que encontré fueron los restos de la comprensión y la empatía experimentados al contemplar la imagen de Desirée, los mismos sentimientos que ya había exhibido tras mirar a los ojos al padre de la muchacha.

—Sí —le contesté—. Eso creo.

—Pero alguien podría aprovecharse de la situación —dijo Angie volviendo a clavar la vista en el rostro de Desirée.

—¿De qué manera?

—Si quisieras acercarte a una persona tan dolida que bordea la catatonia, y no necesariamente con buenas intenciones, ¿qué harías?

—¿Si yo fuera un cínico y un manipulador?

—Sí.

—Crearía un nexo basado en la desgracia compartida.

—¿Haciendo como que tú también habías perdido a alguien, tal vez?

Asentí:

—Eso sería lo más adecuado.

—Creo que hay que saber más cosas del tal Sean Price. —Los ojos de mi socia brillaron con creciente emoción.

—¿Qué dice Jay de él en los informes?

—Veamos... Nada que no sepamos ya. —Empezó a pasar páginas hasta que se detuvo repentinamente y se me quedó mirando con cara de haber encontrado algo.

—¿Qué pasa? —le pregunté mientras se me empezaba a formar una sonrisa y me contagiaba de su emoción.

—Esto mola —declaró.

—¿El qué?

Levantó una hoja y señaló con ella el lío de papeles que había sobre la mesa:

—Esto. Todo esto. Volvemos al tajo, Patrick.

—Eso parece.

Hasta ese momento, no me había dado cuenta de lo mucho que lo echaba de menos: deshacer entuertos, olisquear las pistas, dar el primer paso hacia la comprensión de algo que, previamente, había sido desconocido e inabordable.

Pero se me congeló la sonrisa un momento, pues era esa excitación, esa adicción a sacar a la luz cosas que estaban mejor ocultas, lo que me había arrojado de bruces a la podredumbre moral y la pestilencia repugnante de Gerry Glynn.

Esa misma adicción le había pegado un tiro a Angie, me había dejado como recuerdo cicatrices en el rostro y nervios dañados en la mano, y había hecho que Phil, el ex marido de mi socia, acabase entre mis brazos para ver cómo moría, farfullando aterrorizado.

—Te pondrás bien —le había dicho.

—Ya lo sé —repuso él justo antes de morir.

Todas estas pesquisas, búsquedas y revelaciones podían llevarnos de nuevo en esa dirección, hacernos regresar a la evidencia de que ningún ser humano está del todo bien. Nuestros corazones y nuestras mentes no sólo están cubiertos porque son frágiles, sino también porque albergan a veces un horror y una depravación que nadie soportaría contemplar.

—Oye —dijo Angie, que seguía sonriendo, pero con menos convicción—. ¿Qué te pasa?

Siempre me ha encantado su sonrisa.

—Nada —le dije—. Tienes razón. Esto mola.

—Vaya que sí. —Chocamos las palmas de las manos por encima de la mesa—. Hemos vuelto al curro. Que se preparen los delincuentes.

—Se están cagando de miedo —le aseguré.

4

HAMLYN & KOHL, INVESTIGADORES

TORRE JOHN HANCOCK, PISO 33

CALLE CLARENDON, 150

BOSTON, MA. 02116

Informe operativo

PARA: Trevor Stone

DE: Jay Becker, investigador

EN REFERENCIA A: La desaparición de Desirée Stone.

16 de febrero de 1997

Primer día de investigación sobre la desaparición de Desirée Stone, vista por última vez a las 11 de la mañana del doce de febrero mientras salía de su residencia, sita en el 1468 de Oak Bluff Drive, en Marblehead.

Este investigador habló con el señor Pietro Leone, cajero de un garaje sito en el 500 de la calle Boylston, en Boston, y esa conversación condujo al descubrimiento del coche de la señorita Stone, un Saab Turbo blanco de 1995, en el nivel P2 de dicho garaje. El registro del vehículo, así como de la zona aledaña, no levantó ningún tipo de sospecha. Las puertas estaban cerradas con llave y la alarma en marcha.

Se contactó a Julian Archerson (el sirviente de la señorita Stone), quien se avino a recoger el coche de la señorita Stone del garaje, utilizando otro juego de llaves propiedad de la interfecta, y a conducirlo hasta la citada residencia para someterlo a nuevas investigaciones. Este investigador le pagó al señor Leone la tarifa correspondiente a cinco días y medio de aparcamiento, 124 dólares, y abandonó el garaje. (Véase el recibo adjunto a la hoja de gastos diarios.)

Este investigador procedió a peinar el sistema de parques conocido como el Collar Esmeralda, empezando por el Boston Common, siguiendo por los Jardines Públicos y la plaza de la avenida Commonwealth, para acabar en los Pantanos de la avenida Louis Pasteur. Al mostrar a los guardas de los parques varias fotografías de la señorita Stone, este investigador encontró a tres sujetos que aseguraron haberla visto en algún momento de los últimos seis meses:

1. *Daniel Mahew, 23 años, estudiante de la Escuela de Música de Berklee.* Vio a la señorita Stone en al menos cuatro ocasiones sentada en un banco de la plaza de la avenida Commonwealth, entre la avenida Massachussets y Charlesgate Este. Las fechas son aproximadas, pero los avistamientos tuvieron lugar durante la tercera semana de agosto, la segunda semana de septiembre, la segunda semana de octubre y la primera semana de noviembre. El interés del señor Mahew en la señorita Stone era de índole romántica, pero no recibió ninguna muestra de interés por parte de ésta. Cuando el señor Mahew intentó conversar con ella, la señorita Stone se alejó de él en dos ocasiones, le ignoró en la tercera y concluyó su cuarto encuentro, según el señor Mahew, rociándole los ojos con un aerosol de gas pimienta.

El señor Mahew aseguró que la señorita Stone siempre estaba sola.

2. *Agnes Pascher, 44 años, transeúnte.* El testimonio de la señorita Pascher resulta cuestionable, pues este investigador detectó en ella evidencias físicas de abuso de alcohol y drogas (heroína). La señorita Pascher asegura haber visto a la señorita Stone en dos ocasiones —ambas en septiembre (aproximadamente)—, en el Boston Common. La señorita Stone, según la señorita Pascher, estaba sentada en la hierba junto a la

entrada situada en la esquina de las calles Beacon y Charles, alimentando a las ardillas a base de pipas de girasol. La señorita Pascher, que no estableció contacto con la señorita Stone, se refería a ella como «la chica de las ardillas».

3. *Herbert Costanza, 34 años, inspector de sanidad adscrito al Departamento de Parques y Jardines de Boston.* En numerosas ocasiones, de mediados de agosto a principios de noviembre, el señor Costanza reparó en la señorita Stone, a la que se refería como «esa chica guapa y triste», sentada bajo un árbol en la esquina noroeste de los Jardines Públicos. Su contacto con ella se limitó a «saludos corteses» que casi nunca obtenían respuesta alguna. El señor Costanza pensó que la señorita Stone podía ser una poetisa, aunque nunca la vio escribir nada.

Obsérvese que el último de estos avistamientos tuvo lugar a principios de noviembre. Asimismo, la señorita Stone aseguraba haber conocido al hombre identificado como Sean Price por esas fechas.

La búsqueda por ordenador de un número de teléfono para Sean Price o S. Price arrojó un resultado de 124 posibilidades. Los listados propios del estado redujeron ese número a 19 dentro del arco de edades apuntado (entre 25 y 35 años). Dado que la única descripción física de Sean Price efectuada por la señorita Stone mencionaba tan sólo su edad aproximada y su raza (caucásica), el número de posibilidades se redujo a seis tras comprobar la raza de los afectados.

Este investigador empezará a contactar y entrevistar mañana a los seis Sean Price que quedan.

Respetuosamente.

JAY BECKER
Investigador
En representación de los señores Hamlyn, Kohl, Keegan y Tarnover.

Angie levantó la vista de los informes y se frotó los ojos. Estábamos sentados el uno junto al otro, leyendo las mismas páginas.

—Dios bendito —exclamó—. Mira que es concienzudo.

—Ése es mi Jay —le aseguré—. Un ejemplo para todos nosotros.

Me dio un codazo:

—Reconócelo... Es tu héroe.

—¿Héroe? —Hice como que me ofendía—. Es mi Dios. Becker podría encontrar a Hoffa sin despeinarse.

Angie tamborileó sobre los informes:

—Pues parece que está teniendo problemas para dar con Desirée Stone o con Sean Price.

—Ten fe —le dije pasando una página.

La comprobación de los seis Sean Price le había llevado a Jay tres días, pero se las traía. Uno era un ex presidiario en libertad condicional que había salido de la cárcel a principios de diciembre de 1995. Otro era un parapléjico que no salía de casa. El tercero era un investigador químico que había estado asesorando un proyecto de la Universidad de California durante el otoño. Sean Edward Price, de Charlestown, era un instalador de tejados a tiempo parcial y un racista a jornada completa. Cuando Jay le preguntó si había estado últimamente por los Jardines Públicos o el Boston Common, respondió: «¿Con todos esos maricas, liberales y muertos de asco que te piden dinero para financiarse el crack? Habría que construir una verja alrededor de todo el centro y lanzar una bomba nuclear desde el espacio, colega».

Sean Robert Price, de Braintree, era un vendedor calvo y rollizo que trabajaba para una empresa textil. Le echó un vistazo a la fotografía de Desirée Stone y declaró: «Si una mujer tan guapa me mirase, me daría un patatús allí mismo». Como su trabajo lo llevaba a desplazarse por la Costa Sur y la zona alta del Cabo, le habría resultado imposible viajar a Boston sin dar la nota. Según le dijo su jefe a Jay, su hoja de servicios era impecable.

Sean Armstrong Price, de Dover, era un asesor de inversiones en Shearson Lehman. Le dio esquinazo a Jay durante tres días, motivo por el que los informes de éste empezaron a mostrar cierto entusiasmo, que se frustró cuando finalmente lo pilló mientras agasajaba a unos clientes en el Grill 23. Jay acercó una silla a la mesa de Price y le preguntó por qué se había dedicado a evitarle. Allí mismo, Price (que confundió a Jay con un investigador del gobierno) admitió la existencia de un plan fraudulento con el que él mismo aconsejaba a sus clientes que compraran paquetes de acciones de empresas con problemas en las que el propio Price había ya invertido dinero a través de una empresa pantalla. Como pudo descubrir Jay, la cosa hacía años que estaba en marcha, y durante octubre y principios de noviembre, Sean Armstrong Price había realizado varios viajes —a las islas Caimán, a las Antillas Inferiores y a Zúrich— para ocultar un dinero del que no debería poder disponer.

Dos días después, apuntaba Jay, uno de los clientes a los que Price había estado agasajando le denunció al ministerio de Hacienda y lo detuvieron en su despacho de la calle Federal. Leyendo entre líneas el resto de la información recogida sobre Price te quedaba claro que Jay lo consideraba demasiado tonto, demasiado evidente en su manera de trincar y demasiado obsesionado por el dinero como para haber establecido algún tipo de relación con Desirée.

Aparte de este éxito menor, lamentablemente, Jay no estaba llegando a ninguna parte, y tras cinco días de informes, su frustración empezó a hacerse evidente. Los escasos amigos íntimos de Desirée habían perdido el contacto con ella tras la muerte de su madre. Desirée y su padre apenas se hablaban, y ella tampoco había realizado ningún tipo de confidencia al Siniestro o al Fardón. Exceptuando el episodio del aerosol con Daniel Mahew, la muchacha se había esmerado en no tratarse con nadie durante sus excursiones al centro. Si no hubiese sido tan guapa, comentaba Jay en una ocasión, lo más probable es que nadie hubiese reparado en su presencia.

Desde su desaparición, Desirée no había usado ninguna de sus tarjetas de crédito ni había extendido un cheque. Su fideicomiso, sus acciones y sus certificados de depósito se mantenían intactos. Un recibo de su línea privada de teléfono reveló que no había hecho ninguna llamada entre el mes de julio y la fecha de su desaparición.

Ninguna llamada telefónica, había subrayado en rojo Jay en el informe del 20 de febrero.

Jay no era de los que subrayan. Jamás. Me di cuenta de que había superado su capacidad de frustración y de aguantar ofensas a su orgullo profesional, hasta el punto de que la cosa empezaba a convertirse en una obsesión. El 22 de febrero escribió: «Es como si esa hermosa mujer no hubiera existido nunca».

Observando el tono escasamente profesional de esta anotación, Trevor Stone se había puesto en contacto con Everett Hamlyn; y en la mañana del 23, Jay Becker fue convocado a una reunión de urgencia con Hamlyn, Adam Kohl y Trevor Stone en casa de éste. Trevor había incluido una transcripción del encuentro junto a los informes de Jay:

HAMLYN: Tenemos que hablar del tono de este informe.
BECKER: Estaba cansado.
KOHL: ¿Le parece adecuada la palabra «hermosa» en un documento que sabe que correrá por toda la empresa? ¿Pero dónde tiene la cabeza, señor Becker?
BECKER: Insisto en que estaba cansado. Mis disculpas, señor Stone.
STONE: Temo que pueda estar usted perdiendo la distancia profesional, señor Becker.
HAMLYN: Con el debido respeto, señor Stone, me temo que mi empleado ya ha perdido esa distancia.
KOHL: Sin duda alguna.
BECKER: ¿Me están apartando del caso?
HAMLYN: Si le parece bien al señor Stone, sí.
BECKER: ¿Señor Stone?

STONE: Convénzame de lo contrario, señor Becker. Estamos hablando de la vida de mi hija.

BECKER: Señor Stone, admito que me ha frustrado la falta de pruebas físicas, tanto de la desaparición de su hija como de la de ese tal Sean Price que ella asegura haber conocido. Y esa frustración ha causado cierta desorientación. Y sí: lo que usted me contó de su hija, lo que he oído de otros testigos y su indudable belleza física me han ayudado a generar un enganche sentimental hacia ella que no contribuye a una investigación fría y profesional. Todo eso es cierto. Pero me voy acercando y la encontraré.

STONE: ¿Cuándo?

BECKER: Pronto. Muy pronto.

HAMLYN: Señor Stone, le recomiendo que nos permita recurrir a otro agente como investigador jefe del caso.

STONE: Le daré tres días, señor Becker.

KOHL: ¡Señor Stone!

STONE: Tres días para encontrar pruebas tangibles del paradero de mi hija.

BECKER: Gracias, señor. Gracias. Muchas gracias.

—Esto pinta mal —dije.

—¿El qué? —Angie encendió un cigarrillo.

—Pasa del resto de la transcripción y concéntrate en la última línea de Jay. Se muestra obsequioso, casi adulador.

—Le está dando las gracias a Stone por salvarle el trabajo.

Negué con la cabeza:

—Eso no es propio de Jay. Es demasiado orgulloso. Lo máximo que le sacas es «gracias», y eso si lo has sacado de un coche ardiendo. No es de los que exageran a la hora de mostrar agradecimiento. Es demasiado arrogante. Y el Jay que yo conozco se hubiera puesto hecho un basilisco ante la más mínima posibilidad de apartarle de un caso.

—Pero aquí se le está yendo la pinza. Fíjate en las cosas que estaba escribiendo cuando lo llamaron a capítulo.

Me puse de pie y di unas vueltas a la mesa del comedor:

—Jay puede encontrar a cualquiera.

—Eso ya lo has dicho.

—Pero en este caso, no encontró nada en una semana. Ni a Desirée ni a Sean Price.

—Puede que buscara donde no era.

Me apoyé en la mesa, me rasqué el cogote y observé a Desirée Stone.

En una de las fotos estaba sentada en un columpio en Marblehead, riendo, con los brillantes ojos verdes mirando directamente al objetivo. Tenía enredado el pelo de color miel y llevaba un jersey viejo y unos tejanos rasgados. Iba descalza y en su boca destacaban unos dientes blanquísimos.

Sus ojos te atraían, eso era indudable, pero había algo más que te hacía fijarte en ella. Tenía lo que en Hollywood llamarían «presencia». Congelada en el tiempo, seguía irradiando un aura de salud, de vigor, de una sensualidad sin esfuerzo, y una extraña mezcla de vulnerabilidad y aplomo, de apetito e inocencia.

—Tienes razón —dije.

—¿En qué?

—En que es preciosa.

—Y que lo digas. Yo mataría por tener ese aspecto con un jersey viejo y unos tejanos gastados. Fíjate en el pelo: parece que no se ha peinado en una semana, pero sigue estando perfecta.

Le dediqué una mueca.

—Tú no tienes nada que envidiarle en cuestión de belleza, Angie.

—Oh, por favor. —Apagó el cigarrillo y se puso a mirar la foto conmigo—. Yo soy mona, de acuerdo. Puede que algunos hasta me encuentren guapa.

—O preciosa. O despampanante, o de infarto, o volup...

—Vale —me cortó—. Bien. Algunos hombres, sí. Te lo reconozco. Algunos, pero no todos. Muchos dirían que no soy su tipo. Que tengo un aspecto demasiado italiano, que soy demasiado pequeñita, que me sobra de una cosa y me falta de otra.

—Aprecio la riqueza del debate —le dije—. Vale, te seguiré la corriente.

—Pero a ésta —le clavó el índice en la frente a Desirée—, no hay un solo heterosexual que no la encuentre atractiva.

—Es especial —dije.

—¿Especial? Patrick, es perfecta.

Dos días después de la reunión de urgencia en casa de Trevor Stone, Jay Becker hizo algo que lo podría haber enviado de cabeza al manicomio, de no ser porque fue una prueba más de su genialidad.

Se convirtió en Desirée Stone.

Dejó de afeitarse, descuidó su aspecto personal y dejó de comer. Vestido con un traje caro pero arrugado, reconstruyó los pasos de Desirée por el Collar Esmeralda. Esta vez, sin embargo, no lo hizo como un investigador, sino como si fuera ella.

Se sentó en el mismo banco de la plaza de la avenida Commonwealth, en la misma franja de hierba del Common, bajo el mismo árbol de los Jardines Públicos. Como dejó escrito en sus informes, al principio esperaba que alguien —tal vez Sean Price— se acercara a él creyéndole vulnerable y víctima de una desgracia reciente. Pero cuando eso no sucedió, intentó adoptar lo que él suponía que era el estado mental de Desirée durante las semanas previas a su desaparición. Se empapó de las cosas que ella había visto, escuchó lo que ella oía, esperó y rezó para que se produjera un contacto humano basado en la pérdida de un ser querido.

«La pena», escribió Jay en su informe de ese día. «Yo seguía regresando a su pena. ¿Dónde encontraría el consuelo? ¿Qué podría manipularlo? ¿Qué podría tocarlo?»

Casi siempre a solas en los parques invernales, mientras una llovizna emborronaba su campo de visión, Jay estuvo a punto de no ver lo que llevaba tiempo ante sus narices y que le inquietaba el subconsciente desde que se hizo cargo del caso nueve días atrás.

La pena, seguía pensando. La pena.

Y la vio desde su banco en la avenida Commonwealth. La vio desde la esquina de césped del Common. La vio desde debajo del árbol de los Jardines Públicos.

La pena.

No ese sentimiento, sino la pequeña placa dorada.

ALIVIO DE LA PENA, S. A., decía.

Había una placa dorada en la fachada del cuartel general, justo enfrente de su banco en la avenida Commonwealth; otra en la puerta del Centro Terapéutico de Alivio de la Pena, en la calle Beacon. Y las oficinas de Alivio de la Pena S. A. estaban a una manzana de allí, en una mansión de ladrillo rojo de la calle Arlington.

Alivio de la Pena, S. A. Cuando se dio cuenta de lo que significaba su descubrimiento, Jay Becker tuvo que troncharse.

Dos días después, tras informar a Trevor Stone y a Hamlyn y Kohl de que había acumulado pruebas suficientes como para sugerir que Desirée Stone había visitado Alivio de la Pena, S. A., y que había algo turbio en esa organización, Jay empezó a trabajar de incógnito.

Se presentó en las oficinas de Alivio de la Pena y solicitó hablar con un consejero. Luego le explicó al consejero en cuestión que había trabajado para la ONU en Ruanda y en Bosnia (una coartada que confirmarían ciertos amigos que Adam Kohl tenía en la ONU) y que estaba sufriendo un colapso total: moral, psicológico y emocional.

Esa noche acudió a un «seminario intensivo» para víctimas de una pena profunda. Jay le contó a Everett Hamlyn, durante una conversación grabada que tuvo lugar el 27 de febrero a primera hora, que Alivio de la Pena dividía a sus clientes en seis categorías de dolor: Nivel uno (Malestar); Nivel dos (Desolación); Nivel tres (Grave, con enajenación hostil o emocional); Nivel cuatro (Muy grave); Nivel cinco (Gravísimo), y Nivel seis (Línea divisoria).

Jay explicó que el concepto «línea divisoria» significaba que el cliente había llegado a un punto en el que tanto podía estallar como encontrar un estado de gracia y aceptación.

Para asegurarse de cuándo un Nivel cinco estaba en peligro de alcanzar el Nivel seis, Alivio de la Pena animaba a los del Nivel cinco a que se acogieran a un Refugio del Alivio. Y como la ocasión la pintan calva, según dijo Jay, resultó que uno de esos Refugios del Alivio partía desde Boston hacia Nantucket al día siguiente, el 28 de febrero.

Tras una llamada telefónica a Trevor Stone, Hamlyn y Kohl autorizaron una partida de dos mil dólares en gastos para que Jay pudiera sumarse al Refugio del Alivio.

—Ella ha estado ahí —le dijo Jay a Everett Hamlyn por teléfono—. Desirée. Ha estado en la sede de Alivio de la Pena en la avenida Commonwealth.

—¿Cómo lo sabe?

—Hay una tabla informativa en la sala de reuniones. Llena de... Bueno, ya sabe, de polaroids, de fotos tomadas en fiestas y en reuniones modelo verdad-que-estamos-todos-de-puta-madre, chorradas así. Y ella está en una de esas fotos, con un grupo de gente, al fondo. Ya es mía, Everett. Puedo sentirlo.

—Ten cuidado, Jay —le dijo Everett Hamlyn.

Y eso hizo Jay. El primero de marzo volvió ileso de Nantucket. Llamó a Trevor Stone y le dijo que acababa de regresar a Boston y que se dejaría caer por la casa de Marblehead con novedades en cosa de una hora.

—¿La ha encontrado? —le preguntó Trevor.

—Está viva.

—¿Seguro?

—Ya se lo dije, señor Stone —afirmó Jay con un poco de su antigua arrogancia—. A mí no me desaparece nadie. Nadie.

—¿Dónde está usted? Le enviaré un coche.

Jay se echó a reír:

—No se preocupe. Estoy a unos treinta kilómetros. No tardaré nada.

Y en algún punto de esos treinta kilómetros, Jay desapareció.

5

—Fin de siglo —dijo Ginny Reagan.

—Fin de siglo —dije yo—. Sí señor.

—¿Le preocupa? —me preguntó.

—Por supuesto —repuse—. ¿A usted no?

Ginny Regan era la recepcionista de las oficinas de Alivio de la Pena S. A., y parecía un tanto confusa. No era para menos. Dudo que supiera la diferencia entre «siglo» y «triciclo», y algo parecido me habría sucedido a mí de no documentarme antes de aparecer por ahí. El problema es que el rollo que le estaba soltando empezaba a confundirme a mí también. No me quedó más remedio que recurrir a Chico Marx. ¿Qué haría Chico Marx en una conversación como ésta?

—Hombre... —dijo Ginny—. Pues no lo sé.

—¿No lo sabe? —Le arreé un palmetazo al escritorio—. ¿Cómo que no lo sabe? Vamos a ver, si hablamos de fin de siglo, hablamos de un tema muy serio. El fin del milenio, caos a granel, Apocalipsis nuclear, cucarachas del tamaño de autobuses...

Ginny me observaba nerviosa mientras un hombre con un traje marrón de lo más anodino se ponía un chaquetón en el despacho que había tras ella y se acercaba a la puertecita que, junto al escritorio de Ginny, separaba la recepción de la zona principal.

—Sí —dijo Ginny—. Claro que sí. Es un tema muy serio. Pero yo...

—La cosa es evidente, Ginny. Esta sociedad se está desmoronando. Pruebas no faltan: lo de Oklahoma, las bombas del World Trade

Center, David Hasselhoff... No hay peor ciego que el que no quiere ver.

—Buenas noches, Ginny —dijo el hombre del chaquetón mientras empujaba la puerta situada junto al escritorio.

—Buenas noches, Fred —dijo Ginny.

Fred me echó un vistazo.

—Buenas noches, Fred —lo saludé.

—Vale —dijo Fred—. Pues nada...

Y se marchó.

Miré el reloj de pared que había sobre el hombro de Ginny: las 17:22.

Todos los oficinistas, según podía deducir, se habían ido ya a casa. Todos menos Ginny, claro está. La pobre Ginny.

Me rasqué el cogote varias veces, una señal para Angie, y congelé a Ginny con mi mirada benigna, beatífica, benevolente y majareta.

—Cada día me cuesta más levantarme —dije—. Me cuesta mucho.

—¡Usted está deprimido! —dijo Ginny de lo más animada, como si por fin hubiese entendido algo que hasta entonces se le escapaba.

—Destrozado por la pena, Ginny. Destrozado por la pena.

Cuando pronuncié su nombre, dio un respingo y luego sonrió:

—Destrozado por la pena de... ¿del fin de ciclo?

—Fin de siglo —la corregí—. Sí. Muy destrozado. Mire, yo no es que esté de acuerdo con los métodos de Ted Kaczynski, pero igual tenía razón.

—Ted... —dijo.

—Kaczynski —dije yo.

—Kaczynski...

—El Unabomber —añadí.

—El Unabomber... —repitió ella, lentamente.

Le sonreí.

—¡Ah! —exclamó de repente—. ¡El Unabomber! —Se le iluminaron los ojos y pareció que, en cosa de un segundo, se había

55

quitado un gran peso de encima—. El de las cartas bomba. Ya lo he pillado.

—¿Está segura? —me incliné hacia adelante.

Sus ojos adoptaron de nuevo un aire confuso:

—No, la verdad es que no.

—Ah —me eché hacia atrás.

En la esquina de atrás de la oficina, sobre el hombro derecho de Ginny, se abrió una ventana. El frío, pensé de pronto. Notará el aire frío en la espalda.

Me apoyé en su escritorio:

—La respuesta crítica de la modernidad a lo mejor de la cultura popular me confunde, Ginny.

Pegó otro respingo y soltó otra sonrisa:

—¿Ah, sí?

—Tremendamente —dije—. Y esa confusión conduce a la ira y esa ira lleva a la depresión y esa depresión... —mi voz iba subiendo de volumen mientras Angie se colaba por la ventana y a Ginny se le iban poniendo unos ojos como platos al escucharme y su mano izquierda se deslizaba en un cajón del escritorio—, ¡desemboca en la pena! Una pena auténtica, no nos engañemos, por la decadencia del arte y de nuestra capacidad crítica, por el fin del milenio y esa sensación general de fin de siglo...

La mano enguantada de Angie cerró la ventana a su espalda.

—Señor... —entonó Ginny.

—Doohan —dije—. Deforest Doohan.

—Señor Doohan... La verdad es que no sé si «pena» es la palabra adecuada para sus problemas.

—Y Bjork —dije—. ¿Usted entiende lo de Bjork?

—Pues no mucho, pero estoy segura de que Manny sí.

—¿Manny? —pregunté mientras se abría la puerta que había detrás de mí.

—Sí, Manny —dijo Ginny esbozando una sonrisita satisfecha—. Manny es uno de nuestros consejeros.

—¿Tienen un consejero que se llama Manny?

—Hola, señor Doohan —dijo el tal Manny mientras se acercaba con la mano extendida.

Manny, como pude comprobar cuando se me dislocó el cuello para poder verlo en su totalidad, era alto. Manny era gigantesco. Manny, francamente, no era un ser humano. Era una mole con patas.

—Hola, Manny —dije mientras mi manita se perdía en una de sus manazas.

—¿Qué tal, señor Doohan? A ver, ¿qué le pasa?

—Siento una gran pena —le dije.

—No es usted el único —repuso Manny.

Y sonrió.

Manny y yo caminábamos con precaución por las aceras heladas mientras atajábamos por los Jardines Públicos en dirección al Centro Terapéutico de Alivio de la Pena de la calle Beacon. Manny me explicó amablemente que yo había cometido el muy comprensible error de entrar en las oficinas de Alivio de la Pena cuando, como resultaba evidente, lo que andaba buscando era ayuda terapéutica.

—Evidentemente —le di la razón.

—Bueno, señor Doohan, ¿y qué es lo que le preocupa? —Manny tenía una voz muy suave para su envergadura: tranquila, serena, propia de un pariente comprensivo.

—Pues no lo sé, Manny —le dije mientras esperábamos que dejaran de pasar coches por la esquina de Beacon y Arlington—. Últimamente me entristece el estado general de las cosas. Ya sabes, el mundo, América...

Manny me cogió del hombro y me hizo cruzar la calle aprovechando una momentánea interrupción del tráfico. Su mano era firme, fuerte, y el hombre caminaba con la resolución propia de quien nunca ha conocido el miedo o la duda. Cuando llegamos al otro lado de Beacon, dejó caer la mano de mi hombro y fuimos hacia el este, hacia el viento gélido.

—¿Y usted a qué se dedica, señor Doohan?

—A la publicidad.

—Ah —dijo—. Claro. Es usted un miembro del conglomerado de los medios de comunicación.

—Si tú lo dices, Manny...

Mientras nos acercábamos al Centro Terapéutico, me fijé en un grupo de adolescentes que llevaban idénticas camisas blancas y los mismos pantalones verde claro bien planchados. Todos eran del sexo masculino, llevaban el pelo corto y repeinado y lucían chaquetas de cuero similares.

—¿Han recibido el mensaje? —les preguntó uno de ellos a una pareja mayor que teníamos delante. Le extendió un papel a la señora, pero ella lo esquivó con un ensayado paso a la izquierda y le dejó con la hoja en la mano.

—Mensajeros —le dije a Manny.

—Sí —suspiró él—. Por el motivo que sea, este sitio les gusta mucho.

Los «mensajeros». Así es cómo se conocía en Boston a esos jóvenes emprendedores que emergían repentinamente de la multitud para plantificarte en el pecho su literatura. Solían ser hombres, aunque había alguna que otra mujer, llevaban un uniforme blanquiverde y el pelo corto y, por regla general, sus ojos eran amables e inocentes, aunque con un punto febril en las pupilas.

Eran miembros de la Iglesia de la Verdad Revelada y siempre mostraban una gran educación. Todo lo que te pedían eran unos minutos para que escucharas su «mensaje», que creo que iba del Apocalipsis inminente, o de alguna epifanía o algún éxtasis, o de lo que sucedió cuando los Cuatro Jinetes bajaron de los cielos y echaron a galopar por la calle Tremont y se abrió el infierno bajo la tierra para tragarse a los pecadores o a los que ignoraron el Mensaje, que creo que eran los mismos.

Esos chicos en concreto se trabajaban su esquina, bailando alrededor de la gente y sumergiéndose en la agobiada masa peatonal que volvía a casa tras su jornada de trabajo.

—¿Por qué no recibís el Mensaje cuando aún estáis a tiempo? —le decía con desesperación uno de ellos a un hombre que cogió la hoja de papel y siguió andando mientras hacía una bola con ella.

Pero Manny y yo, al parecer, éramos invisibles. Ninguno de los chavales se nos acercó mientras llegábamos a la entrada del Centro Terapéutico. Por el contrario, se apartaron a nuestro paso, improvisando una especie de ola.

Miré a Manny:

—¿Conoces a esos chicos?

Negó con su impresionante cabezón:

—No, señor Doohan.

—Pues parece que ellos sí te conocen a ti.

—Debe de ser porque me han visto mucho por aquí.

—Seguramente —concluí.

Mientras Manny abría la puerta y se hacía a un lado para que yo pasara primero, uno de los chicos le lanzó una mirada. Tendría unos diecisiete años y le quedaba un leve rastro de acné en las mejillas. Tenía las piernas torcidas y tan delgadas que un poco más de viento podría derribarlo. La manera en que miró a Manny, aunque muy breve, resultaba reveladora.

Era evidente que el chaval había visto antes a Manny. Y que le tenía miedo.

6

—¡Hola!

—¡Hola!

—¡Hola!

—¡Gusto en veros!

Cuatro personas salían mientras Manny y yo entrábamos. Y hay que ver lo felices que eran. Tres mujeres y un hombre con la cara reluciente de satisfacción, los ojos claros y brillantes y unos cuerpos que casi zumbaban de puro vigor.

—¿Empleados? —pregunté.

—¿Cómo?

—Esos cuatro —insistí—. ¿Empleados?

—Y clientes —dijo Manny.

—¿Quieres decir que unos eran empleados y otros clientes?

—Sí —dijo Manny, ese cabrón obtuso.

—No se les veía muy destrozados por la pena.

—Estamos aquí para curar, señor Doohan. Yo diría que su observación es la viva muestra de nuestra eficacia, ¿no le parece?

Atravesamos la recepción y, torciendo a la derecha, enfilamos una escalinata que parecía ocupar la mayor parte de la primera planta. Los peldaños estaban alfombrados y teníamos por encima una lámpara modelo araña del tamaño de un Cadillac.

Hacían falta cantidades ingentes de pena para financiar ese lugar. No era extraño que todo el mundo pareciera tan feliz. Todo parecía indicar que la pena era una industria de lo más boyante.

En lo alto de las escaleras, Manny empujó dos enormes puertas de madera de roble y fuimos a dar a un suelo de parqué con una extensión de un par de kilómetros cuadrados. Probablemente, aquello había sido en tiempos un salón de baile. El techo era altísimo y estaba pintado de un azul brillante. Por él flotaban angelotes dorados y criaturas mitológicas, compartiendo espacio con más arañas Cadillac. Las paredes lucían pesados brocados de color vino y tapices romanos. En el suelo había sofás, divanes y un par de escritorios donde antaño, no me cabía la menor duda, bailaban y cotilleaban los bostonianos más conspicuos.

—Bonito edificio —exclamé.

—Sí que lo es —dijo Manny mientras unos cuantos ciudadanos apenados levantaban la vista desde sus sofás.

Tuve que asumir que algunos eran clientes y otros consejeros, pero no podía distinguirlos y me dio la impresión de que el amigo Manny no me iba a echar una mano en ese particular.

—Hola a todos —dijo mientras recorríamos el laberinto de divanes—. Os presento a Deforest.

—Hola, Deforest —clamaron al unísono veinte veces.

—Hola —conseguí decir mientras miraba alrededor en busca de las vainas de las que habían salido.

—Deforest sufre un leve malestar de finales del siglo xx —dijo Manny conduciéndome hacia el centro de la sala—. Algo que todos conocemos.

Varias veces gritaron «Pues sí, claro que sí», como si estuviéramos en algún espectáculo religioso y los cantantes de gospel estuviesen a punto de empezar su actuación.

Manny me llevó hasta un escritorio que había al fondo, en una esquina, y me indicó que me sentara en un sillón justo enfrente de él. El sillón era tan mullido que tuve la impresión de que me hundía, pero traté de ponerme cómodo mientras Manny crecía veinte centímetros y yo me iba para abajo. Se sentó tras el escritorio en una silla de respaldo alto.

—Bueno, Deforest —dijo mientras sacaba un cuaderno del cajón y lo dejaba sobre la mesa—. ¿En qué podemos ayudarle?

—No estoy seguro de que puedan.

Se arrellanó en el asiento, abrió los brazos y sonrió:

—Póngame a prueba.

Me encogí de hombros:

—Igual fue una idea tonta. Pasaba por delante del edificio, vi la placa...

Nuevo encogimiento de hombros.

—Y notó un tirón.

—¿Un qué?

—Un tirón. —Se inclinó hacia adelante—. Usted se siente desplazado, ¿verdad?

—Un poco —dije mirándome los zapatos.

—Puede que poco, puede que mucho. Ya lo veremos. Pero desplazado. Y anda usted por ahí, deambulando, cargando con ese peso en el pecho que lleva soportando tanto tiempo que ya casi ni lo nota. Y ve la placa. Alivio de la Pena. Y siente que la placa le atrae. Porque eso es lo que busca: alivio. De su confusión. De su soledad. De su desplazamiento. —Levantó una ceja—. ¿Voy bien?

Me aclaré la garganta y aparté rápidamente los ojos de su mirada profunda como si la vergüenza me impidiera sostenérsela:

—Tal vez.

—Nada de «tal vez» —dijo—. Sí. Usted siente dolor, Deforest. Y nosotros podemos ayudarle.

—¿De verdad? —dije quebrando un poco la voz—. ¿De verdad? —repetí.

—Podemos ayudarle si... —levantó un dedo— confía en nosotros.

—No es fácil confiar en nadie —afirmé.

—Tiene razón. Pero la confianza debe ser la base de nuestra relación si queremos que ésta funcione. Tiene que confiar en mí. —Se palmeó el pecho—. Y yo tengo que confiar en usted. De esa manera, podremos establecer una conexión.

—¿Qué clase de conexión?

—A nivel humano. —Su amable voz se había hecho aún más suave—. La única que importa. De ahí viene la pena, Deforest, de ahí viene el dolor: de una falta de conexión con los demás seres humanos. En el pasado, su confianza se vio traicionada y su fe en la gente se rompió, se hizo añicos. A usted le han engañado. Le han mentido. Por eso ha optado por no confiar en nadie. Cosa que, hasta cierto punto, sin duda le protege. Pero también le aísla del resto de la humanidad. Usted está desconectado. Está desplazado. Y la única manera de encontrar el camino de regreso a un lugar, a una conexión, es volver a confiar.

—Y tú quieres que confíe en ti.

Asintió:

—A veces hay que arriesgarse.

—¿Y por qué debería confiar en ti?

—Pienso ganarme su confianza. Créame. Pero es una calle de dos direcciones, Deforest.

Entrecerré los ojos.

—Necesito confiar en usted —dijo él.

—¿Y cómo puedo probar que soy digno de tu confianza, Manny?

Cruzó las manos sobre el estómago:

—Podría empezar explicándome por qué lleva una pistola.

El tipo era bueno. Yo guardaba la pistola en una funda enganchada a la parte trasera del cinturón. Llevaba un traje holgado, bajo un chaquetón negro, para tener pinta de ejecutivo, y el arma no destacaba de ninguna manera. Manny era muy bueno.

—Por miedo —dije intentando adoptar un aire asustado.

—¡Ah! Ya veo. —Se inclinó hacia la mesa y escribió «miedo» en una hoja de papel rallado. En el margen superior, anotó: «Deforest Doohan».

—¿Seguro?

Su rostro no expresaba la menor emoción:

—¿Miedo a algo en concreto?

—No —dije—. Sólo una sensación general de que el mundo es un lugar muy peligroso en el que a veces me siento perdido.

Asintió:

—Por supuesto. Ésa es una aflicción muy común hoy día. La gente siente a menudo que no controla ni las cosas más nimias de este mundo enorme y moderno. Se sienten aislados, pequeños, con miedo a perderse en las entrañas de una tecnocracia, de un mundo industrializado que ha superado su propia capacidad de mantener a raya los peores impulsos.

—Algo así —dije.

—Como usted mismo dijo, se trata de un sentimiento de fin de siglo muy extendido hacia el final de cada centuria.

—Sí.

Yo no había hablado del fin de siglo en presencia de Manny.

Lo cual significaba que había micrófonos en las oficinas.

Intenté que esa súbita evidencia no se materializara en el brillo de mis ojos, pero no me debió de salir muy bien, pues Manny frunció el entrecejo y se instaló entre nosotros el mutuo reconocimiento.

El plan consistía en que Angie entrara antes de que se pusieran en marcha las alarmas. Al salir se dispararían, claro está, pero para cuando apareciera alguien, ella ya se habría ido de allí. Ésa era la teoría, pero ninguno de nosotros consideró la posibilidad de que hubiera un sistema interno de microfonía.

Manny se me quedó mirando fijamente con las cejas enarcadas y los labios fruncidos contra la tienda de campaña que había trazado con las manos. Ya no parecía un simpático grandullón ni un consejero moral. Lo que parecía era un cabronazo ruin al que más valía no tocarle las narices.

—¿Quién es usted en realidad, señor Doohan?

—Soy un ejecutivo publicitario con un miedo muy profundo a la cultura moderna.

Apartó las manos de la cara y se las quedó mirando.

—Pero sus manos no son nada finas —me dijo—. Y algunos de sus nudillos están bastante maltrechos. Y su rostro...

—¿Mi rostro? —Noté que se instalaba un gran silencio en la sala.

Manny observó algo o a alguien por encima de mi hombro:

—Sí, su rostro. Con la luz adecuada, puedo distinguir unas cicatrices en las mejillas, bajo la barbilla. Yo diría que son navajazos. ¿O se las hicieron con una cuchilla de afeitar?

—¿Y tú quién eres, Manny? —contraataqué—. No tienes pinta de un consejero de la pena.

—Ah, pero es que no hablamos de mí. —Volvió a mirar por encima de mi hombro; acto seguido, sonó el teléfono que había sobre la mesa. Sonrió y descolgó—. ¿Sí? —La ceja izquierda se le arqueó mientras escuchaba y no tardó nada en clavarme la vista encima—. Tiene lógica —le dijo a su interlocutor telefónico—. No creo que trabaje solo. Y a quien se haya colado en las oficinas —me dedicó una sonrisa—, zúrrale con ganas. Asegúrate de que entiende el mensaje.

Manny colgó el auricular y metió la mano en el cajón. Yo apoyé el pie en el escritorio y le di tal empujón que se estrelló contra su pecho mientras mi silla salía disparada.

El tipo que estaba detrás de mí intercambiando miraditas con Manny se me echó encima. Lo sentí antes de verlo. Giré a la derecha y le aticé un codazo en plena cara, con tanta fuerza que me crujieron los huesos y se me insensibilizaron los dedos.

Manny apartó la mesa y se puso de pie. Yo fui hasta él y le apoyé la pistola en la oreja.

La verdad es que Manny se tomaba con mucha serenidad lo de que alguien le clavara un arma automática en la sesera. No parecía asustado. Más bien daba la impresión de que ya había pasado antes por algo así. La verdad es que se le veía aburrido.

—No me digas que me vas a usar de rehén. —Se echó a reír—.
Pues soy un rehén bastante incómodo de llevar de un lado para otro,
colega. ¿No lo has pensado?

—Sí, lo he pensado.

Y le aticé en la sien con la culata de la pistola.

Para la mayoría de la gente, con eso sería suficiente. Es lo que
pasa en las películas, que se caen como un saco de patatas y se quedan ahí tirados respirando con dificultad. Pero Manny seguía de pie,
lo cual tampoco me sorprendía demasiado.

Como tenía la cabeza torcida a causa del leñazo en la sien,
aproveché para arrearle de nuevo, primero en el cogote y luego una
vez más en la sien. El último golpe fue el de la suerte, pues el hombre ya estaba alzando los brazos con muy malas intenciones, y a
buen seguro podría haberme lanzado por los aires como si yo fuera
un almohadón. Se desplomó sobre la silla, rebotó y se dio contra el
suelo haciendo un ruido como de piano cayendo desde un sexto
piso.

Me aparté de él y apunté con mi arma al tipo que se había em-
plastado contra mi hombro. Era un sujeto atlético y calvo, aunque
con abundante cabello negro a los lados. Se levantó del suelo y se
cubrió con las manos el rostro sanguinolento.

—Eh, tú —le dije—. Gilipollas.

Conseguí captar su atención.

—Pon las manos en la cabeza y camina delante de mí.

Parpadeó.

Extendí el brazo para que viera mejor la pistola.

—Haz lo que te digo.

Cruzó las manos sobre la cabeza y echó a andar con mi arma
entre los hombros. La pandilla de gente alegre y jovial se iba apartando mientras avanzábamos, mostrándose cada vez menos alegres y
joviales. Se les veía más bien irritados, cual áspides con el nido patas
arriba.

Cuando estábamos a la altura del centro de la habitación, vi a un tío junto a una mesa agarrado a un teléfono. Amartillé el arma y le apunté. Dejó caer el auricular.

—Cuelga —le dije.

Y lo hizo, aunque temblando.

—Apártate de la mesa.

Obedeció.

El tipo de la cara machacada que llevaba delante dijo en voz alta:

—Que nadie llame a la policía.

Y luego se dirigió a mí:

—Te has metido en un buen lío.

—¿Cómo te llamas? —le pregunté mientras le apretaba la pistola un poco más.

—Jódete —me soltó.

—Curioso nombre —comenté—. ¿Es sueco?

—Estás muerto.

—Vaya, vaya... —Le aticé unos papirotazos en la nariz rota.

Una mujer que estaba congelada a nuestra izquierda dijo «¡Ay, Dios!», y el señor Jódete tragó saliva y trastabilló un poco antes de recuperar el equilibrio.

Llegamos hasta la puerta de doble hoja y detuve a Jódete colocándole en el hombro la mano libre y en la barbilla el cañón de la pistola. Luego le saqué la cartera del bolsillo de atrás del pantalón, la abrí y leí su nombre en la licencia: John Byrne. Me guardé la cartera en un bolsillo del chaquetón.

—John Byrne —le susurré al oído—, si hay alguien al otro lado de esta puerta, te hago un agujero nuevo en la jeta. ¿Lo has pillado?

El sudor y la sangre que le caían por las mejillas estaban ensuciando el cuello de su camisa blanca.

—Lo he pillado —dijo.

—Bien. Y ahora nos vamos, John.

Le eché un vistazo a la gente feliz. No se habían movido. Supuse que Manny era el único que guardaba un arma en el cajón.

—Si alguien nos persigue —avisé con la voz algo ronca—, la palma, ¿vale?

Asintieron nerviosamente y John Byrne abrió la puerta.

Le empujé sin dejar de sujetarlo y llegamos a la parte superior de la escalinata.

Que estaba vacía.

Le di la vuelta a John Byrne para que se quedara de cara al salón de baile.

—Cierra la puerta.

Obedeció y luego le volví a dar la vuelta y empezamos a bajar las escaleras. La verdad es que había pocos lugares en el mundo que fueran peores a la hora de esconderse o de moverse que aquella maldita escalinata. Intentaba tragar saliva mientras miraba a diestra y siniestra, arriba y abajo, otra vez arriba y otra vez abajo, pero tenía la boca seca. A medio camino, noté cómo se le tensaba el cuerpo a John, así que tiré de él y le clavé en la carne la punta de la pistola.

—¿Pensando en tirarme escaleras abajo, John?

—No —dijo con los dientes apretados—. De verdad que no.

—Vale. Porque eso sería más bien una tontería.

Se relajó un poco, volví a apartarlo de mí y recorrimos el resto de la escalinata. Su mezcla de sangre y sudor me había dejado una mancha húmeda y oxidada en la manga.

—Me has jodido el chaquetón, John.

Me miró el brazo:

—La mancha saldrá.

—Es *sangre*, John. Sobre lana virgen.

—Eso, en una buena tintorería...

—Más te vale —le amenacé—. Porque como la mancha no salga, recurriré a tu cartera y averiguaré dónde vives. Tenlo presente, John.

Nos detuvimos ante la puerta de acceso a la recepción.

—¿Le estás dando vueltas, John?

—Pues sí.

—¿Habrá alguien esperándonos fuera?

—No lo sé. Puede que la pasma.

—Yo me llevo muy bien con la poli —le informé—. Y me encantaría que me detuvieran ahora mismo, John. ¿Me sigues?

—Creo que sí.

—Lo que me preocupa, John, es encontrarme en la calle Beacon a una pandilla de armatostes apenados como Manny armados hasta los dientes.

—¿Y yo qué quieres que te diga? —se defendió—. No sé quién puede estar ahí afuera. Y además, el primer balazo me lo llevaré yo.

Le di unos golpecitos en el mentón con la pistola:

—Y el segundo también. Que no se te olvide.

—Pero, tío, ¿tú quién coño eres?

—Soy un hombre muy asustado con quince balas en la recámara. Ése soy yo. ¿De qué va este sitio? ¿Es una secta?

—Olvídate. Dispárame si quieres, pero no te voy a contar una mierda.

—Desirée Stone —le dije—. ¿La conoces, John?

—Aprieta el gatillo, tío, que yo no hablo.

Me pegué a él y estudié su perfil: el ojo izquierdo le bailaba una polca.

—¿Dónde está? —le pregunté.

—No sé de qué me hablas.

No tenía tiempo para interrogarle ni para sacarle respuestas a hostias.

Todo lo que tenía era su cartera. Y debería bastarme para preparar mi segundo round con él en próximas fechas.

—Esperemos que éste no sea el último minuto de nuestras vidas, John —le dije mientras lo empujaba hacia la zona de recepción.

7

La puerta principal de Alivio de la Pena S. A. era de lo más maciza y no tenía ni una triste mirilla en el centro. A la derecha de la puerta había ladrillos, pero a la izquierda había dos pequeños rectángulos de un cristal verdoso, espeso y tintado por la combinación del frío exterior y el calor interior.

Puse a John Byrne de rodillas junto al cristal y limpié éste con la manga. No sirvió de mucho: era como mirar desde una sauna y a través de diez capas de plástico de embalar. La calle Beacon se extendía ante mí como un cuadro impresionista lleno de siluetas borrosas que identifiqué como personas avanzando entre la niebla. Las blancas farolas y amarillentas lámparas de gas lo empeoraban todo y me hacían pensar en fotografías sobreexpuestas. Al otro lado de la calle, los árboles de los Jardines Públicos se alzaban en masa, indistinguibles unos de otros. No estaba muy seguro de lo que veía, pero me pareció que unas lucecitas azules parpadeaban entre los árboles. No había manera de saber qué ocurría allí afuera. Pero tampoco me podía quedar ahí adentro. El griterío iba creciendo en el salón de baile, y en cualquier momento a alguien se le podría ocurrir abrir la puerta que daba a la escalinata.

A primeras horas de la noche, justo después de la hora punta, la calle Beacon tenía que estar medio llena. Aunque los clones de Manny me estuvieran esperando, no podían acribillarme ante tantos testigos. Pero tampoco podía estar seguro del todo. Igual se trataba de musulmanes chiítas para los que mi muerte significaba la manera más rápida de llegar hasta Alá.

—A tomar por culo —dije levantando a John—. Vamos allá.

—Mierda —dijo él.

Respiré hondo unas cuantas veces.

—Abre la puerta, John.

Su mano se entretuvo unos segundos en el pomo. Luego la apartó y se la secó con la pernera del pantalón.

—Quítate la otra mano de la cabeza, John. Y no hagas ninguna estupidez.

Obedeció y volvió a mirar el pomo de la puerta.

Arriba, algo contundente fue a parar al suelo.

—Cuando quieras, John.

—Vale.

—Esta noche, a ser posible.

—Vale. —Se volvió a secar la mano en los pantalones.

Suspiré y abrí la puerta yo mismo. Le clavé la pistola en la rabadilla mientras salíamos al exterior.

Y me di de bruces con un poli.

Pasaba por delante del edificio cuando atisbó movimiento por el rabillo del ojo. Se detuvo, giró sobre sí mismo y se nos quedó mirando.

Se llevó la mano derecha a la cadera, justo encima del arma reglamentaria, y observó atentamente el rostro sanguinolento de John Byrne.

En la esquina con Arlington, varios coches de policía habían aparcado ante las oficinas de Alivio de la Pena, y sus luces azules y blancas atravesaban los árboles del jardín y rebotaban en los edificios de ladrillo rojo.

El poli echó un rápido vistazo a la manzana y luego nos miró de nuevo a nosotros. Era un chaval robusto, pelirrojo y narigudo, con una cara que tanto podía ser de madero como de gamberro del extrarradio. Era de esos chicos que alguien podría tomar por retrasados a causa de su manera de moverse, sin darse cuenta de lo mucho que se estaba equivocando. El chico en cuestión le demostraría cuánto. Y de manera asaz dolorosa.

—¿Los señores tienen algún problema?

Con el cuerpo de John bloqueando la visión del poli, me puse la pistola en el cinturón y la cubrí con el chaquetón.

—Ningún problema, agente. Sólo intento llevar a mi amigo al hospital.

—Sí, por cierto... —dijo él mientras se acercaba un poco más a la escalinata—. ¿Qué le ha pasado en la cara, señor?

—Me he caído por las escaleras —dijo John.

Curiosa actitud, John. Lo único que tenías que hacer para librarte de mí era decir la verdad. Pero no lo has hecho.

—¿Y se dio en toda la cara, señor?

John soltó una risita mientras yo me abotonaba el chaquetón.

—Desgraciadamente —dijo.

—Señor, ¿podría usted salir de detrás de su amigo?

—¿Yo? —me hice el sorprendido.

Y el chaval asintió.

Me situé a la derecha de John.

—¿Les importaría a ambos bajar a la acera?

—Claro que no —respondimos al unísono.

El chaval en cuestión era el agente Largeant, como comprobé cuando pude acercarme lo suficiente a él para leer su nombre en la chapa. Algún día llegaría a sargento. El sargento Largeant. Tuve el presentimiento de que nadie le complicaría la vida. Algo me decía que a ese muchacho nadie le tocaría las narices lo más mínimo.

Sacó la linterna que llevaba en la cadera, apuntó con ella a la puerta de Alivio de la Pena S. A. y leyó la placa dorada.

—¿Trabajan aquí?

—Yo sí —dijo John.

—¿Y usted, señor? —Largeant me clavó la linterna en los ojos durante el tiempo suficiente como para que me dolieran.

—Soy un viejo amigo —anuncié.

—Así que usted es John. —Ahora le tocaba a él aguantar la linterna.

—Sí, agente.

—¿John...?

—Byrne.

Largeant asintió.

—No estoy muy fino, agente. Nos dirigíamos al Hospital General para que le echaran un vistazo a mi cara.

Largeant asintió de nuevo y se miró los zapatos. Aproveché ese momento para sacarme la cartera de John Byrne del bolsillo del chaquetón.

—¿Podrían identificarse, señores? —dijo Largeant.

—¿Identificarnos? —dijo John.

—Agente —le dije mientras apoyaba el brazo en la espalda de John como para darle ánimos—. Mi amigo puede tener una contusión seria.

—Me gustaría que se identificaran —dijo Largeant con una sonrisita autoritaria—. Y usted apártese de su amigo. Ahora mismo.

Le metí la cartera a John en el cinturón y aparté la mano para empezar a tentarme los bolsillos. Junto a mí, John se reía por lo bajini.

Le dio su cartera a Largeant y me dedicó una sonrisa.

—Aquí tiene, agente.

Largeant abrió la cartera mientras empezaba a formarse un grupito de curiosos. Llevaban por ahí un buen rato, pero ahora que la cosa empezaba a ponerse interesante hicieron más evidente su presencia. Algunos de ellos eran los Mensajeros que habíamos visto antes, todos con los ojos como platos y pasmados ante este ejemplo de decadencia finisecular que estaba teniendo lugar justo delante de sus narices. Dos hombres abordados por la policía en plena calle Beacon: otra señal evidente del Apocalipsis.

El resto eran oficinistas o gente que estaba paseando al perro o tomándose un café en el Starbucks de la esquina. Algunos procedían de esa cola instalada a perpetuidad ante el bar de *Cheers*, dándole vueltas a la posibilidad de pedir un crédito para tomarse una copa si algún día les dejaban entrar.

Y también había unos cuantos cuya presencia no me gustaba nada. Hombres bien vestidos, con el abrigo abrochado hasta el último botón y los ojos clavados en mí. Cortados por el mismo patrón que Manny. Se mantenían en los extremos de la muchedumbre, desplegados para controlarme tanto si tiraba por Arlington como por Charles o si me daba por atravesar el parque. Unos tíos con pinta de tener muy mala leche.

Largeant le devolvió la cartera a John, quien me dedicó otra de sus sonrisitas mientras se la guardaba en un bolsillo del pantalón.

—Ahora usted, señor.

Le di mi cartera y él la abrió y la miró a la luz de la linterna. De la manera más discreta posible, John trató de echarle un vistazo, pero Largeant la cerró de golpe.

Percibí la frustración en la cara de John y sonreí a mi vez. Que tengas más suerte la próxima vez, pedazo de zoquete.

—Aquí tiene, señor Kenzie. —Al pronunciar mi apellido, Largeant consiguió que varios de mis órganos internos se me desplomaran en el estómago. Mientras me devolvía la cartera, a John Byrne se le iluminó el semblante: Kenzie, dijo en voz muy tenue mientras asentía satisfecho.

Me entraron ganas de llorar.

Pero entonces miré hacia Beacon y vi lo único que no me deprimió durante los últimos cinco minutos: Angie estaba a las puertas del parque, al volante de nuestro Crown Victoria marrón. El interior del coche estaba a oscuras, pero podía discernir el ascua de su cigarrillo cada vez que se lo llevaba a los labios.

—¿Señor Kenzie? —dijo una voz tenue.

Era Largeant y me estaba mirando con una expresión de tierno cachorrito. De repente, me entró un pánico cerval, pues era evidente adónde llevaba todo aquello.

—Permítame que le estreche la mano, señor.

—No, no —dije con una sonrisa desquiciada.

—Venga, hombre —dijo John alegremente—. ¡Dale la mano!

—Por favor, señor. Para mí sería todo un orgullo estrechar la mano del hombre que acabó con esos miserables de Araujo y Glynn.

John Byrne enarcó una ceja en mi dirección.

Le di la mano a Largeant, aunque hubiese preferido cruzarle la cara por imbécil.

—El gusto es mío —conseguí decir.

Largeant se deshizo en sonrisas y alharacas varias.

—¿Sabéis quién es este hombre? —le preguntó a la gente.

—¡No, dínoslo!

Giré la cabeza y vi a Manny en lo alto de las escaleras, luciendo una sonrisa más ancha que la del propio John.

—Este hombre es Patrick Kenzie —anunció Largeant—. El detective privado que ayudó a atrapar al asesino en serie Gerry Glynn y a su socio. El héroe que salvó a aquella mujer y a su hijo en Dorchester el pasado noviembre. ¿No lo recordáis?

Y unos cuantos prorrumpieron en aplausos.

La ovación más enérgica estuvo a cargo de Manny y de John Byrne.

Tuve que hacer grandes esfuerzos para no cubrirme el rostro con las manos y prorrumpir en sollozos.

—Tenga mi tarjeta —me dijo Largeant mientras me la insertaba en la mano—. Siempre que le apetezca tomarse algo o que necesite ayuda en un caso, déme un toque, señor Kenzie.

Cada vez que necesite ayuda en un caso. Claro que sí. Gracias.

La muchedumbre se estaba dispersando, pues todo parecía indicar que no le iban a pegar un tiro a nadie. Con la excepción de los tipos del abrigo abotonado y la cara de palo, que se hicieron a un lado para dejar pasar a la gente sin dejar de clavarme la mirada.

Manny se plantó en la acera, se quedó a mi lado y me dijo al oído:

—Hola.

Dijo Largeant:

—Bueno, supongo que tendrá que llevar a su amigo al hospital. Y yo me tengo que ir hacia allá. —Señaló en dirección a la esquina de la calle Arlington. Me dio una palmada en el hombro—. Ha sido un placer conocerle, señor Kenzie.

—Lo mismo digo —aseguré mientras Manny se me enganchaba un poco más.

—Buenas noches. —Largeant se dio la vuelta y enfiló Beacon.

Manny me plantificó la mano en el hombro:

—Ha sido un placer conocerle, señor Kenzie.

—Agente Largeant —grité, y Manny apartó la mano.

Largeant se volvió y me miró.

—Espere un momento. —Eché a andar hacia él y se materializaron dos mastodontes ante mí. Uno de ellos echó un vistazo por encima de mi hombro y puso mala cara. Acto seguido, los dos se apartaron a disgusto. Me deslicé entre ellos y tiré hacia Beacon.

—Dígame, señor Kenzie. —Largeant parecía un poco confuso.

—He pensado en acompañarle y ver si anda por ahí alguno de mis colegas. —Señalé hacia Arlington con la cabeza.

—¿Y su amigo, señor Kenzie?

Miré a Manny y a John. Tenían la cabeza inclinada, esperando mi respuesta.

—Manny —le dije—. ¿Seguro que puedes tú solo?

Y Manny dijo:

—Yo...

—En coche llegaréis antes que andando, tienes razón.

—Ah —dijo Largeant—. Él tiene coche.

—Sí, y muy bonito. ¿Verdad, Manny?

—Rojo intenso —dijo Manny con una sonrisita tensa.

—Vale —dijo Largeant.

—Muy bien —dije yo—. Más vale que te des prisa, Manny. Buena suerte, John.

Los saludé con la mano y Largeant dijo:

—La verdad, señor Kenzie, es que quería preguntarle cosas de Gerry Glynn. ¿Cómo consi...?

El Crown Victoria se deslizaba tras nosotros.

—¡Mi chofer! —exclamé.

Largeant se quedó mirando el vehículo.

—Bueno, agente Largeant —le dije—, llámeme en algún momento. Me ha encantado conocerle. Que usted lo pase bien. Buena suerte. —Abrí la puerta del pasajero—. Siga combatiendo el crimen. Espero que todo le vaya muy bien. Adiós muy buenas.

Me subí al coche y cerré la puerta.

—Sal pitando —le dije a Angie.

—Menos prisas —repuso.

Nos alejamos de Largeant, de Manny, de John Byrne y de los matones y giramos a la izquierda por Arlington, dejando atrás los tres coches patrulla que estaban aparcados ante la sede de Alivio de la Pena con las luces bailando enloquecidas sobre las ventanas.

Una vez estuvimos razonablemente seguros de que nadie nos había seguido, Angie aparcó detrás de un bar de Southie.

—Bueno, cariño —me dijo girándose en el asiento—. ¿Cómo te ha ido el día?

—Bueno...

—Pregúntame cómo me ha ido a mí —dijo—. Anda, pregúntamelo.

—Vale —dije—. ¿Cómo te ha ido el día, *cariñito*?

—Tío, aparecieron a los cinco minutos.

—¿Quiénes? ¿Los polis?

—Los polis... —Se guaseó—. No. Los mastodontes con problemas glandulares. Los que estaban contigo, con el madero y con el tío de la cara hecha caldo.

—Ya —dije—. Ellos.

—Joder, Patrick, me di por muerta. Estaba en la parte de atrás de la oficina, manoseando disquetes, y de pronto, zas, se abren todas las puertas, se disparan las alarmas y... bueno, la cosa no pintaba bien, socio...

—¿Disquetes? —le pregunté.

Me enseñó un montón de ellos, enganchados por una goma roja. Dijo:

—Y aparte de partirle la cara a un tío y de que casi te detengan, ¿has llegado a alguna parte?

Angie había conseguido llegar a la trastienda justo antes de que apareciera Manny para llevarme al Centro Terapéutico. Se quedó allí mientras Ginny apagaba las luces, desenchufaba la cafetera y ordenaba las sillas, todo ello sin dejar de cantar *Foxy lady*.

—¿De Jimi Hendrix?

—A pleno pulmón —concretó Angie—, y haciendo como que tocaba la guitarra.

Esa imagen me dio escalofríos:

—Deberías cobrar un plus por peligrosidad.

—No lo sabes tú bien.

Después de que Ginny se marchara, Angie se disponía a abandonar la trastienda cuando se percató de los finos rayos de luz que atravesaban la oficina principal. Se entrecruzaban como cables y surgían de distintos puntos de la pared, los más bajos a una altura de quince centímetros y los más altos a algo más de dos metros.

—Pedazo de sistema de seguridad —comenté.

—Alta tecnología. El caso es que estaba atrapada en la trastienda.

Empezó a huronear en los archivadores, pero casi todo lo que encontró fueron formularios de impuestos, formularios de empleo y formularios para informes laborales. Lo intentó con el ordenador que había sobre el escritorio, pero no pudo averiguar la contraseña. Estaba revisando el escritorio cuando oyó movimiento en la puerta principal. Intuyendo que iban a dar con ella, utilizó la barra metálica que ya había usado para cargarse el cerrojo del cajón situado a la derecha de la mesa. Astilló la madera, sacó de quicio el cajón y lo arrancó de su marco, encontrando los famosos disquetes.

—No hay nada como una maniobra sutil —dije.

—Oye, tú —se defendió mi socia—, que venían lanzados a por mí.

Trinqué lo que pude y salí por la ventana.

Afuera había un tío esperándola, pero Angie le atizó con la barra en la cabeza un par de veces y el hombre optó por quedarse frito un rato entre los arbustos.

Tras atravesar el patio de un edificio, se encontró en la calle Beacon rodeada de estudiantes del Emerson College dirigiéndose a una clase nocturna. Caminó en su compañía hasta la calle Berkeley y luego recogió nuestro coche en su aparcamiento ilegal de la calle Marlborough.

—Por cierto —me comentó—, nos han puesto una multa.

—Me lo temía.

Richie Colgan se mostró tan contento de vernos que casi me parte el pie al intentar darme con la puerta en las narices.

—Largo de aquí —ladró.

—Bonito albornoz —comenté—. ¿Podemos pasar?

—No.

—Por favor —intervino Angie.

Detrás de Richie pude atisbar unas velas en el salón, así como una copa de champán medio llena.

—¿Qué, escuchando a Barry White? —le dije.

—Patrick... —Le rechinaban los dientes y me pareció escuchar un gruñido procedente de su garganta.

—Es Barry White —afirmé—. Concretamente, *Can't get enough of your love*, Rich.

—Marchaos de aquí ahora mismo —insistió.

—No seas tan amable, Rich —ironizó Angie—. Si de verdad prefieres que volvamos en otro...

—Abre la puerta, Richard —dijo su esposa, Sherilynn.

—Hola, Sheri —Angie le lanzó un saludo por la rendija.

—Richard... —insistió Sherilynn.

79

Y Richie nos dejó entrar.

—Gracias... ¡Richard! —me guaseé.

—Cómeme el rabo, anda.

—No creo que me cupiera, Rich.

Miró hacia abajo y se dio cuenta de que se le había abierto el albornoz.

Se lo abrochó y me arreó un puñetazo suave en los riñones.

—Eres un capullo —le susurré.

Angie y Sherilynn se abrazaban junto al mostrador de la cocina.

—Lo siento —dijo Angie.

—No pasa nada —dijo Sherilynn—. ¿Qué tal estás, Patrick?

—No los animes, Sheri —dijo Richie.

—Estoy bien. Y tú estás estupenda —afirmé.

Sherilynn me hizo una discreta reverencia, envuelta en un kimono rojo, y yo, como de costumbre, me sentí tan halagado como un escolar. Richie Colgan, sin duda alguna el columnista más importante de la ciudad, era un tipo rollizo, siempre mal afeitado y con la piel de ébano hecha polvo a causa de un exceso de trasnoche, cafeína y aire enrarecido. Pero Sherilynn —con esa piel canela, los ojos grises, las piernas bien torneadas y el tonillo musical en la voz que le quedaba de los atardeceres jamaicanos vividos a diario hasta que cumplió los diez años— era una de las mujeres más hermosas que jamás había conocido.

Me besó en la mejilla y pude oler la fragancia a lilas que emanaba de su piel.

—Bueno —dijo—, al grano.

—La verdad es que tengo hambre —comenté—. ¿Os queda algo en la nevera?

Mientras me acercaba al frigorífico, Richie se me tiró encima como una apisonadora y se me llevó por el pasillo hasta el comedor.

—¿Pero qué te pasa? —me quejé.

—Asegúrame que es algo importante. —Su puño estaba a dos centímetros de mi cara—. Asegúramelo, Patrick.

—Bueno...

Le expliqué mi nochecita, lo de Alivio de la Pena y Manny y sus secuaces, lo del encuentro con el agente Largeant y lo del allanamiento de morada de Angie en las oficinas.

—¿Y dices que viste Mensajeros ahí delante? —me preguntó.

—Sí, por lo menos seis.

—Ummm...

—¿Rich?

—Dame los disquetes.

—¿Qué?

—Para eso habéis venido, ¿no?

—Yo...

—Tú eres un ciberanalfabeto. Y Angie también.

—Lo siento. ¿Pero eso es malo?

Extendió la mano:

—Los disquetes.

—Sólo con que pudieras...

—Sí, sí, sí. —Me arrebató los disquetes y les dio unos golpecitos contra la rodilla—. A ver, ¿qué otro favor necesitas?

—Pues sí, de eso se trata, más o menos —dije mirando al techo.

—Por favor, Patrick, móntale el número del pobre tímido a alguien que se lo trague. —Me dio en el pecho con los disquetes—. Si te ayudo, quiero lo que haya aquí.

—¿A qué te refieres?

Negó con la cabeza y sonrió:

—Vamos a ver, ¿tú te crees que hablo en broma?

—No, Rich, pero...

—Sólo porque fuimos juntos a la universidad y toda la pesca, no pensarás que voy a decir «Pobre Patrick, tiene un problema y le voy a echar una mano».

—Hombre, Richie...

Se me enganchó un poco más y siseó:

—¿Sabes cuándo fue la última vez que disfruté de una noche romántica con mi mujer, de-las-de-pegar-un-polvo-sin-prisas?

Di un paso atrás:

—No.

—Pues yo tampoco —dijo en voz alta. Cerró los ojos y se apretó el cinturón del albornoz—. Yo tampoco —repitió en un susurro.

—Más vale que me vaya —dije.

Pero se me puso en medio:

—No hasta que dejemos las cosas claras.

—Vale.

—Si encuentro en estos disquetes algo que pueda usar, lo usaré.

—De acuerdo —concedí—. Como siempre. Pero no antes de...

—No —dijo—. Nada de «no antes de». Estoy hasta aquí de tus «no antes de». ¿No antes de que a ti te parezca bien? Pues no. *En cuanto a mí me parezca bien*, Patrick. Ésta es una regla nueva. Si encuentro algo, lo utilizo de inmediato. ¿De acuerdo?

Lo miré y él me miró a mí.

—De acuerdo —me rendí.

—Perdona, pero no te he oído —dijo llevándose la mano a la oreja.

—De acuerdo, Richie.

Asintió:

—Vale. ¿Para cuándo lo necesitas?

—Para mañana por la mañana, a más tardar.

Volvió a asentir:

—Vale.

Le estreché la mano.

—Eres el mejor, Rich.

—Claro, claro. Anda, lárgate de aquí, a ver si me puedo tirar a mi mujer.

—Ya me voy.

—Ahora mismo —ordenó.

8

—O sea, que saben quién eres —dijo Angie mientras entrábamos en mi casa.

—Pues sí.

—Lo cual significa que es cuestión de horas que también sepan quién soy yo.

—Eso me temo.

—Pero no querían que te detuviesen.

—Curioso, ¿eh?

Tiró el bolso en el salón, junto al colchón que había en el suelo.

—¿Y Richie qué opina?

—Estaba muy cabreado, pero puso cara de interés cuando mencioné a los Mensajeros.

Dejó caer la chaqueta en el sofá del salón, que últimamente le servía de baúl para su ropa. Aterrizó en una pila de jerseys y camisetas recién lavados y plegados.

—¿Tú crees que Alivio de la Pena está relacionado con la Iglesia de la Verdad Revelada?

—No me extrañaría.

Asintió:

—No sería la primera vez que una secta, o como quieras llamarla, tuviera una tapadera.

—Y se trata de una secta muy poderosa —dije.

—A la que igual hemos cabreado.

—Parece que eso se nos da muy bien: irritar a gente que no debería cabrearse con alguien tan débil y precario como nosotros.

Sonrió mientras encendía un cigarrillo:

—Hay que especializarse en algo, ¿no?

Pasé por encima de su cama y apreté el parpadeante botón del contestador automático.

—Hola —le decía Bubba a la máquina—, no os olvidéis de lo de esta noche. En Declan's. A las nueve en punto.

Y colgó.

Angie adoptó una expresión fatalista:

—La fiesta de despedida de Bubba. Casi la había olvidado.

—Yo también. Pero piensa la que nos podría haber caído encima.

Fingió unos temblores y se abrazó a sí misma.

Bubba Rogowski era amigo nuestro. En ciertas ocasiones, parecía que por desgracia. Pero en otras era toda una suerte, pues nos había salvado la vida más de una vez. Bubba era tan grande que su sombra se proyectaría sobre Manny, y daba muchísimo más miedo. Todos habíamos crecido juntos —Angie, Bubba, Phil y yo—, pero Bubba nunca había sido lo que podríamos describir como una persona normal. Y cualquier oportunidad que hubiese podido tener de serlo, se había evaporado antes de cumplir los veinte, cuando se enroló en los Marines para escapar de una condena de cárcel y acabó destinado en la embajada norteamericana en Beirut, donde un buen día un terrorista suicida echó la puerta abajo y se llevó a media compañía por delante.

Fue en Líbano donde Bubba estableció los contactos que desembocarían en su negocio ilegal de armas en Estados Unidos. A lo largo de la última década, se había diversificado en empresas aún más lucrativas, que se dedicaban a la fabricación de carnés de identidad y pasaportes, de dinero falso y réplicas de objetos de marca, de impecables tarjetas de crédito no menos falsas y de todo tipo de permisos y licencias profesionales. Bubba te podía conseguir un doctorado en Harvard en mucho menos tiempo del que la prestigiosa universidad empleaba en otorgarlo. Él mismo exhibía orgulloso su propio doctorado en la pared del almacén que le servía de alojamiento. En Física, nada menos. Todo un logro para un chaval que no había concluido ni la enseñanza primaria, pues lo habían echado de la Escuela Parroquial de San Bartolomé en tercer grado.

Llevaba años reduciendo sus operaciones armamentísticas, pero seguía siendo aquello por lo que más se le conocía (junto a la desaparición de algunos mafiosos durante los últimos años). A finales del año anterior, la policía lo trincó y le encontraron una pistola Tokarev de 9 mm enganchada en la parte de abajo del salpicadero del coche. En este mundo hay escasas certezas, pero en Massachussets, si te pillan con un arma no registrada encima, no hay duda de que te vas a tirar un año en el talego.

El abogado de Bubba consiguió mantenerle en libertad todo lo que pudo, pero ya no había vuelta de hoja. Mañana por la noche, a las nueve, Bubba tenía que personarse en el penal de Plymouth para cumplir su sentencia.

Tampoco le preocupaba mucho: casi todos sus amigos estaban ya allí. Y los pocos que quedaban fuera lo verían esa misma noche en Declan's.

Declan's está en Upham's Corner, plantado en medio de una zona de tiendas tapiadas y casas abandonadas con vistas a un cementerio. Está a cinco minutos andando desde mi casa, pero el paseo resulta deprimente, pues asistes a la decadencia y la podredumbre urbanas en estado puro. Las calles en torno a Declan's hacen subida hacia Meeting House Hill, pero los edificios siempre parecen estar a punto de deslizarse en dirección contraria, de desmoronarse y llegar en cascada, hechos fosfatina, hasta el cementerio de abajo, como si la muerte fuese lo único seguro en ese barrio.

Encontramos a Bubba en la parte de atrás, jugando al billar, con Nelson Ferrare y los hermanos Twoomey, Danny e Iggy. Ninguno de ellos andaba sobrado de cacumen, precisamente, por lo que se dedicaban a refrescar sus escasas células grises a base de alcohol.

Nelson era socio ocasional de Bubba, así como su chico de los recados. Era un tío bajito, oscuro y flacucho, con cara de estar permanentemente cabreado. Casi nunca hablaba. Y cuando lo hacía, era en tono muy bajo, como si pensara que las paredes oyen. Había algo enternecedor en su timidez con las mujeres. Y mira que resulta difícil sentir ternura por alguien que, en cierta ocasión, le arrancó a bocados la nariz a un tío en una pelea de bar y se la llevó de recuerdo.

Los hermanos Twoomey eran matones de baja estofa de la banda de Winter Hill, en Somerville, y se suponía que eran buenos con las pistolas y conduciendo coches cuando había que salir pitando. Pero si alguna vez les pasó una idea por la cabeza, la pobre murió por falta de alimento. Mientras llegábamos a la trastienda, Bubba levantó la vista del tapete y nos acogió con los brazos abiertos.

—¡Sois cojonudos! —nos saludó—. Sabía que no me dejaríais tirado.

Angie le besó y le puso en la mano un vaso de vodka:

—¿Cómo íbamos a hacer algo así, cenutrio?

Bubba, que se mostraba mucho más efusivo que de costumbre, me abrazó con tanta fuerza que me quedé convencido de que me había partido una costilla.

—Venga, hombre —dijo—. Tómate un trago conmigo. O dos, joder.

Todo parecía indicar que iba a ser una de esas noches.

Lo que recuerdo de la velada es escaso y borroso. Es lo que tienen el vodka, la cerveza y el alcohol de quemar. Pero recuerdo haber apostado por Angie al billar mientras ella jugaba con cualquiera lo suficientemente idiota como para enfrentársele. Y recuerdo haber hablado un ratito con Nelson, disculpándome de todas las maneras posibles por haberle roto unas costillas cuatro meses atrás, durante el momento de mayor histeria del caso Gerry Glynn.

—No pasa nada —me dijo—. De verdad. Conocí a una enfermera en el hospital. Creo que me he enamorado de ella.

—¿Y ella qué siente por ti?

—No lo sé muy bien. Para mí que no le funciona el teléfono. O que se ha cambiado de casa y se ha olvidado de decírmelo.

Más tarde, mientras Nelson y los hermanos Twoomey se zampaban una pizza que no tenía muy buena pinta, acodados en la barra, Angie y yo nos sentamos con Bubba y dejamos nuestros palos de billar apoyados en la mesa.

—Voy a echar de menos mis programas favoritos —dijo Bubba con amargura.

—En la cárcel hay televisión —le recordé.

—Sí, pero siempre la monopolizan los negros o los arios. O sea, que acabas viendo comedietas o películas de Chuck Norris. Y las dos cosas son una mierda.

—Te podemos grabar los programas —le dije.

—¿De verdad?

—Claro —le aseguró Angie.

—¿No es mucho trabajo? No quiero cargaros con esa responsabilidad.

—No hay ningún problema —lo tranquilicé.

—Estupendo —dijo él echando mano al bolsillo—. Aquí está la lista.

Nos la quedamos mirando.

—¿*Tiny Toons*? —me sorprendí—. ¿*La doctora Quinn*?

Bubba se inclinó sobre mí, dejándome el cabezón a dos centímetros.

—¿Algún problema?

—Qué va —le dije—. Ningún problema.

—*Entertainment tonight* —dijo Angie—. ¿Quieres un año entero de cotilleos?

—Me gusta estar al día de lo que hacen las estrellas —dijo Bubba justo antes de eructar sonoramente.

—Nunca se sabe cuándo te puedes cruzar con Michelle Pfeiffer —le dije—. Y si sigues atentamente el programa, seguro que sabes cómo dirigirte a ella.

Bubba, para chinchar a Angie, me señaló con el pulgar:

—¿Ves cómo Patrick me entiende? Patrick sí que lo pilla.

—Hombres —dijo ella meneando la cabeza—. Pero ahora que lo pienso, no sé si vosotros dos formáis parte de ese colectivo.

Bubba eructó de nuevo y me miró:

—¿Tú qué crees que ha querido decir?

Cuando por fin llegó la cuenta, se la arranqué a Bubba de la mano.

—Es nuestra —dije.

—No —dijo él—. Vosotros lleváis cuatro meses sin currar.

—Hasta hoy —le informó Angie—. Hoy conseguimos un trabajo chachi. Pasta por un tubo. Así que deja que te invitemos, grandullón.

Le di a la camarera mi tarjeta de crédito (tras cerciorarme de que las aceptaban en semejante tugurio), y ella regresó al cabo de unos minutos para decirme que había sido rechazada.

Eso le encantó a Bubba.

—¡Trabajo chachi! —se guaseaba—. ¡Pasta por un tubo!

—¿Está segura? —le pregunté a la camarera.

Vieja y fondona, tenía la piel más machacada que la chupa de cuero de un motero. Me dijo:

—Tiene usted razón. Igual he marcado mal su número seis veces. Déjeme que lo vuelva a intentar.

Le arrebaté la tarjeta mientras Nelson y los hermanos Twoomey se sumaban al cachondeo.

—Manirrotos —clamó uno de los hermanos Twoomey—. Seguro que os fundisteis la tarjeta cuando comprasteis aquel avión la semana pasada.

—Muy gracioso —le dije—. Ja, ja, ja.

Angie pagó la cuenta con algo del dinero que le habíamos sacado a Trevor Stone esa mañana y salimos todos del local dando tumbos.

En la calle Stoughton, Bubba y Nelson se pusieron a discutir acerca de cuál era el bar de alterne que mejor se adecuaba a sus refinados gustos. Los hermanos Twoomey, por su parte, se aguantaban como podían en la nieve congelada mientras intercambiaban capones y collejas.

—¿A qué acreedor has cabreado esta vez? —me preguntó Angie.

—Ahí está la cosa —repuse—. Estoy seguro de que no debo nada.

—Patrick... —me dijo en un tono que me recordó a mi madre, al igual que la expresión adoptada.

—Angie, espero que no me señales con el dedo y me leas la cartilla.

—Es evidente que no les llegó el cheque —dijo.

—Hum —dije yo porque no se me ocurría nada más ingenioso.

—Bueno, ¿qué? ¿Venís con nosotros? —dijo Bubba.

—¿Adónde? —pregunté por educación.

—Mons Honey. En Saugus.

—Claro, Bubba —ironizó Angie—. Déjame que cambie uno de cincuenta para poder meterles algo en el tanga.

—Vale —dijo Bubba haciendo como que esperaba.

—Bubba... —le dije.

—Ah —soltó él de pronto, echando atrás la cabeza—. Era una broma.

—¿Bromista yo? —dijo Angie llevándose la mano al pecho.

Bubba la cogió por la cintura, la levantó en vilo y le dio un abrazo con una sola mano: los tacones de Angie estaban a la altura de sus rodillas.

—Os voy a echar de menos.

—Nos vemos mañana —le dijo ella—. Y ahora déjame en el suelo.

—¿Mañana?

—Dijimos que te llevaríamos al trullo —le recordé.

—Ah, es verdad. Mola.

Dejó a Angie en tierra y ella le dijo:

—Igual te *sienta bien* el retiro.

—Pues sí —suspiró Bubba—. Es muy cansado tener que pensar por todos.

Le sostuve la mirada mientras Nelson se lanzaba sobre los hermanos Twoomey y todos se caían en la nieve y empezaban a darse capones y a reír.

—Todos tenemos una cruz —le dije.

Nelson lanzó a Iggy Twoomey contra un coche aparcado y se disparó la alarma. Hacía un ruido de narices. «Vaya, vaya», comentó Nelson. Y él y los hermanos soltaron una carcajada.

—¿No te digo? —comentó Bubba.

No descubriría qué le había pasado a mi tarjeta de crédito hasta la mañana siguiente. La grabación que escuché cuando llamé esa noche, al regresar a casa, sólo me dijo que la tarjeta estaba en período de espera. Cuando le pregunté el significado de la expresión «período de espera», la voz robótica me dijo que apretara el «uno» en busca de otras opciones.

—No veo muchas opciones para lo del «período de espera» —le dije.

Tuve que recordarme a mí mismo que estaba hablando con un ordenador. Y que estaba borracho.

Cuando regresé al salón, Angie ya estaba dormida. De espaldas. Un ejemplar de *El cuento de la doncella* se le había deslizado por la caja torácica y descansaba en el hueco del brazo. Me incliné sobre ella y le quité el libro. Gruñó un poquito, se dio la vuelta, agarró la almohada y clavó en ella la barbilla.

Ésa es la posición en que solía encontrarla cada mañana al salir al salón. Más que pillar el sueño, Angie se acomodaba en él, curvando el cuerpo en posición fetal y ocupando, a lo sumo, una cuarta parte de la cama. Me incliné de nuevo y le aparté un rizo que se le había quedado bajo la nariz. Angie sonrió un instante antes de hundirse un poco más en la almohada.

Cuando teníamos dieciséis años, hicimos el amor. Una vez. La primera para ambos. En aquel momento, probablemente, ninguno de los dos sospechó que no volveríamos a hacerlo durante los dieciséis años siguientes, pero así fue. Como se dice en estos casos, ella siguió su camino y yo el mío.

Su camino consistió en doce años de un matrimonio maldito y abusivo con Phil Dimassi. El mío fue una boda de cinco minutos de duración con su hermana, Renée, y una sucesión de polvos de una noche y líos breves marcados por una patología tan predecible y tan masculina que me la habría tomado a broma de no estar tan ocupado poniéndola en práctica.

Cuatro meses atrás habíamos empezado a repetir la experiencia adolescente en su dormitorio de la calle Howes; y había sido hermoso: casi dolía, como si el único objetivo de mi vida hubiera sido llegar hasta esa cama, hasta esa mujer, hasta ese momento concreto. Pero entonces Evandro Araujo y Gerry Glynn tuvieron que asesinar a un policía de veinticuatro años para llegar a la puerta de la casa de Angie y alojarle una bala en el abdomen.

Angie le dio lo suyo a Evandro, eso sí. Le asestó tres balazos en el cuerpo y lo dejó ahí, en el suelo de la cocina, de rodillas, intentando tentarse una parte de la cabeza que ya no estaba en su sitio.

Y Phil, yo y un poli llamado Oscar acabamos con Gerry Glynn mientras Angie estaba en cuidados intensivos. Oscar y yo salimos ilesos. Pero Phil no. Ni Gerry Glynn, aunque no sé hasta qué punto eso le sirvió de consuelo a Angie.

La psique de los humanos, pensaba mientras veía a Angie con el ceño inconscientemente fruncido y los labios entreabiertos sobre la almohada, es más difícil de vender que la carne. Miles de años de estudio y de experiencia han hecho que el cuerpo resulte más fácil de curar, pero poco se ha descubierto acerca de la mente.

La muerte de Phil se incrustó en el cerebro de Angie, donde su marido fallecía constantemente, una y otra vez. La pérdida, la pena y todo lo que torturaba a Desirée Stone castigaba también a Angie.

Y así como Trevor con su hija, también yo, contemplando a Angie sabía que era muy poco lo que podía hacer al respecto: el ciclo del dolor tenía que seguir su curso para acabar deshaciéndose como la nieve.

9

Richie Colgan sostiene que sus antepasados provienen de Nigeria, pero no sé si creerle. Dada su tendencia a la venganza, yo juraría que es medio siciliano.

Me despertó a las siete de la mañana lanzando bolas de nieve a mi ventana hasta que el ruido penetró en mis sueños, arrancándome de un paseo por la campiña francesa en compañía de Emmanuelle Beart y arrojándome a una zanja llena de barro en la que, por motivos que se me escapan, el enemigo se dedicaba a tirarme pomelos a la cara.

Me incorporé en la cama y vi como un puñado de nieve se estrellaba contra la ventana. Al principio me alegré de que no se tratase de un pomelo, pero enseguida se me aclaró la cabeza, salté de la cama y vi a Richie allí abajo.

¿Y qué hizo entonces ese cabrón mezquino? Pues saludarme.

—Alivio de la Pena, Sociedad Anónima —dijo Richie mientras se sentaba a la mesa de mi cocina— es una organización de lo más interesante.

—¿Cómo de interesante?

—Lo suficiente como para que mi redactor jefe, cuando le desperté hace un par de horas, me descargara de mis columnas durante dos semanas para investigarla. Y si encuentro lo que creo que puedo encontrar, me dará una serie de artículos para publicar a lo largo de cinco días en la esquina inferior derecha de la primera plana.

—¿Y qué es lo que crees que vas a encontrar? —le preguntó Angie.

Mi socia le contemplaba atentamente por encima de su taza de café, con cara de sueño y el pelo caído sobre los ojos, sin muchas ganas de saludar al nuevo día.

—Bueno... —Richie abrió su cuaderno sobre la mesa—. Sólo les he echado un vistazo a los disquetes que me disteis, pero os aseguro que esa gente es turbia. Su «terapia» y sus «niveles», por lo que he podido deducir, implican una destrucción sistemática de la psique, seguida de una rápida reconstrucción. Se parece mucho a ese concepto castrense de que a la gente hay que hacerla fosfatina antes de reconstruirla como Dios manda. Con la diferencia de que los militares, todo hay que decirlo, no engañan a nadie con sus técnicas. —Le dio unos golpecitos al cuaderno—. Mientras que estos mutantes van de otro palo.

—Ejemplos —sentenció Angie.

—Bueno, ¿estáis al corriente de lo de los niveles, no? Nivel uno, Nivel dos, etcétera...

Asentí.

—Pues cada uno de estos niveles incluye una serie de pasos. El nombre de esos pasos varía dependiendo del nivel, pero en esencia son siempre los mismos. El objetivo de esos pasos es «la línea divisoria».

—La línea divisoria es el Nivel seis.

—Correcto —dijo Richie—. La línea divisoria es el supuesto objetivo de todo esto. Y para alcanzar la Línea Divisoria Total primero tienes que cruzar una serie de líneas pequeñitas. Por ejemplo, si estás en el Nivel dos —o sea, que eres un Desolado—, atraviesas unos cuantos desarrollos terapéuticos, o «pasos», gracias a los cuales llegas a la «línea divisoria» y dejas de ser un Desolado. Esos pasos son: Honradez, Desnudez...

—¿Desnudez? —preguntó Angie.

—Sí. Emocional, no física, aunque ésta se acepta. Honradez, Desnudez, Exhibición y Revelación.

—Revelación —comenté.

—Sí. La «línea divisoria» del Nivel dos.

—¿Y qué ocurre en el Nivel tres? —preguntó Angie.

Richie consultó sus notas:

—Epifanía. ¿Lo veis? Es lo mismo. En el Nivel cuatro se llama Revelación. En el cinco, Apocalipsis. En el Seis, la Verdad.

—De lo más bíblico —apunté.

—Exactamente. Alivio de la Pena vende religión disfrazada de psicología.

—La psicología —dijo Angie— no deja de ser una especie de religión.

—Cierto. Pero no es una religión organizada.

—Lo que estás diciendo es que los popes de la psicología y del psicoanálisis no se anuncian en la prensa.

—Exacto —dijo Richie chocando su tazón con el mío.

—Entonces, ¿cuál es su objetivo? —le dije.

—¿El de Alivio de la Pena?

—No, Rich, el de Burger King, si te parece. ¿De qué estamos hablando?

Olisqueó su café:

—¿Es del que tiene mucha cafeína?

—Richie —dijo Angie—. Haz el favor.

—Tal como yo lo veo, el objetivo de Alivio de la Pena es reclutar gente para la Iglesia de la Verdad Revelada.

—¿Tienes pruebas de que estén relacionados? —dijo Angie.

—No como para ponerlas por escrito, pero sí, están liados. Por lo que sabemos, la Iglesia de la Verdad Revelada es de Boston, ¿no?

Asentimos.

—Entonces, ¿por qué la empresa que la lleva está en Chicago? Donde también se encuentran su agente de la propiedad inmobiliaria y el bufete de abogados que le está solicitando a Hacienda en su nombre una exención de impuestos para asociaciones religiosas...

—¿Porque les gusta Chicago? —apuntó Angie.

—También a Alivio de la Pena le gusta Chicago —dijo Richie—. Pues todas esas empresas de Chicago se encargan de sus intereses.

—¿Y cuánto tardaremos en poder leer todo eso? —pregunté.

Richie se arrellanó en el asiento, se estiró y bostezó:

—Como ya os he dicho, por lo menos dos semanas. Todo está oculto en empresas falsas y sociedades pantalla. En estos momentos, puedo *deducir* una conexión entre Alivio de la Pena y la Iglesia de la Verdad Revelada, pero no puedo probarla. En cualquier caso, la Iglesia está limpia.

—¿Y Alivio de la Pena? —comentó Angie.

Richie sonrió:

—A esos me los puedo llevar por delante.

—¿Cómo? —le pregunté.

—¿Recuerdas lo que te he dicho de que todos los pasos de cada nivel son básicamente iguales? Pues bueno, si contemplas esa situación desde un punto de vista benévolo, puedes llegar a la conclusión de que han descubierto una técnica que funciona y la utilizan con diferentes grados de sutileza, dependiendo del nivel de pena en que se encuentra determinada persona.

—Pero si el punto de vista es menos benévolo...

—O sea, el de cualquier periodista.

—A eso me refería, sigue...

—Entonces, esa gente aparece como una pandilla de timadores de primera. Observemos de nuevo los pasos del Nivel dos, sin olvidar que los pasos de los demás niveles son lo mismo con otro nombre. El Paso uno es la Honradez. Lo que viene a decir que tienes que ser sincero con tu principal consejero acerca de quién eres, qué haces ahí y qué es lo que *realmente* te inquieta. Luego pasas a la Desnudez, que consiste en dejar al descubierto tu ser interior.

—¿Delante de quién? —preguntó Angie.

—De momento, delante de tu principal consejero. Básicamente, tienes que soltar las chorradas vergonzosas que ocultaste durante el Paso uno: si matabas gatos de pequeño, si le has puesto cuernos a tu mujer, si te has llevado pasta de la empresa, cosas así... Se supone que todo eso debe aflorar en el Paso dos.

—¿Y lo tienes que soltar así como así? —dije chasqueando los dedos.

Richie asintió, se levantó y se sirvió más café:

—Los consejeros utilizan una estratagema con la que el cliente, digamos, se desmonta a sí mismo. Empiezas admitiendo algo muy básico... Lo que ganas, por ejemplo. Luego hablas de la última vez que mentiste. A continuación, puede que de algo que hiciste la semana pasada y que te hizo sentir fatal. Y así sucesivamente. Durante doce horas.

Angie se unió a él junto a la cafetera:

—¿*Doce horas?*

Richie sacó la leche del frigorífico:

—Y más, si es necesario. En esos discos hay documentación relativa a «sesiones intensivas» de diecinueve horas.

—¿Y eso no es ilegal? —pregunté.

—Para un poli, sí. Piénsalo. —Se sentó frente a mí—. Si un madero de este estado interroga a un sospechoso durante más de doce horas, está violando los derechos del sospechoso y nada de lo que éste diga —antes o después del límite de las doce horas— será admitido ante un jurado. Y hay un buen motivo para ello.

—¡Ja! —ironizó Angie.

—Bueno, no es un motivo que os guste mucho a los defensores de la ley, pero admitámoslo: si eres interrogado por una persona con autoridad durante más de doce horas —y yo creo que el límite debería estar en diez—, acabas por no razonar bien. Acabas diciendo lo que sea para que dejen de hacerte preguntas. Coño, a esas alturas lo único que quieres es dormir.

—O sea —concluyó Angie—, que Alivio de la Pena le lava el cerebro a su clientela.

—En algunos casos. En otros, se dedican a acumular información privada sobre sus clientes. Pongamos que estás casado, tienes un par de críos y una casita mona, pero acabas de admitir que frecuentas bares gais un par de veces al mes y pruebas la mercancía. Entonces el consejero te dice: «Muy bien. Excelente muestra de desnudez. Ahora vamos a por algo más fácil. Si tengo que confiar en ti, tú tienes que confiar en mí. ¿Cuál es el código de tu tarjeta bancaria?».

—Un momento, Rich —le corté—. ¿Estás diciendo que todo esto va de conseguir información financiera para poderles trincar la pasta a los clientes?

—No —dijo él—. No es así de fácil. Se dedican a fabricar informes sobre sus clientes que incluyen una completísima información física, emocional, psicológica y financiera. Se enteran de *todo lo que hay que saber* sobre alguien.

—¿Y luego?

Sonrió:

—Y luego se convierten en sus dueños, Patrick. Para siempre.

—¿Con qué fin? —preguntó Angie.

—El que se te ocurra. Volvamos a nuestro hipotético cliente con esposa e hijos y que no ha salido del armario. El hombre pasa de la desnudez a la exhibición, que consiste básicamente en admitir verdades desagradables ante un grupo de empleados y otros clientes. Después de eso, lo envían a un retiro en una propiedad que tienen en Nantucket. Se lo han quitado todo y no es más que una carcasa. Se queda ahí cinco días, en compañía de los demás caparazones vacíos, y todos hablan, hablan y hablan sin parar... siempre de forma «sincera», descubriéndose una y otra vez en un entorno controlado y protegido por empleados de Alivio de la Pena. Todo ese personal consiste, por lo general, en personas frágiles, gente hecha polvo que ahora forma parte de una comunidad junto a otras personas frágiles y hechas polvo que también almacenan esqueletos en el armario. Nuestro hipotético personaje cree que se ha quitado un peso de encima. Se siente purificado. No es mala persona, es un buen tío. Ha encontrado una familia. Ha alcanzado la Revelación. Vino aquí porque se sentía desolado. Y ya no se siente así. Caso cerrado. Ya puede volver a su vida, ¿verdad?

—No —dije.

Asintió:

—Exacto. Ahora necesita a su nueva familia. Le han dicho que ha progresado, pero que puede pegar un traspié en cualquier momento. Hay más clases a las que apuntarse, otros pasos que dar, nuevos niveles que alcanzar. Y por cierto, le pregunta alguien, ¿no has leído *Escuchando el Mensaje*?

—La Biblia de la Iglesia de la Verdad Revelada —dijo Angie.

—¡Premio! Para cuando nuestro hipotético personaje se da cuenta de que forma parte de una secta y que se está arruinando en charlas, seminarios, retiros y toda esa parafernalia, ya es demasiado tarde. Si le da por abandonar Alivio de la Pena o la Iglesia, descubre que no puede hacerlo. Ellos tienen sus datos bancarios, su número de tarjeta y todos sus secretos.

—Pero todo eso son suposiciones —le dije—. No tienes pruebas.

—Bueno, de Alivio de la Pena sí las tengo. Poseo un manual de entrenamiento para consejeros en el que se les urge a conseguir información financiera de los clientes. Sólo con ese manual ya los puedo empapelar. Pero a la Iglesia aún no. Tengo que revisar los documentos de afiliación.

—¿Perdón?

Rebuscó en la bolsa de gimnasia que tenía a sus pies y sacó un fajo de folios de ordenador:

—Aquí figuran los nombres de todos aquellos que han recibido tratamiento en Alivio de la Pena. Si consigo las listas de feligreses de la Iglesia y coinciden con éstas, voy directo al Pulitzer.

—Qué más quisieras —bromeó Angie, quien se hizo con la lista, la estudió hasta encontrar lo que buscaba y sonrió.

—Está ahí, ¿verdad? —le pregunté.

Y ella asintió:

—Con todas las letras, chaval.

Giró el fajo de papeles para que yo pudiera leer el nombre a media página: Desirée Stone.

Richie sacó de la bolsa un mazacote de un palmo de espesor de material impreso y lo dejó encima de la mesa para que lo hojeáramos. Ahí estaba todo lo que había encontrado en los disquetes, que nos devolvió tras haber hecho copias la noche anterior.

Angie y yo nos quedamos mirando ese ladrillo de papel, intentando decidir por dónde empezar, cuando sonó el teléfono.

—¿Sí? —dije.

—Nos gustaría recuperar los disquetes —dijo alguien.

—No me extraña. —Apoyé el auricular en la barbilla un momento y le dije a Angie—: Quieren los discos.

—El que los encuentra se los queda —dijo ella.

—El que los encuentra se los queda —le repetí a mi interlocutor.

—¿No ha tenido problemas últimamente a la hora de pagar, señor Kenzie?

—¿Cómo dice?

—A lo mejor quiere hablar con su banco —dijo la voz—. Le concederé diez minutos. Que la línea no esté ocupada cuando vuelva a llamarle.

Colgué y me propulsé al dormitorio en busca de la cartera.

—¿Qué pasa? —preguntó Angie.

Negué con la cabeza y llamé a Visa, saltándome unas cuantas grabaciones hasta llegar a un ser humano de sexo femenino. Le di el número de mi tarjeta, la fecha de caducidad y el código.

—¿Señor Kenzie? —dijo.

—Sí.

—Resulta que su tarjeta es una falsificación.

—Ni hablar.

—Me temo que sí, señor.

—No, no lo es. Ustedes la emitieron.

Soltó un suspiro de aburrimiento:

—No, no lo hicimos. Una búsqueda interna por ordenador ha revelado que su tarjeta y su número forman parte de una infiltración a gran escala en nuestros bancos de datos acaecida hace tres años.

—Eso es imposible —le dije—. *Ustedes emitieron esa tarjeta a mi nombre.*

—Le aseguro que no —dijo ella con un tonillo condescendiente.

—¿Qué coño significa todo esto? —me indigné.

—Señor Kenzie, nuestros abogados se pondrán en contacto con usted. Así como la Oficina del Fiscal del Distrito, a través de la División de Fraudes Cibernéticos. Que usted lo pase bien.

Y colgó.

—¿Patrick? —dijo Angie.

Volví a negar con la cabeza y llamé al banco.

Crecí en la pobreza. Siempre temeroso, aterrorizado más bien, de esos burócratas sin rostro que me miraban por encima del hombro, calculaban mi valía a partir de una cuenta bancaria y juzgaban sobre mi derecho a ganarme la vida basándose en cuánto dinero tenía para empezar. Durante la última década, me había dejado la piel para ganar dinero y ahorrarlo. No volvería a la pobreza, me dije. Jamás.

—Sus cuentas han sido congeladas —me informó el señor Pearl.

—Congeladas —dije—. ¿Y eso en qué consiste?

—El dinero ha sido retenido, señor Kenzie. Por el ministerio de Hacienda.

—¿Con orden judicial?

—La estamos esperando —dijo.

Capté el desprecio en su tono de voz. Es lo que han de aguantar los pobres constantemente de banqueros, comerciantes y acreedores. Desprecio. Porque los pobres son de segunda categoría, gente estúpida, perezosa y moral y espiritualmente laxa, por lo que son incapaces de amasar honradamente una fortuna y contribuir a la sociedad. Hacía por lo menos siete años que no escuchaba ese tonillo desdeñoso. Puede que diez. Y no estaba preparado para volver a oírlo. Me sentí repentinamente empequeñecido.

—Están esperando la orden —dije.

—Eso he dicho —tenía una voz seca, tranquila, segura de su situación en la vida. Era como si hablara con uno de sus hijos.

¿No me dejas el coche, papá?

Ya te lo he dicho.

—Señor Pearl...

—Dígame, señor Kenzie.

—¿Conoce el bufete de abogados Hartman y Hale?

—Por supuesto, señor Kenzie.

—Estupendo, porque se pondrán en contacto con usted. Muy pronto. Y más vale que tenga esa orden judicial...

—Adiós, señor Kenzie —me colgó.

Angie me puso una mano en la espalda y la otra en la mano derecha.

—Patrick —dijo—, estás más pálido que un fantasma.

—Joder —dije—. La madre que los parió.

—Todo saldrá bien —dijo ella—. No pueden hacerte esto.

—Ya me lo están haciendo, Angie.

Cuando sonó el teléfono tres minutos después, lo descolgué al primer timbrazo.

—Andamos un poco cortos de dinero, ¿verdad, señor Kenzie?

—¿Dónde y cuándo, Manny?

Se echó a reír:

—Vaya, vaya... Sonamos un poquito... ¿cómo le diría, señor Kenzie?... ¿Desinflados?

—¿Dónde y cuándo? —insistí.

—El Prado. ¿Lo conoce?

—Lo conozco. ¿Cuándo?

—A mediodía —dijo Manny—. A las doce en punto.

Y colgó.

Hoy todo el mundo me dejaba con la palabra en la boca. Y aún no eran ni las nueve.

10

Hace cuatro años, tras un caso especialmente lucrativo (fraude a una compañía de seguros y extorsión entre ejecutivos), me fui un par de semanas a Europa. Y lo que más me sorprendió de las pequeñas poblaciones que visité en Irlanda, Italia y España, fue lo mucho que se parecían al Extremo Norte de Boston.

El Extremo Norte era donde cada nueva oleada de inmigrantes había bajado del barco y dejado caer sus maletas. O sea, que primero los judíos, luego los irlandeses y, finalmente, los italianos habían considerado esa zona su hogar y le habían conferido ese aire europeo que todavía conserva en la actualidad. Las calles son de guijarros, estrechas y abigarradas. Y el área es tan pequeña que en algunas ciudades apenas si pasaría de ser una manzana. Pero ahí hay, apelotonadas, legiones de casas de ladrillo rojo y amarillo, antiguos edificios reciclados como bloques de pisos y algún que otro almacén de hierro o granito, luchando entre ellos por el espacio y ofreciendo algunos un aspecto un tanto estrafalario a causa de los pisos añadidos con posterioridad, cuando la única manera de crecer era a lo alto. Tablas y ladrillos surgen de lo que en tiempos fue el tejado de una mansarda, la gente sigue colgando la ropa entre dos salidas de incendios o dos patios de hierro y el «concepto» jardín resulta tan incomprensible como el de «plaza de aparcamiento».

De todas formas, aquí, en el barrio más abigarrado de la más abigarrada de las ciudades, justo detrás de la iglesia del Viejo Norte, se alza una hermosa réplica de la típica plaza de pueblo italiano. Se la conoce como el Prado, y también como la plaza Paul Revere, no sólo por su proximidad tanto a la iglesia como a la casa natal de Revere, sino también porque la entrada de la calle Hannover está dominada por la estatua ecuestre que Dallin dedicó al héroe de la Independencia. En mitad del Prado hay una fuente. Y a lo largo de los muros que la rodean hay unas placas de bronce que recuerdan las gestas de Revere, de Dawes y demás revolucionarios, así como las de luminarias menores procedentes del Extremo Norte.

La temperatura había subido hasta los veinte grados cuando llegamos allí a mediodía, entrando por el lado de la calle Unity, y la nieve sucia se fundía entre las grietas del suelo y formaba charcos en los bancos de piedra. La nevada que se esperaba para hoy se había convertido en llovizna gracias a la temperatura, así que en el Prado no había ni turistas ni habitantes del Extremo Norte almorzando por ahí.

Junto a la fuente, esperándonos, estaban Manny, John Byrne y otros dos hombres. A éstos los reconocí de la noche anterior, pues eran los que se me colocaron al lado cuando yo me las apañaba con el agente Largeant: no eran tan corpulentos como Manny, pero tampoco eran unos canijos precisamente.

—Ésta debe ser la encantadora señorita Gennaro —dijo Manny juntando las manos mientras nos acercábamos a él—. Tengo un amigo con la cabeza un poco abollada por su culpa, señora mía.

—Caramba —dijo Angie—. Cuánto lo siento.

Manny enarcó una ceja mirando a John:

—Parece que la guarrilla ha salido sarcástica, ¿eh?

John se apartó de la fuente. Tenía la nariz cubierta de esparadrapo y la carne junto a los ojos hinchada y de un color azul negruzco.

—Con tu permiso —le dijo a Manny.

Y vino hacia mí y me golpeó en toda la cara.

Tomó tanto impulso que casi perdió el equilibrio, eso sí. Y yo me eché hacia atrás y encajé el golpe en la sien cuando ya había perdido casi todo el empuje. La verdad es que fue un golpe infame. He sufrido picaduras de abeja que me han dolido más.

—Oye, John, aparte de a boxear, ¿qué más te enseñó tu mamá?

Manny soltó una risita y Byrne siguió su ejemplo.

—Ya puedes reírte, ya —me dijo acercándose un poco más a mí—. Ahora soy el dueño de tu vida, Kenzie.

Lo empujé y miré a Manny:

—Así que éste es tu genio de los ordenadores, ¿eh?

—Bueno, es evidente que no es mi guardaespaldas.

No vi venir el golpe de Manny. Algo me explotó en medio del cerebro, se me quedó la cara muerta y me encontré, de repente, sentado sobre los húmedos guijarros.

A los compadres de Manny les encantó. Se chocaban las manos y daban saltitos como si estuvieran a punto de mearse encima.

Reprimí el vómito que pugnaba por abrirse paso hacia el exterior y mi rostro recuperó la vida, aunque parecía que me habían clavado agujas, la sangre se me amontonaba detrás de las orejas y tenía la sensación de que me habían puesto un ladrillo donde antes tenía el cerebro. Un ladrillo caliente. O ardiente, para ser exactos.

Manny me extendió la mano y yo se la cogí para incorporarme.

—No es nada personal, Kenzie —dijo—. Pero como me vuelvas a levantar la mano, te mato.

Me quedé de pie, aunque un tanto inseguro. Seguía intentando controlar el vómito y tenía la impresión de que la fuente emitía destellos subacuáticos.

—Está bien saberlo —conseguí articular.

Escuché un ruido, giré la cabeza a la izquierda y vi un camión de basura que subía por la calle Unity. El camión era tan ancho y la calle tan estrecha que las ruedas rozaban las aceras. Yo tenía una resaca espantosa y unas contusiones más que probables, pero ahora, encima, me veía obligado a escuchar los ruidos infernales de un camión de basura por la calle Unity, golpeando los cubos contra el cemento y entre sí sin parar. Mira tú qué alegría.

Manny me rodeó con el brazo izquierdo, pasó el derecho sobre los hombros de Angie y nos condujo a la fuente para que nos sentáramos junto a él. John se quedó de pie, mirándome con mala cara, y los dos paquidermos se quedaron en su sitio, vigilando las entradas a la plaza.

—Me gustó el rollo que le largaste al poli anoche —dijo Manny—. Fue muy brillante. *Manny, ¿estás seguro de que puedes llevarle tú solo al hospital?* —Soltó una risita—. Joder, tío, improvisas de la hostia.

—Gracias, Manny. Viniendo de ti, es un halago.

Se dirigió a Angie:

—Y anda que tú... Fuiste directa a los disquetes como si ya supieras dónde estaban.

—¿Qué iba a hacer?

—¿Qué quieres decir?

—Pues que estaba atrapada en la trastienda por culpa del espectáculo de rayos láser que tenéis montado en la oficina.

—Cierto. —Movió el cabezón de arriba abajo—. Al principio pensé que os había contratado la competencia.

—¿Tenéis competencia? —se sorprendió Angie—. ¿Hay otros alivios para la pena?

Manny le dedicó una sonrisa:

—Pero John me contó que buscabais a Desirée Stone. Y luego descubrí que no habías podido con la contraseña del ordenador. Así que deduje que lo tuyo era pura potra.

—Eso parece —reconoció Angie.

Manny le dio unos golpecitos en la rodilla:

—¿Quién tiene los discos?

—Yo —le dije.

Y él extendió la mano.

Se los puse en la palma y él se los pasó a John, quien los metió en un maletín que cerró de golpe.

—¿Qué pasa con mi cuenta bancaria, las tarjetas de crédito y tal? —le pregunté.

—No te quejes —me dijo—. Había pensado matarte.

Angie soltó una risotada:

—¿Tú y estos tres mendas?

106

Manny se la quedó mirando:

—¿Te parece divertido?

—Mírate la polla, Manny —le dije.

Bajó la vista y vio la pistola de Angie allí: la punta del cañón estaba a dos milímetros de las joyas de la familia.

—Esto sí que es divertido —dijo Angie.

Los dos se echaron a reír, mirándose a los ojos, sin que la pistola se moviera de donde estaba.

—Dios mío —dijo él—. Me caes bien, señorita Gennaro.

—Me temo que tú a mí no —replicó ella.

Manny torció la cabeza y miró hacia las placas de bronce y el macizo muro de piedra que tenía delante:

—Vale, hoy no la diña nadie. Pero me temo, amigo Kenzie, que os habéis ganado siete años de mala suerte. Despídete del crédito. Despídete del dinero. No los vas a recuperar. Servidor y algunos de sus asociados decidimos que había que darte una lección.

—Lección aprendida, o no tendrías esos discos.

—Además de aprendida, tengo que cerciorarme de que no la olvides. Así que vuélvete a la casilla uno, Kenzie, que te dejaremos en paz a partir de ahora. Pero el daño que se te ha hecho no será reparado.

En la calle Unity, los basureros devolvían los cubos a las aceras desde una altura de más de un metro, una furgoneta que llevaban detrás les estaba tocando la bocina y una vieja vociferaba en italiano desde la ventana de su casa. La verdad es que todo eso no era muy bueno para mi resaca.

—¿Y eso es lo que hay? —Pensé en los diez años de ahorro, en las cuatro tarjetas de crédito que llevaba en la cartera y que no podría volver a usar, en los cientos y cientos de casos cutres, grandes y pequeños, que había tenido que abordar. Todo para nada. Volvía a ser pobre.

—Eso es lo que hay —Manny se puso de pie—. Cuidado con a quién le tocas los cojones, Kenzie. No sabes nada de nosotros, pero nosotros lo sabemos todo de ti. Eso nos hace peligrosos. Y a ti, predecible.

—Gracias por la lección —le dije.

Se quedó mirando a Angie hasta que ella lo miró a él. Ahora la pistola apuntaba al suelo.

—Hasta que el señor Kenzie pueda volver a invitarte a cenar, igual puedo hacerme cargo de ti. ¿Qué me dices?

—Que te compres el *Penthouse* de camino a casa y pongas tu mano derecha a trabajar.

—Soy zurdo —sonrió Manny.

—Me da igual —dijo Angie. Y John se echó a reír.

Manny se encogió de hombros y, por un instante, pareció que estaba preparando un comentario ingenioso, pero en vez de eso, se dio la vuelta sin añadir nada más y echó a andar hacia la calle Unity. John y los otros dos salieron tras él. En la entrada a la plaza, Manny se dio la vuelta y nos miró, envuelta su rotunda osamenta por los colores azul y gris del camión de la basura.

—Ya nos veremos, chavales —nos saludó.

Le devolvimos el saludo.

Y Bubba, Nelson y los hermanos Twoomey salieron de detrás del camión, con un arma en la mano cada uno de ellos.

John intentó abrir la boca, pero Nelson le atizó en toda la cara con un palo de hockey recortado. Empezó a manar la sangre de su nariz rota, el hombre trastabilló y Nelson lo agarró y lo lanzó por encima del hombro. Los hermanos Twoomey entraban en la plaza con cubos de basura en las manos. Los pusieron en alto y los arrojaron sobre los dos paquidermos de Manny, que se desplomaron sobre el suelo de guijarros. Oí un crujido considerable cuando uno de ellos se partió la rótula contra las piedras. Acto seguido, ambos acabaron tirados en el suelo con pinta de perros durmiendo al sol.

Manny se había quedado tieso. Tenía los brazos colgando a los lados y había asistido horrorizado al derrumbe de sus tres hombres en menos de cuatro segundos.

Bubba estaba a su espalda, con la tapadera de un cubo de basura alzada a modo de escudo de gladiador. Le dio unos golpecitos a Manny en el hombro y éste adoptó una expresión horrorizada.

Cuando se dio la vuelta, Bubba lo agarró del pescuezo con la mano libre, apretó bien y le arreó cuatro veces con la tapadera del cubo: cada leñazo sonaba como un melón estrellándose contra el suelo tras haber sido arrojado de un sexto piso.

—Manny —le saludó Bubba mientras se desmoronaba. Lo agarró del pelo y el cuerpo de Manny dio unos saltitos como de marioneta—. Manny —repitió Bubba—. ¿Cómo lo llevas, colega?

Metieron a Manny y a John en la furgoneta y luego arrojaron a los otros dos tipos al camión de la basura, junto a los tomates podridos, los plátanos negruzcos y las bandejas vacías de comida congelada.

Por un terrorífico instante, Nelson acercó la mano a la palanca de triturar que había en la parte de atrás del camión y dijo:

—¿Puedo, Bubba? ¿Puedo?

—Mejor que no —lo disuadió Bubba—. Haría demasiado ruido.

Nelson asintió, pero se le notaba triste.

Habían robado el camión de la basura de un aparcamiento municipal en Brighton esa misma mañana. Lo dejaron donde estaba y regresaron a la furgoneta. Bubba miró hacia las ventanas que daban a la calle. Nadie se asomaba a ellas. Pero aunque así fuera, esto era el Extremo Norte, patria chica de la mafia local, y si algo sabía todo el mundo en esta zona desde el día de su nacimiento era que, vieran lo que vieran, no habían visto nada.

—Bonito uniforme —le dije a Bubba mientras subía a la furgoneta.

—Pues sí —añadió Angie—. Estás muy guapo vestido de basurero.

—De basurero, nada —dijo Bubba—. Empleado del Departamento de Sanidad.

Bubba deambulaba por el tercer piso de su almacén, chupando de una botella de vodka, sonriendo y lanzando miraditas ocasionales a John y a Manny, que estaban atados a sendas sillas de metal y seguían inconscientes.

El primer piso del almacén de Bubba estaba totalmente despachurrado; el tercero estaba vacío, ahora que se había deshecho de todo su material; el segundo era su apartamento, y supongo que habría tenido un aspecto mejor, pero ahora estaba todo cubierto con mantas en previsión de su ausencia de un año; y además, el sitio estaba minado con explosivos. Exacto: minado. Más vale no hacer preguntas.

—El pequeñín se está despertando —dijo Iggy Twoomey.

Iggy estaba sentado con su hermano y con Nelson en pilas de viejos palés. Compartían una botella y, de vez en cuando, alguno de ellos soltaba una risita sin obedecer a ningún motivo evidente.

John abrió los ojos mientras Bubba recorría a zancadas el suelo y aterrizaba delante de él, con las manos en las rodillas en plan luchador de sumo.

Por un momento, pensé que John se desmayaría.

—Hola —dijo Bubba.

—Hola —graznó John.

Bubba se le acercó un poco más:

—Esto es lo que vamos a hacer, John. Es John, ¿no?

—Sí.

—Muy bien. Pues mira, John, mis amigos, Patrick y Angie, te van a hacer unas preguntas. ¿Lo entiendes?

—Sí, pero yo no sé...

Bubba le puso un dedo en los labios:

—Chitón. Aún no he terminado. Si no respondes a sus preguntas, John, mis otros amigos... ¿Los ves?

Bubba se hizo a un lado y John pudo ver a los tres zumbados sentados en la penumbra, pimplando y esperando poder ocuparse de él.

—Si no contestas, Patrick y Angie se marcharán. Y entonces mis amigos y yo jugaremos contigo, con Manny y con un destornillador.

—Bien oxidado —bromeó uno de los Twoomey.

John empezó a tener convulsiones, y creo que no se daba ni cuenta.

Miraba a Bubba como si fuese un monstruo al que hasta entonces sólo hubiera visto en sus pesadillas.

Bubba le echó el pelo hacia atrás:

—Así están las cosas, John. ¿Vale?

—Vale —dijo John, asintiendo varias veces.

—Vale —dijo Bubba con cara de satisfacción. Acto seguido, se acercó a Manny y le arrojó un poco de vodka al rostro.

Manny se despertó tosiendo, tirando de la soga y escupiendo vodka.

Lo primero que dijo fue:

—¿Qué?

—Hola, Manny.

Miró a Bubba y por un momento trató de hacer como que no tenía miedo, que ya había pasado por situaciones semejantes. Pero Bubba sonrió y Manny, tras emitir un suspiro, clavó la vista en el suelo.

—¡Manny! —clamó Bubba—. Me alegra que vuelvas a estar entre nosotros. La cosa está así, amiguete. John le va a decir a Patrick y a Angie lo que quieren saber. Si tengo la impresión de que miente, o si tú le interrumpes, te voy a prender fuego.

—¿A mí? —preguntó Manny.

—A ti.

—¿Y por qué no a él? ¿No es él el que se supone que miente?

—Tú cundes más a la hora de quemar, Manny.

Manny se mordió el labio superior y se le empezaron a formar lágrimas en los ojos:

—Diles la verdad, John.

—Que te den por culo.

—¡Dísela!

—¡Se la diré! —berreó John—. Pero no por ti. *¿Por qué no le quemas a él?* —le imitó—. Menudo amigo. Si salimos de ésta, le pienso contar a todo el mundo que te echaste a llorar como una vieja.

—No lo he hecho.

—Vaya que no...

—John —intervino Angie—. ¿Quién le ha jodido a Patrick la cuenta bancaria y las tarjetas de crédito?

Miró al suelo:

—Yo.

—¿Cómo? —le pregunté.

—Trabajo para Hacienda —confesó.

—O sea, que lo puedes arreglar —dijo Angie.

—Bueno... —dijo él—. La verdad es que es más fácil joderlo que arreglarlo.

—John —le dije—. Mírame.

Obedeció.

—Arréglalo.

—Yo...

—Para mañana.

—¿Mañana? No puedo hacerlo. Me llevaría...

Me puse de pie encima suyo:

—John, tú puedes conseguir que mi crédito desaparezca, y eso impone mucho respeto. Pero yo te puedo hacer desaparecer a ti, y eso aún impone muchísimo más respeto, ¿no te parece?

Tragó saliva y la nuez le desapareció momentáneamente en la garganta.

—Para mañana, John. Por la mañana.

—Vale —dijo—. De acuerdo.

—¿Te dedicas a soplarle el crédito a más gente? —le pregunté.

—Bueno, yo...

—Contesta —le dijo Bubba mirándole desde sus alturas.

—Sí.

—¿Gente que intenta abandonar la Iglesia de la Verdad Revelada? —apuntó Angie.

—Oye, espera un momento —dijo Manny.

—¿Alguien tiene una cerilla? —saltó Bubba.

—Ya me callo —dijo Manny—. Ya me callo.

—Lo sabemos todo sobre Alivio de la Pena y la Iglesia —dijo Angie—. Una manera de cuadrar a los miembros díscolos es joderles las finanzas, ¿no es así?

—A veces —dijo John con el labio inferior hacia arriba, como si fuera un escolar al que han pillado mirando a las chicas.

—Tenéis a gente trabajando en todas las empresas de interés. ¿Verdad, John?... —le dije—. Hacienda, la policía, los bancos, los medios de comunicación... ¿Dónde más?

Se hubiera encogido de hombros si no llega a estar tan bien atado:

—Donde se te ocurra.

—Muy bonito —comenté.

Soltó un gruñido sarcástico:

—No veo que nadie se queje de los católicos que trabajan en todas esas organizaciones. O de los judíos.

—O de los adventistas del Séptimo Día —apuntó Bubba.

Me lo quedé mirando.

—Oh —levantó una mano—. Perdona.

Me incliné sobre John, apoyé los codos en sus rodillas y lo miré directamente a la cara.

—Muy bien, John. Ahora viene la pregunta más importante. Y ni se te ocurra mentirme.

—No te conviene —le dijo Bubba.

John le lanzó una mirada nerviosa. Y luego volvió a mirarme a mí.

—John —le dije—, ¿qué le ha ocurrido a Desirée Stone?

11

—Desirée Stone —repitió Angie—. Venga, John. Sabemos que recibió tratamiento en Alivio de la Pena.

John se humedeció los labios y parpadeó. Llevaba un minuto sin abrir la boca y Bubba se estaba impacientando.

—John... —le dije.

—Estoy seguro de que tenía un mechero por algún lado. —Bubba adoptó un aire de inquietud. Se tentó los bolsillos y, de repente, chasqueó los dedos—. Me lo he dejado abajo. Eso es lo que ha pasado. Enseguida vuelvo.

John y Manny lo vieron correr hacia las escaleras del final del *loft* mientras resonaban los zapatazos que iba dando con sus botas de combate.

Mientras Bubba desaparecía escaleras abajo, les dije:

—Ya la habéis liado.

John y Manny se miraron el uno al otro.

—A veces se pone así —explicó Angie—. Y nunca sabes por dónde te va a salir. Es un tío de lo más creativo.

A John se le pusieron los ojos como platos:

—No le dejéis que me haga daño.

—No voy a poder hacer gran cosa si no nos contáis nada de Desirée.

—Yo no sé nada de Desirée Stone.

—Pues yo creo que sí —afirmé.

—No tanto como Manny. Manny era su consejero principal.

Angie y yo giramos lentamente la cabeza y nos quedamos mirando a Manny.

Y Manny dijo que no con la cabeza.

Angie sonrió y se acercó a él.

—Manny, Manny, Manny... —le dijo—. Tienes secretitos, ¿eh? —Le levantó la barbilla hasta que la miró a los ojos—. Ponte las pilas, musculitos.

—Al psicópata lo tengo que aguantar, pero no pienso tragarme la mierda de una puta tía. —Le lanzó un escupitajo y Angie se apartó.

—Caramba —dijo—. Tengo la impresión de que Manny pasa demasiado tiempo en el gimnasio. ¿No es así, Manny? Levantando pesas pequeñitas, desalojando de las máquinas a los canijos y explicándoles a los demás descerebrados lo bien que te lo pasaste la noche anterior brutalizando a alguna pobre chica. Así eres tú, Manny. Exactamente así.

—Mira, tú, que te den por culo.

—No, Manny, que te den por culo a ti —le dijo Angie—. Jódete y palma.

Bubba reapareció con un soplete de acetileno y gritando:

—¡Lo he encontrado! ¡Lo he encontrado!

Manny chilló y se puso a pelearse con la soga que lo ataba.

—Esto se pone bueno —anunció uno de los hermanos Twoomey.

—¡No! —gritó Manny—. ¡No, no, no! Desirée Stone llegó al Centro Terapéutico el diecinueve de noviembre. Estaba... Estaba deprimida porque... porque... porque...

—Para el carro, Manny —le dijo Angie—. Despacito, ¿quieres?

Manny cerró los ojos y respiró hondo, con la cara bañada en sudor.

Bubba se sentó en el suelo a acariciar su querido soplete.

—Muy bien, Manny —dijo Angie—. Desde el principio.

Puso una grabadora en el suelo, delante de él, y apretó el interruptor.

—Desirée estaba deprimida porque su padre tenía cáncer, su madre acababa de morir y un tío al que conocía de la universidad se había ahogado.

—Eso ya lo sabemos —le corté.

—El caso es que vino a vernos y...

—¿Cómo fue eso? —le preguntó Angie—. ¿Pasaba por la calle y entró, sin más?

—Sí —parpadeó Manny.

Angie miró a Bubba:

—Está mintiendo.

Bubba puso mala cara y encendió el soplete.

—Vale —reconoció Manny—. De acuerdo. Fue reclutada.

—Como vuelva a encender este chisme, lo voy a tener que usar, Angie —dijo Bubba—. Tanto si te parece bien como si no.

Angie asintió.

—Jeff Price —dijo Manny—. Era el reclutador.

—¿Jeff? —me sorprendí—. Creía que se llamaba Sean.

Manny negó con la cabeza:

—Ése era su segundo nombre. A veces lo usaba como un alias.

—Háblanos de él.

—Era el supervisor de tratamientos en Alivio de la Pena. Y formaba parte del Consejo de la Iglesia.

—¿Y eso qué es?

—El Consejo de la Iglesia es como la junta directiva. Está compuesto por gente que lleva con la Iglesia desde sus inicios en Chicago.

—Y el tal Jeff Price —dijo Angie—, ¿por dónde para ahora?

—Desapareció —dijo John.

Lo miramos. Hasta Bubba parecía interesado en el asunto. Igual estaba tomando notas mentalmente para cuando decidiera fundar su Iglesia de los Expulsados del Templo.

—Jeff Price robó dos millones a la Iglesia y se dio el piro.

—¿Cuánto hace de eso? —le pregunté.

—Poco más de seis semanas —dijo Manny.

—Que es cuando Desirée Stone desapareció.

Manny asintió:

—Eran amantes.

—¿Y crees que ella está con él? —inquirió Angie.

Manny miró a John. Y John miró al suelo.

—Bueno, ¿qué? —insistió Angie.

—Yo creo que está muerta —dijo Manny—. Tened presente que Jeff es...

—Un cabrón de primera —intervino John—. El hijo de puta más insensible que os podáis imaginar.

Manny asintió:

—Vendería a su madre por un par de zapatos.

—Pero Desirée podría estar con él —dijo Angie.

—Supongo que sí. Pero Jeff viaja ligero de equipaje, ¿sabéis? Es consciente de que lo andamos buscando. Y sabe que una chica tan guapa como Desirée destaca entre la multitud. No estoy diciendo que no haya podido salir de Massachussets con Jeff, pero seguro que él se la ha quitado de encima por el camino. Seguramente, en cuanto ella descubrió lo del dinero robado. Y cuando hablo de quitársela de encima, no me refiero a dejarla tirada en un bar o algo así: seguro que la enterró muy hondo.

Miró hacia abajo mientras volvía a pelearse con las cuerdas.

—A ti te caía bien —intuyó Angie.

Manny levantó la vista: eso parecían indicar sus ojos.

—Sí —dijo en voz baja—. Vamos a ver, ¿que me dedico a timar a la gente? Pues sí, pero pensad en cómo es la mayoría de esos capullos. Aparecen quejándose de un difuso malestar o de sufrir el síndrome de fatiga crónica o de que nunca superarán el hecho de que de pequeños mojaban la cama. Y yo pienso: que les den por culo. Es evidente que les sobra tiempo y dinero, y ese dinero le vendrá muy bien a la Iglesia. —Contempló a Angie con una desafiante frialdad que se iba suavizando gradualmente y derivando hacia algo distinto—. Desirée Stone no era así. Necesitaba nuestra ayuda. Todo su puto mundo se vino abajo en cosa de dos semanas y tenía miedo de que se le fuese la olla. Puede que no lo creáis, pero la Iglesia podría haberla ayudado. Lo creo de verdad.

Angie meneó lentamente la cabeza y le dio la espalda:

—Ahorra saliva, Manny. ¿Qué hay de esa historia de Jeff Price acerca de su familia envenenada con monóxido de carbono?

—Todo era mentira.

—Recientemente, alguien se infiltró en Alivio de la Pena —intervine yo—. Alguien como nosotros. ¿Sabes de quién estoy hablando?

Se le veía sinceramente confundido:

—No.

—¿John?

Negó con la cabeza.

—¿Alguna pista sobre el paradero de Price? —preguntó Angie.

—¿A qué te refieres?

—Venga, Manny —le dije—. Me habéis trincado la pasta del banco en menos de doce horas: no debe ser muy fácil daros esquinazo a vosotros.

—Pero ésa era la especialidad de Price. Fue el inventor del concepto «contra operaciones».

—Contra operaciones —repetí.

—Exacto. Dale a tu adversario antes de que él te dé a ti. Déjalo tieso. Haz como la CIA. Toda la recogida de información, las sesiones, los códigos bancarios... Todo eso fue idea de Price. Empezó a hacerlo en Chicago. Si alguien nos puede dar esquinazo, es él.

—Bueno... Está lo de Tampa —apuntó John.

Manny le lanzó una mirada asesina.

—A mí no me achicharran —dijo John—. Ni hablar.

—¿Qué pasó en Tampa? —pregunté.

—Utilizó una tarjeta de crédito —dijo John—. Su propia tarjeta. Debía de estar borracho. Ésa es su debilidad. Bebe. Tenemos a un tío que lo único que hace en todo el día es plantarse ante un ordenador conectado a todos los bancos y todas las compañías de crédito con los que Price tiene cuentas. Hace tres semanas, a ese tío le empieza a sonar el ordenador en plena noche. Price utilizó su tarjeta de crédito en un motel de Tampa, el Courtyard Marriott.

—¿Y?

—Y enviamos gente para allá en cuatro horas —intervino Manny—. Pero ya no estaba. Ni siquiera sabemos con certeza que fuera él. El conserje nos dijo que la tarjeta la usó una tía.

—Puede que Desirée —dije.

—No. La chica era rubia y tenía un costurón en el cuello. El recepcionista nos dijo que estaba seguro de que era una puta. La tía dijo que la tarjeta era de su padre. Lo más probable es que Price haya vendido las tarjetas o las haya tirado por la ventana, para que las pillara un vagabundo. Sólo para jodernos.

—¿Se han vuelto a usar desde entonces? —preguntó Angie.

—No —respondió John.

—Entonces, Manny, tu teoría deja mucho que desear.

—Está muerta, Kenzie —dijo Manny—. No quiero que lo esté, te lo aseguro, pero lo está.

Les estuvimos atosigando media hora más, pero no les sacamos nada nuevo. Desirée había conocido a Jeff Price, quien la había manipulado hasta que ella se enamoró de él. Price robó 2.300.000 dólares, pero el hurto no se podía denunciar porque provenía de unos fondos ilegalmente amasados por la Iglesia a base de esquilmar a sus miembros. A las diez de la mañana del 12 de febrero, Price accedió al código bancario de la cuenta en las Islas Caimán, transfirió el dinero a su cuenta personal en el banco Commonwealth y lo retiró a las once y media de esa misma mañana. Acto seguido, salió de la sucursal bancaria y desapareció.

Veintiún minutos después, Desirée Stone aparcaba su coche ante el número 500 de la calle Boylston, a nueve manzanas del banco de Price. Y ésa fue la última vez que se la vio.

—Por cierto —dije, pensando en Richie Colgan—. ¿Quién dirige la Iglesia? ¿Quién controla el dinero?

—No se sabe —dijo Manny.

—Por favor...

Miró a Bubba:

—Te lo digo en serio. De verdad. Seguro que los miembros del Consejo lo saben, pero los tíos como nosotros no.

Miré a John.

Asintió:

—La cabeza visible de la Iglesia es, en teoría, el Reverendo Kett, pero nadie le ha visto en los últimos quince años.

—Puede que veinte —precisó Manny—. Pero nos pagan bien, Kenzie. Muy bien. Así que no nos quejamos ni hacemos preguntas.

Miré a Angie y ella se encogió de hombros.

—Necesitaremos una foto de Price —dijo.

—Está en los disquetes —informó Manny—. En un apartado llamado EPIAP: Expedientes Personales, Iglesia y Alivio de la Pena.

—¿Algo más que nos podáis decir de Desirée?

Negó con la cabeza. Cuando habló, lo hizo en un tono apesadumbrado.

—No se conoce a mucha gente buena. Buena de verdad, quiero decir. Nadie de esta habitación es una buena persona —nos observó a todos—. Pero Desirée sí lo era. Hubiera hecho mucho bien en este mundo. Y ahora lo más probable es que esté tirada en alguna zanja.

Bubba dejó fuera de combate de nuevo a Manny y a John. Acto seguido, junto a Nelson y los hermanos Twoomey, los condujo hasta una zona de descarga de basuras situada en Charlestown, bajo el puente del río Mystic. Esperaron a que se despertaran con las manos atadas y la boca amordazada. Después los arrojaron de la furgoneta y pegaron unos tiros al aire: John se echó a temblar y Manny a llorar. Luego se largaron de allí.

—A veces la gente te sorprende —comentó Bubba.

Estábamos apoyados en el capó del Crown Victoria, aparcados a un lado del camino, frente al Correccional de Plymouth. Desde ahí podíamos ver los jardines y el invernadero de los reclusos y escuchar el ruido que éstos hacían al jugar al baloncesto al otro lado del muro. Pero bastaba con mirar la verja, el alambre que coronaba las paredes o las siluetas de los guardias armados en las torres de vigilancia para comprobar que aquello no se podía confundir con nada que no fuera lo que era: un sitio para encerrar a seres humanos. Por muy claras que tuvieras las cosas acerca del crimen y el castigo, eso era lo que había. Y no era bonito de ver.

—Podría estar viva —dijo Bubba.

—Sí, claro —ironicé.

—De verdad. Ya te lo he dicho: la gente te sorprende. Antes de que esos mierdas se despertaran en mi casa, me contasteis que la chica le dio a un tío en los ojos con un espray antivioladores, ¿no? ¿Sois conscientes de la energía que hace falta para hacer algo así? Esa tía tiene agallas. Igual encontró una manera de escaparse del tío ése, el Price de los cojones.

—En ese caso, habría llamado a su padre. Habría intentado ponerse en contacto con él de alguna manera.

Se encogió de hombros:

—Puede. No sé. Los detectives sois vosotros. Yo sólo soy un merluzo que se va al trullo por llevar una pipa.

Nos apoyamos en el coche y volvimos a mirar los muros de granito, la verja y el cielo denso que se iba oscureciendo.

—Me tengo que ir —dijo Bubba.

Angie le dio un fuerte abrazo y un beso en la mejilla.

Yo le estreché la mano:

—¿Quieres que te acompañemos hasta la puerta?

—No. Parecerías mis padres el primer día de escuela.

—El primer día de escuela —comenté—, recuerdo que le zurraste la badana a Eddie Rourke.

—Porque se burló de mí al ver que mis padres me acompañaban a la puerta. —Me guiñó el ojo—. Nos vemos dentro de un año.

—Antes de eso —precisó Angie—. ¿Piensas que no te vendremos a visitar?

Se encogió de hombros:

—No olvidéis lo que os he dicho. La gente te da sorpresas.

Le vimos caminar por el sendero de grava, con los hombros caídos y las manos en los bolsillos. El aire frío que surgía de la vegetación campestre le alborotaba el pelo.

Cruzó la puerta de la cárcel sin mirar hacia atrás.

12

—Así pues, mi hija está en Tampa —dijo Trevor Stone.

—Señor Stone —dijo Angie—, ¿ha oído lo que le hemos dicho? Se apretó el cuello del batín y miró a mi socia a los ojos:

—Sí. Hay dos hombres que creen que está muerta.

—Exacto —dije.

—¿Ustedes también lo creen?

—No necesariamente —repuse—. Pero por lo que hemos oído del tal Jeff Price, no parece el tipo de persona que mantendría a su lado a una mujer tan destacable como su hija mientras intenta pasar inadvertido. Por consiguiente, la pista de Tampa...

Stone abrió la boca para decir algo, pero la volvió a cerrar. Los ojos quedaron ocultos bajo los párpados, como si estuviera mordiendo algo muy ácido. Tenía la cara cubierta de sudor y más pálida que la cera. Ayer por la mañana se había estado preparando para recibirnos, con su bastón a mano, bien vestido y con el aspecto de un guerrero frágil pero resistente, todavía cargado de orgullo.

Pero esta noche, sin tiempo para prepararse para nuestra visita, no se movía de la silla de ruedas en la que, según nos había contado Julian, pasaba las tres cuartas partes de su tiempo porque tanto su mente como su cuerpo estaban agotados por el cáncer y la quimioterapia con la que intentaba combatirlo. El pelo le salía del cráneo como escarpias y la voz no era más que un tenue susurro cubierto de grava.

—No deja de ser una pista —dijo con los ojos aún cerrados y un puño trémulo pegado a la boca—. Puede que el señor Becker también desapareciera allí, ¿no?

—Es posible —reconocí.

—¿Cuándo pueden partir?

—¿Cómo? —dijo Angie.

Stone abrió los ojos:

—Para Tampa. ¿Podrían salir hacia allá a primera hora de la mañana?

—Primero habría que conseguir los pasajes —dije.

Soltó una risita:

—No hace falta. Julian les puede recoger a primera hora y llevarles hasta mi avión.

—Su avión... —comentó Angie.

—Encuentren a mi hija, o al señor Becker, o al señor Price.

—Señor Stone —le advirtió Angie—. No hay ninguna seguridad de eso.

—Vale. —Tosió y cerró los ojos por un momento—. Si está viva, quiero que la encuentren. Y si está muerta, necesito saberlo. Y si el tal Price es el responsable de su muerte, ¿podrían hacerme un favor?

—¿Cuál? —pregunté.

—¿Serían tan amables de matarlo?

El aire de la habitación se congeló de repente.

—No —le dije.

—No sería su primer muerto —dijo Stone.

—Eso no volverá a pasar —le dije mientras él giraba la cabeza hacia la ventana—. Señor Stone...

Giró de nuevo la cabeza y se me quedó mirando.

—No volverá a pasar —repetí—. ¿Queda claro?

Cerró los ojos, apoyó la cabeza en el respaldo de la silla de ruedas y nos hizo un gesto para que abandonáramos la habitación.

—Han visto a un hombre con un pie en la otra vida —dijo Julian mientras sostenía el chaquetón de Angie en el recibidor de la mansión.

Angie intentó hacerse con su abrigo, pero él le hizo un gesto para que se diera la vuelta. Mi socia hizo una mueca, pero obedeció y Julian le deslizó la prenda en el cuerpo.

—Lo que yo veo —dijo mientras buscaba mi chaquetón en el armario— es un hombre que se impuso a otros hombres, que triunfó en la industria y las finanzas y en cualquier mundo al que decidió asomarse. Un hombre cuyos pasos infundían pavor. Y respeto. Un respeto superlativo.

Me sostuvo el abrigo y yo me deslicé en él mientras olía la fragancia limpia y fresca de su colonia. No reconocí la marca, pero supuse que, en cualquier caso, estaba por encima de mis posibilidades.

—¿Cuánto tiempo lleva con él, Julian?

—Treinta y cinco años, señor Kenzie.

—¿Y el Fardón? —intervino Angie.

Julian le dedicó una sonrisita:

—¿Se refiere al señor Clifton?

—Sí.

—Lleva veinte años con nosotros. Fue sirviente y secretario personal de la señora Stone. Ahora me ayuda en el mantenimiento de la propiedad y se ocupa de los negocios del señor Stone cuando éste está demasiado cansado para hacerlo en persona.

Me volví para mirarlo:

—¿Usted qué cree que le sucedió a Desirée?

—Lo ignoro, señor. Sólo confío en que no sea algo irreparable. Es una criatura divina.

—¿Y el señor Becker? —le preguntó Angie.

—¿A qué se refiere, señorita?

—La noche en que desapareció, venía de camino a esta casa. Lo comprobamos con la policía, señor Archerson. Esa noche no hubo informe alguno sobre incidentes extraños en la autovía 1-A. Ni accidentes de coche ni vehículos abandonados. Ninguna compañía de taxis envió ningún coche en esa dirección. Ningún vehículo fue alquilado por Jay Becker ese día, y su propio automóvil sigue aparcado en el garaje de su edificio.

—¿Y qué conclusión saca usted de todo eso? —preguntó Julian.

—No hemos llegado a ninguna conclusión —intervine—. Sólo son intuiciones, Julian.

—Ah. —Nos abrió la puerta y el recibidor se llenó de un aire ártico—. ¿Y qué les dicen esas intuiciones?

—Que alguien está mintiendo —dijo Angie—. Puede que mucha gente.

—Da que pensar. Sí. —Julian se dio un golpecito en la cabeza—. Señor Kenzie, señorita Gennaro, buenas noches. Conduzcan con precaución.

—Arriba es abajo —dijo Angie mientras cruzábamos el puente Tobin y empezábamos a ver las luces de la ciudad.

—¿Cómo dices?

—Arriba es abajo. Lo blanco es negro. El norte es el sur.

—Vale —dije con parsimonia—. ¿Por qué no paras un momento y me dejas conducir?

Me lanzó una de sus miradas asesinas.

—Este caso... —dijo—. Empiezo a tener la sensación de que todo el mundo miente y de que todo el mundo oculta algo.

—¿Y qué piensas hacer al respecto?

—Quiero dejar de darlo todo por bueno. Quiero ponerlo todo en duda y no fiarme de nadie.

—Vale.

—Y quiero entrar en casa de Jay Becker.

—¿Ahora? —pregunté.

—Ahora mismo —respondió ella.

Jay Becker vivía en Whittier Place, un rascacielos con vistas al río Charles o al Fleet Center, dependiendo de la situación del domicilio. Whittier Place forma parte de los Apartamentos del Río Charles, un espantoso complejo de lujosos alojamientos construido en los años setenta —al mismo tiempo que el Ayuntamiento, los edificios Hurley, Lindemann y JFK— con la intención de sustituir al viejo barrio del Extremo Oeste, que una serie de genios de la planificación decidieron eliminar para que el Boston de los setenta se pareciera lo más posible al Londres de *La naranja mecánica*.

El Extremo Oeste se parecía mucho al Extremo Norte, aunque era algo más polvoriento y cutre en ciertas zonas a causa de su proximidad a los barrios chinos de la plaza Scollay y la Estación del Norte. Los barrios chinos ya no existen, al igual que el Extremo Oeste, y también han desaparecido casi todos los peatones después de las cinco de la tarde. En vez de un vecindario, los planificadores urbanos erigieron un complejo de cemento trufado de edificios municipales más preocupados por la forma que por la utilidad, aunque esa forma fuese horrorosa, ya que los bloques de pisos actuales son un infierno árido y sin carácter alguno.

«Si vivieras aquí», nos informaban los ingeniosos carteles que encontrábamos mientras dábamos la vuelta a Storrow Drive en dirección a la entrada de Whittier Place, «ya estarías en casa».

—Y si viviera en este coche —comentó Angie— también estaría en casa, ¿no?

—O debajo de ese puente.

—O en el Charles.

—O en ese contenedor.

Seguimos en ese plan hasta que encontramos aparcamiento, que también podríamos considerar nuestro hogar si viviéramos en la zona.

—Tú odias la modernidad, ¿verdad? —me preguntó Angie mientras caminábamos hacia Whittier Place y yo lo observaba todo con cara de asco.

Me encogí de hombros.

—Me gusta la música moderna. Y algunas series de televisión son mejores que las de antes. Pero eso es todo.

—¿No hay ninguna obra arquitectónica moderna que te parezca bien?

—Bueno, no es que me dé por bombardear las torres Hancock o el Heritage, pero ninguno de esos arquitectos de postín ha diseñado nunca nada que pueda competir con el más sencillo de los edificios victorianos.

—Mira que llegas a ser de Boston, Patrick. De pura cepa.

Asentí mientras caminábamos hacia las puertas de Whittier Place:

—Yo sólo quiero que dejen en paz mi ciudad, Angie. Que se vayan a Hartford a construir mierdas así. O a Los Ángeles. Adonde les dé la gana. Pero lejos.

Me apretó la mano y yo la miré a la cara: estaba sonriendo.

Accedimos a la recepción atravesando unas puertas de cristal y nos topamos con una segunda entrada que estaba cerrada. A nuestra derecha había una serie de placas con nombres. Cada nombre tenía al lado un número de tres dígitos y había un teléfono a la izquierda de las placas. Me lo temía. Ya no podías ni usar el viejo truco de apretar diez interfonos a la vez y esperar que alguien te abriera. Si utilizabas el teléfono, la persona que lo descolgara te vería a través de una cámara de seguridad.

Hay que ver cómo nos estaban puteando los delincuentes a los pobres detectives privados.

—Ha sido divertido ver cómo te crispabas ahí afuera —dijo Angie.

Abrió el bolso, le dio la vuelta y desparramó su contenido por el suelo.

—¿De verdad? —Me arrodillé a su lado y nos pusimos a devolver las cosas al interior del bolso.

—Pues sí. Hacía tiempo que no te veía indignado.

—Yo a ti también —dije.

Nos miramos el uno al otro y las preguntas que vi en sus ojos se materializaron también en los míos: ¿Quiénes somos últimamente? ¿Qué queda después de todo lo que se llevó Gerry Glynn? ¿Cómo conseguiremos volver a ser felices?

—¿Cuántos lápices labiales puede acumular una mujer? —dije mientras seguía manipulando el material del bolso.

—Unos diez, diría yo. Cinco si viajas ligera.

Una pareja se acercó al otro lado del vidrio. El hombre tenía pinta de abogado: pelo canoso esculpido a navaja y corbata de Gucci en tonos rojos y amarillos. La mujer tenía pinta de esposa de abogado, picajosa y suspicaz.

—Te toca a ti —le dije a Angie.

El hombre abrió la puerta y Angie apartó la rodilla. Al hacerlo, un largo mechón de cabello se le deslizó de detrás de la oreja y le cayó sobre el pómulo, enmarcándole el ojo.

—Disculpen —dijo entre risitas y mirando fijamente al hombre—. Soy así de patosa.

Él la miró y sus ojos de leguleyo despiadado se contagiaron de la alegría de los de Angie:

—Yo soy incapaz de atravesar una habitación vacía sin tropezar.

—Ah —declaró Angie—. Entonces somos almas gemelas.

El hombre sonrió como un niño tímido de diez años.

—Somos la pesadilla de las personas ordenadas —dijo.

Angie le obsequió con una breve, aunque sonora, carcajada, como si le hubiera sorprendido tanto ingenio. Se hizo con las llaves:

—Aquí están.

Nos pusimos de pie mientras la parienta pasaba de largo y el hombre nos aguantaba la puerta.

—A ver si tenemos más cuidadito —dijo con fingida severidad.

—Lo intentaré —dijo Angie alargando un poco las palabras.

—¿Lleva tiempo viviendo aquí?

—Vamos, Walter —intervino la mujer.

—Seis meses.

—Vamos, Walter —repitió la parienta.

Walter le dedicó una última mirada a Angie y se marchó.

Cuando la puerta se cerró tras ellos, ironicé:

—La patita, Walter. Enséñame la tripa, Walter.

—Pobre Walter —dijo Angie mientras llegábamos junto al ascensor.

—Pobre Walter. Por el amor de Dios. ¿No has podido ponerte más insinuante?

—¿Insinuante?

—«Sexo en meses» —dije imitando a Marilyn Monroe—. Eso es lo que he entendido yo en vez de «seis meses».

—No he dicho sexo. He dicho seis. Y no he estado tan insinuante.

—Lo que tú digas, Norma Jean.

Me dio un codazo mientras se abrían las puertas del ascensor. Subimos hasta el piso doce.

Ante la puerta de Jay, me dijo:

—¿Tienes el regalo de Bubba?

El regalo de Bubba consistía en un descodificador de alarmas. Me lo había obsequiado la Navidad anterior, pero aún no había tenido la oportunidad de estrenarlo. Leía la clave sónica de cualquier alarma y la descodificaba en cuestión de segundos. En cuanto una luz roja aparecía en la pequeña pantalla de cristal líquido del descodificador, apuntabas a la fuente de la alarma, apretabas un botón en el centro del chisme y el ruido cesaba en el acto.

En teoría, por lo menos.

Yo ya había usado con anterioridad el material de Bubba, y solía funcionar siempre que él no lo hubiera definido como «el último grito». Para Bubba, «el último grito» significaba que el trasto aún tenía algún que otro fallo o que nunca había sido probado. No había usado esa frasecita cuando me dio el descodificador, pero yo no estaba seguro de que funcionase hasta que entramos en casa de Jay.

Era consciente, gracias a visitas previas al apartamento, de que Jay tenía también una alarma conectada a Porter y Larousse, Asesores, una empresa de seguridad del centro. Cuando saltaba la alarma, tenías treinta segundos para llamar a la compañía de seguridad y darles la contraseña. En caso contrario, te enviaban a la pasma.

De camino hacia allá, cuando se lo comenté a Angie, me dijo:

—Deja que me ocupe yo. Hazme caso.

Le aplicó el trasto a los dos cerrojos de la puerta mientras yo vigilaba el pasillo: la puerta se abrió y entramos. La cerré a mi espalda y se disparó la primera alarma de Jay.

Hacía un poco más de ruido que la tradicional sirena antiaérea. Yo apunté el descodificador de Bubba a la caja parpadeante que había sobre la entrada de la cocina, apreté el botón negro y me puse a esperar. Uno, dos, tres, cuatro, cinco, vamos, vamos... Bubba estaba a punto de perder todo su crédito cuando la luz roja apareció en el cristal líquido, apreté de nuevo el botón negro y la sirena que anunciaba la aparición de aviones enemigos calló.

Miré la cajita que tenía en la mano:

—Vaya, vaya —comenté.

Angie descolgó el teléfono del salón, apretó un número de la consola de llamada rápida, esperó un instante y dijo:

—Shreveport.

Entré en el salón.

—Que usted lo pase bien —dijo Angie antes de colgar.

—¿Shreveport? —inquirí.

—Es donde nació Jay.

—Eso ya lo sé. ¿Cómo lo descubriste?

Se encogió de hombros y echó un vistazo alrededor:

—Se lo debí oír tomando una copa o algo así.

—¿Y cómo has sabido que ésa era la contraseña?

Nuevo encogimiento de hombros, más discreto esta vez.

—¿Tomando *una copa*? —entoné.

—Mmm... —pasó a mi lado en dirección al dormitorio.

El salón estaba inmaculado. Un sofá de cuero negro en forma de L ocupaba un tercio del espacio junto a una mesa de centro de cristal ahumado. En la mesita había tres ejemplares de *GQ* y cuatro mandos a distancia. Uno era el del televisor de cincuenta pulgadas, otro el del vídeo, el tercero pertenecía a un reproductor de discos láser y el cuarto ponía en marcha el aparato de música.

—Jay —le dije al ausente—, cómprate un mando universal, por el amor de Dios.

En las estanterías había varios manuales técnicos, algunas novelas de Le Carré y varias obras de escritores sudamericanos a los que Jay admiraba: Borges, García Márquez, Vargas Llosa y Cortázar.

Les di el repaso de rigor a los libros y a los almohadones del sofá, pero no encontré nada y me trasladé al dormitorio.

Los buenos detectives privados practican el minimalismo. Son plenamente conscientes de las funestas consecuencias de anotar cosas en hojas sueltas o diarios ocultos, así que casi nunca almacenan nada. Más de uno me ha dicho que mi piso se parece más a una habitación de hotel que a un hogar. Y el de Jay, aunque más dado al materialismo que el mío, seguía teniendo un aspecto impersonal.

Me quedé en la entrada del dormitorio mientras Angie levantaba los colchones de la cama señorial y husmeaba bajo la alfombra situada ante la cómoda. El salón era de una modernidad gélida, todo negro brillante o azul cobalto y con cuadros modernos en las paredes. El dormitorio parecía seguir un modelo más rústico, con ese suelo de reluciente madera pulida y esa araña en el techo en plan antiguo. La colcha estaba cosida a mano y el escritorio de la esquina hacía juego con la cómoda.

Mientras Angie se acercaba al escritorio, le pregunté:

—¿Y cuándo te tomaste esas copas con Jay?

—Me acosté con él, Patrick, ¿vale? Supéralo, anda.

—¿Cuándo?

Se encogió de hombros mientras yo me ponía detrás de ella y del escritorio.

—La pasada primavera. O igual fue en verano. Por esa época.

Abrí un cajón y ella abrió otro.

—¿Durante tus días de desahogo? —pregunté.

—Pues sí —respondió sonriendo.

«Los días del desahogo» era como definía Angie sus citas amorosas tras separarse de Phil: relaciones extremadamente breves y carentes de compromiso alguno, dominadas por una visión del sexo todo lo festiva que permitía la vida desde la aparición del sida. Fue una fase de la que se cansó antes que yo de la mía. Sus «días del desahogo» habían durado cosa de seis meses, mientras que los míos se alargaron nueve años.

—¿Y qué tal era?

Mi socia puso mala cara.

—Era bueno. Pero hacía ruido. No soporto a los tíos que gimen demasiado fuerte.

—Yo tampoco —dije.

Se echó a reír:

—¿Has encontrado algo?

Cerré el último cajón.

—Papel de carta, bolígrafos, el seguro del coche, nada.

Revisamos la habitación de invitados, tampoco encontramos nada allí y volvimos al salón.

—¿Y qué es lo que andamos buscando? —pregunté.

—Alguna pista.

—¿De qué tipo?

—De las gordas.

—Ah.

Miré detrás de los cuadros. Le saqué la cubierta de atrás al televisor. Husmeé en la bandeja del láser, en la del CD múltiple y en la ranura del vídeo. Ni asomo de pista alguna en ninguno de esos lugares.

—Mira tú —dijo Angie saliendo de la cocina.

—¿Alguna pista de las gordas? —me interesé.

—No sé si definirla como gorda.

—Hoy sólo aceptamos pistas gordas, que conste.

Me pasó un recorte de papel de periódico:

—Esto estaba en la puerta del frigorífico.

Era un breve artículo en página par y llevaba la fecha del 29 de agosto del año pasado:

SE AHOGA EL HIJO DE UN GÁNSTER

Anthony Lisardo, de 23 años de edad, hijo del reputado prestamista Michael «Crazy Davey» Lisardo, murió ahogado, de forma aparentemente accidental, en el pantano de Stoneham a últimas horas del martes o a primeras del miércoles. El joven Lisardo, quien, según la policía, podría haber estado ebrio, entró ilegalmente en la zona a través de un agujero en la verja. El pantano, que siempre ha sido un lugar prohibido para la práctica de la natación para la juventud local, está patrullado por dos agentes del Servicio de Parques Estatales, pero ni el agente Edward Brickman ni el agente Francis Merriam vieron entrar a Anthony Lisardo ni le vieron nadar en el pantano durante sus habituales recorridos de treinta minutos de duración. Ante la evidencia de que el señor Lisardo estaba en compañía de una persona no identificada, la policía mantiene el caso abierto hasta la identificación de dicha persona, pero el capitán Emmett Groning, de la policía de Stoneham, ha declarado: «Se ha descartado cualquier indicio criminal. De manera inequívoca».

El padre del fallecido no ha querido hacer ningún tipo de comentarios.

—Yo diría que esto es una pista —argüí.

—¿Grande o pequeña?

—Depende de si la mides a lo largo o a lo ancho.

Mientras salíamos de la casa, esta muestra de ingenio me granjeó un buen sopapo de parte de mi socia.

13

—¿Para quién han dicho que trabajan? —preguntó el capitán Groning.

—Eeeeh... No lo hemos dicho —respondió Angie.

Se apartó del ordenador:

—Ah. Pero como son amigos de Devin Amronklin y de Oscar Lee, del Departamento de Homicidios de Boston, se supone que tengo que ayudarles, ¿no?

—En eso confiábamos —dije yo.

—Pues hasta que me llamó Devin, yo lo único en que pensaba era en volver a casa con la parienta, amiguete.

Hacía por lo menos dos décadas que nadie me llamaba «amiguete». Y no sabía muy bien cómo tomármelo.

El capitán Emmett Groning medía cerca de un metro ochenta y pesaba unos ciento veinte kilos. Tenía unos mofletes más carnosos y caídos que los de cualquier bulldog que yo hubiera visto y dos o tres papadas suplementarias que le colgaban de la primera en plan cascada de grasa. Yo no tenía ni idea de cuáles eran las exigencias físicas del cuerpo de policía de Stoneham, pero intuía que Groning llevaba más de una década espachurrado detrás de un escritorio, sometiendo a una tortura constante a la silla que le sostenía.

Mascaba un tronquito de regaliz sin llegar a comérselo, pasándoselo de un lado a otro de la boca y sacándoselo de vez en cuando para admirar las marcas de sus dientes y los bonitos restos de saliva. Creo que era regaliz, aunque no podía estar seguro porque hacía años que no veía a nadie consumiendo ese material... Los mismos, más o menos, que la gente llevaba sin utilizar el término «amiguete».

—No pretendemos mantenerle alejado de... la parienta —le dije—, pero es que andamos un poco apretados de tiempo.

Recorrió su labio inferior con la barrita de regaliz, consiguiendo chuparla y hablar al mismo tiempo:

—Devin me ha dicho que ustedes dos fueron los que pusieron en su sitio a Gerry Glynn.

—El sitio que merecía, sí, señor —entoné.

Angie me dio una patada en el tobillo.

—Bueno... —El capitán Groning se nos quedó mirando—. No tenemos personal así por aquí.

—¿Qué tipo de personal?

—Asesinos psicópatas, pervertidos sexuales, hombres vestidos de mujer, violadores de niños... No señor. Todo eso se lo dejamos a ustedes, los de la Gran Ciudad.

La Gran Ciudad estaba a unos quince kilómetros de Stoneham, pero ese individuo parecía creer que entre ambas poblaciones había un océano o dos.

—Por eso siempre he querido retirarme aquí —dijo Angie.

Ahora me tocaba a mí darle una patada.

Groning levantó una ceja y se inclinó hacia adelante, como si quisiera ver qué estábamos haciendo al otro lado de su mesa.

—Sí, bueno, señorita... Como yo siempre digo, hay muchos sitios peores que éste, pero no muchos que sean mejores.

Hay que llamar urgentemente a la Cámara de Comercio de Stoneham, pensé, para decirles que ya tenían el lema de la ciudad.

—Por supuesto —dijo Angie.

Groning se arrellanó en el asiento y yo confié en que éste cediera y lo catapultara al despacho de al lado atravesando la pared. Se sacó el regaliz de la boca, lo contempló y se puso a chuparlo de nuevo. Luego miró la pantalla de su ordenador.

—Anthony Lisardo, de Lynn —dijo—. Lynn, Lynn, pecado sin fin. ¿Lo habían oído alguna vez?

—Jamás —Angie le dedicó una luminosa sonrisa.

—Menudo sitio es Lynn. Ni un perro se puede criar ahí.

Tú los criarías para comértelos, pensé.

Me mordí la lengua y recordé que este año había decidido madurar.

—Ni un perro se puede criar ahí —repitió—. En fin... Anthony Lisardo, sí, ataque al corazón.

—Creí que se había ahogado.

—Así es, amiguete. Vaya que sí. Pero primero sufrió un ataque al corazón. Nuestra doctora no lo consideró suficiente como para palmarla, pues era un chaval joven y tal, pero cuando le dio el achuchón, el tío estaba dentro del agua, así que eso es todo lo que ella puso en el informe. Eso es todo lo que puso —repitió con el mismo tonillo cantarín empleado para lo del perro.

—¿Alguien sabe cuál fue la causa del infarto?

—Pues claro que sí, amiguete, claro que hay alguien que lo sabe. Y ese alguien es el capitán Emmett T. Groning de Stoneham. —Se echó atrás en la silla, torció la ceja izquierda y movió la cabeza de arriba abajo sin dejar de darle vueltas al regaliz.

Si yo viviera aquí, nunca cometería un delito. Porque eso implicaría acabar hablando con este tío; y tras cinco minutos de conversación con el capitán Emmett T. Groning de Stoneham, acabaría confesando cualquier cosa —del asesinato del hijo de Lindbergh a la desaparición de Jimmy Hoffa— para que me trasladaran de inmediato a la prisión federal más lejana posible.

—Capitán Groning —dijo Angie con la misma voz insinuante utilizada previamente con el Pobre Walter—, le quedaría muy agradecida si nos pudiera explicar las causas del infarto de Anthony Lisardo.

Muy agradecida. Angela «Mata Hari» Gennaro.

—Cocaína —dijo Groning—. O perico, como la llaman algunos.

Ahí estaba yo: atrapado en Stoneham con un gordo que imitaba a Al Pacino en *El precio del poder*. Mira tú qué divertido.

—¿O sea, que esnifó cocaína, tuvo un infarto y se ahogó? —pregunté.

—No la esnifó, amiguete, se la fumó.

—Entonces debía de ser crack, ¿no? —comentó Angie.

Groning negó con la cabecita y los mofletes hicieron un ruido muy gracioso.

—Cocaína normal —dijo—. Mezclada con tabaco. Lo que se conoce como un nevadito.

—Tabaco seguido de cocaína, seguida de tabaco, más coca, más tabaco, un poco más de coca... —le dije.

Lo vi impresionado:

—Veo que ya sabe de qué va.

Cualquiera que fuese a la universidad entre principios y mediados de los años ochenta sabía de qué iba la cosa, pero no se lo dije. Tenía la impresión de que era de esa clase de gente que no votaría para presidente a alguien que hubiese «inhalado» algo.

—He oído rumores al respecto —dije.

—Pues bueno, eso es lo que fumaba el joven Lisardo. El chaval se cogió un buen ciego, pero la cosa acabó como el rosario de la aurora.

Intervino Angie:

—¿Y los testigos? El periódico decía que había un acompañante.

Groning apartó la vista de mí y volvió a mirar la pantalla del ordenador:

—Un chaval llamado Donald Yeager, veintidós años. Abandonó aterrorizado el lugar, pero lo trincamos al cabo de una hora, más o menos. Lo identificamos por una chaqueta que se dejó olvidada y le apretamos las tuercas un buen rato, pero no había hecho nada. Se limitó a acompañar a su colega al pantano, a fumarse unos porros y a darse un bañito.

—¿Tomó cocaína?

—Qué va. Y aseguró no saber que Lisardo la consumía. Dijo: «Tony detesta la coca» —Groning chasqueó la lengua—. Y yo le dije: «Pues la coca también le detesta a él, amiguete».

—Impresionante respuesta —le dije.

Asintió:

—A veces, cuando los chicos y yo interrogamos a alguien, no hay quien nos pare.

El Capitán Groning y sus Chicos. Seguro que hacían barbacoas, iban juntos a la iglesia, cantaban canciones de Hank Williams Jr. e intercambiaban información sobre porras.

—¿Y cómo se tomó el padre de Anthony la muerte del muchacho? —preguntó Angie.

—¿Crazy Davey? —dijo el capitán Groning—. ¿Vio cómo en la prensa le llamaban gánster?

—Sí.

—Parece que de repente todo espagueti corrupto al norte de Quincy es un gánster.

—¿Y este espagueti en concreto? —dijo Angie con las manos súbitamente convertidas en puños.

—Un chorizo de poca monta. Los diarios le llamaron «prestamista», y eso es cierto en parte, pero básicamente se dedica al trapicheo de coches robados.

Boston es una de las grandes ciudades más seguras del país. Nuestras cifras de asesinatos y asaltos son prácticamente irrelevantes comparadas con las de Los Ángeles, Miami o Nueva York, pero superamos a todas esas urbes en lo relativo al robo de coches. A los delincuentes de Boston, por el motivo que sea, les encanta guindar coches. No sé a qué se debe, pues nuestro sistema de transporte público tampoco es tan deficiente, pero eso es lo que hay.

Y la mayoría de esos coches acaba en el Lynnway, una sección de la carretera 1-A que pasa sobre el río Mystic y que está trufada de garajes y negocios de venta de vehículos. La mayor parte de los establecimientos es legal, pero algunos de ellos no lo son. Por eso muchos bostonianos a los que les roban el coche no deberían molestarse ni en recurrir a su sistema de localización por satélite: seguro que suena desde las profundidades del Mystic. El sistema de localización, no el coche. El coche está desguazado —y las piezas van de camino a quince sitios distintos— media hora después de haberlo aparcado.

—¿Crazy Davey no está cabreado por la muerte de su hijo? —pregunté.

—Seguro que sí —respondió el capitán Groning—, pero no puede hacer gran cosa al respecto. Bueno, sí, nos dio la brasa con lo de que su hijo no tomaba cocaína y tal, ¿pero qué querían que dijera? Afortunadamente, tal como está la mafia de mal últimamente, y no siendo Crazy Davey un jefazo, pues no me importa gran cosa lo que piense o deje de pensar.

—O sea, que Crazy Davey es un chorizo de poca monta —dije.

—Un pringadillo —lo definió el capitán Groning.

—Un pringadillo —le dije a Angie.

Y me llevé otra patada.

14

Las oficinas de Hamlyn y Kohl, Investigaciones Mundiales ocupaban toda la planta treinta y tres de la Torre John Hancock, el gélido rascacielos de cristal azul metálico diseñado por I. M. Pei. El edificio está hecho de láminas de cristal de espejo y cada una de ellas mide siete metros de alto y veinte de ancho. Pei las concibió así para que los edificios circundantes quedaran reflejados en el cristal con total nitidez y para que, mientras te acercases, pudieras ver el granito ligero y la arenisca roja de la iglesia de la Trinidad, así como la imponente piedra del hotel Copley Plaza, atrapados ambos en el azul ahumado de un vidrio despiadado. La verdad es que la imagen no está nada mal. Y además, todo hay que reconocerlo, las láminas tienen el detalle de no venirse abajo.

El despacho de Everett Hamlyn daba a la Iglesia de la Trinidad y, si el clima acompañaba, como sucedía esa noche, podías ver hasta Cambridge en la lejanía. De hecho, podías llegar a ver incluso Medford, pero no conozco a nadie que quiera forzar tanto la vista.

Nos bebimos el excelente coñac de Everett Hamlyn y vimos cómo se quedaba de pie junto a su lámina de cristal y contemplaba la ciudad a sus pies, extendiéndose como una alfombra hecha de luces.

Tenía un aspecto imponente el hombre. Más tieso que un palo y con la piel tan pegada a la recia osamenta que a menudo pensaba yo que si se hacía un corte con una hoja de papel, se abriría de un extremo a otro. Llevaba el cabello plateado pegado al cráneo y nunca le había visto el menor asomo de barba en las mejillas.

Su ética laboral era legendaria: era de los que encienden la luz por la mañana al llegar al trabajo y la apagan por la noche antes de volver a casa. Era un hombre que solía decir que cualquiera que necesite más de cuatro horas de sueño no es de fiar, pues la traición habita en la holganza, en el ansia de lujos y en la necesidad de dormir más de la cuenta. Había estado en los servicios de espionaje durante la Segunda Guerra Mundial, aunque sólo era un muchacho en esa época, y ahora, al cabo de más de cincuenta años, tenía mucho mejor aspecto que la mayoría de hombres a los que doblaba la edad.

Everett Hamlyn, decía todo el mundo, sólo se retiraría cuando le alcanzara la muerte.

—Sabéis que no puedo hablar de eso —dijo mientras contemplaba nuestro reflejo en el cristal.

Busqué sus ojos de la misma manera:

—De manera confidencial, entonces. Por favor, Everett.

Sonrió suavemente y levantó su copa. Parsimoniosamente, bebió un poco de coñac y dijo:

—Sabíais que me encontraríais a solas, ¿verdad, Patrick?

—Supuse que así sería. Desde la calle, se puede localizar la luz de tu despacho si sabes en qué cuadrado mirar.

—Como no está mi socio, nadie protegería a este pobre anciano si decidierais tomarla con él y atacarle.

Angie soltó una risita:

—Vamos, Everett, por favor...

Se dio la vuelta con los ojos brillantes:

—Estás tan encantadora como siempre, Angela.

—La adulación no evitará las preguntas —dijo ella, pero no pudo evitar sonrojarse momentáneamente.

—Venga ya, viejo seductor —le ataqué—. Dime qué buena pinta tengo.

—Da asco verte, muchacho. Veo que te sigues cortando el pelo tú solo.

Me eché a reír. Everett Hamlyn siempre me había caído bien. Le caía bien a todo el mundo. Pero no se podía decir lo mismo de su socio, Adam Kohl. Everett sabía cómo tratar a la gente, lo había aprendido en el ejército, y siempre sabía distinguir lo que estaba bien de lo que estaba mal.

—Pero mi cabello, por lo menos, es auténtico, Everett.

Se tocó el mazacote que llevaba en la cabeza:

—¿Tú crees que yo pagaría por esto?

—Everett —dijo Angie—, si eres tan amable de explicarnos por qué Hamlyn y Kohl se deshicieron de Trevor Stone como cliente, dejaremos de hablar del poco pelo que te queda. Te lo prometo.

Movió levemente la cabeza, gesto que en su caso siempre implicaba algo negativo.

—Necesitamos un poco de ayuda —dije—. Ahora estamos tratando de encontrar a dos personas: a Desirée Stone y a Jay.

Fue hasta su silla y pareció estudiarla atentamente antes de sentarse en ella. La giró para poder mirarnos directamente a la cara y apoyó los brazos en el escritorio.

—Patrick —dijo con voz suave y casi paternal—, ¿sabes por qué Hamlyn y Kohl te ofrecieron trabajo siete años después de que rechazaras nuestra primera oferta?

—¿Teníais envidia de nuestra clientela?

—Más bien no —sonrió—. De hecho, al principio Adam estaba totalmente en contra.

—No me extraña. Nunca ha habido mucho afecto entre nosotros.

—De eso no me cabe la menor duda. —Se echó hacia atrás sin soltar la copa de coñac que se calentaba en su mano—. Convencí a Adam de que ambos erais investigadores experimentados con un porcentaje de casos resueltos admirable, por no decir asombroso. Pero eso no era todo. Y por favor, Angela, no te ofendas por lo que voy a decir porque no hay ningún motivo.

—Estoy segura de que no, Everett.

Hamlyn se inclinó hacia adelante y me sostuvo la mirada:

—Te quería a ti en concreto, Patrick. A ti, muchacho, porque me recordabas a Jay y Jay me recordaba a mí mismo de joven. Los dos teníais astucia, los dos teníais energía, pero había más que eso. Lo que ambos teníais era pasión, que es algo muy difícil de encontrar en los tiempos que corren. Erais como críos. Cogíais cualquier caso, por insignificante que fuese, y lo convertíais en un gran asunto. O sea, que amabais vuestro *oficio*, no sólo el trabajo. Os gustaba todo lo que implicaba y conseguisteis que fuera un gustazo venir a trabajar durante esos tres meses que estuvisteis juntos aquí. Vuestro entusiasmo llenaba estas habitaciones: vuestros chistes malos, vuestros esfuerzos de principiante, vuestro sentido de la diversión y vuestra determinación absoluta a la hora de cerrar un caso... —Se echó hacia atrás e hizo como que olía el aire alrededor—. Había algo en el ambiente.

—Everett... —empecé a decir, pero me detuve porque no sabía cómo continuar.

Levantó una mano:

—Por favor. Yo también fui así, ¿sabes? Así que si te digo que Jay era como un hijo para mí, ¿me creerás?

—Sí.

—Y si el mundo estuviera lleno de hombres como él, como yo e incluso como tú, Patrick, creo que sería un lugar mejor. Perdona el ego de este hombre orgulloso, pero soy viejo y puedo decir lo que se me antoje.

—No aparentas tu edad, Everett —terció Angie.

—Eres un encanto —le sonrió. Asintió para sí mismo y le echó un vistazo a su copa de coñac. Se la llevó puesta cuando abandonó de nuevo el asiento para volver a plantarse ante la ventana y contemplar la ciudad—. Creo en el honor —dijo—. No hay otro atributo humano que merezca tanta admiración. Y yo he intentado vivir la vida como un hombre honorable. Pero es difícil. Porque la mayoría de los hombres no son nada honorables. Para muchos, el honor es, en el mejor de los casos, un concepto anticuado, y en el peor, una ingenuidad muy corrosiva. —Giró la cabeza y nos sonrió, pero era una sonrisa cansada—. Creo que el honor está en las últimas. Estoy seguro de que morirá junto a este siglo.

—Everett —dije—, sólo con que pudieras...

Negó con la cabeza:

—Patrick, no puedo hablar contigo de ningún aspecto concerniente al caso de Trevor Stone o a la desaparición de Jay Becker. No puedo, simplemente. Lo único que puedo decirte es que recuerdes lo que he dicho sobre el honor y sobre la gente que carece de él. Haced lo que podáis con tales conceptos.

Volvió a su silla, se sentó y la giró ligeramente para encararla hacia la ventana.

—Buenas noches —dijo.

Miré a Angie, ella me miró a mí y ambos acabamos mirando el cogote de Everett. Podía ver sus ojos, reflejados de nuevo en el cristal, pero esta vez no miraban mi reflejo, sino tan sólo el suyo. Observaba esa imagen espectral de sí mismo atrapada y nadando en el vidrio, así como las luces reflejadas de otros edificios y de otras vidas.

Lo dejamos ahí sentado, mirando al mismo tiempo la ciudad y a sí mismo, bañado en el profundo azul del cielo nocturno.

Junto a la puerta, nos detuvo su voz, que tenía un tono que yo jamás había oído antes. Seguía siendo una voz cargada de experiencia y de sabiduría, bañada en tradición y coñac del caro, pero ahora exhibía un leve barniz de terror.

—Tened cuidado en Florida —dijo Everett Hamlyn.

—No te hemos dicho que íbamos a Florida —apuntó Angie.

—Tened cuidado —repitió mientras se arrellanaba en el asiento para tomar otro sorbo de coñac—. Por favor.

SEGUNDA PARTE

AL SUR DE LA FRONTERA

15

Yo nunca había volado en un avión privado, así que no tenía nada con que comparar la experiencia. Ni echándole imaginación podía establecer comparaciones con un yate particular o una isla privada, pues tampoco había disfrutado de tales lujos. Creo que la única cosa «privada» que poseo es mi coche, un Porsche del 63 reconstruido, así que... estar en un avión privado se parecía mucho a estar en mi coche. Con la excepción de que el avión era más grande. Y más veloz. Y tenía un bar. Y volaba.

El Siniestro y el Fardón nos recogieron en mi domicilio a bordo de una limusina azul oscuro que también era mucho más grande que mi coche. La verdad es que también era más grande que mi piso.

Desde mi casa, bajamos por Columbia Road ante varios paseantes que, con toda probabilidad, se preguntaban quién se casaba o qué instituto celebraba una fiesta de fin de curso a mediados de marzo y a las nueve de la mañana. Luego recorrimos el tráfico de la hora punta, atravesamos el túnel de Ted Williams y fuimos a parar al aeropuerto.

En vez de sumarnos a los vehículos que se dirigían hacia las principales terminales, pillamos un desvío y nos encaminamos al extremo sur de la zona de aparcamiento. Atravesamos varias terminales de carga, unos cuantos almacenes de empaquetado de comida y un hotel para convenciones cuya existencia desconocía hasta entonces, para acabar aparcando frente al Cuartel General de Aviación.

El Siniestro entró ahí mientras Angie y yo nos llenábamos los bolsillos de zumo de naranja y cacahuetes trincados del mini bar y discutíamos acerca de hacernos también con un par de copas de champán tipo flauta.

El Siniestro regresó seguido de un tío bajito que echó a correr hacia una furgoneta amarilla y marrón en cuyo flanco ponía AVIACIÓN DE PRECISIÓN.

—Yo quiero una limusina —le dije a Angie.

—Sería un coñazo intentar aparcarla delante de tu casa.

—Ya no necesitaría el piso. —Me incliné hacia adelante y le pregunté al Fardón—: ¿Este trasto tiene armarios?

—Tiene un maletero —repuso encogiéndose de hombros.

Me volví hacia Angie:

—Tiene un maletero.

Nos pusimos en marcha, siguiendo a la furgoneta hasta una garita de guardia. El Siniestro y el conductor de la furgoneta salieron, mostraron sus permisos al guarda y éste anotó los números en un cuaderno y le dio un pase al Siniestro, quien lo colocó en el salpicadero al regresar al vehículo. La barrera naranja que teníamos delante se alzó y dejamos atrás la garita en dirección a la pista.

La furgoneta dio la vuelta a un pequeño edificio y nosotros seguimos su ejemplo. Recorrimos un sendero entre dos pistas, y había muchos más a nuestro alrededor: sus luces pálidas resplandecían entre el rocío matinal. Vi aviones de carga, estilizadas aeronaves, pequeños cochecitos blancos, camiones de gasolina, dos ambulancias, un camión de bomberos y otras tres limusinas. Era como si hubiésemos entrado en un mundo hasta entonces oculto que apestaba a poder, a influencias y a unas vidas tan importantes que no podían perder el tiempo con los sistemas habituales de transporte o con algo tan banal como un horario establecido por otros. Estábamos en un mundo en el que un asiento de primera clase en una aerolínea comercial se consideraba de segunda clase, y los auténticos corredores del poder se extendían ante nosotros bañados en luces de aterrizaje.

Me preguntaba cuál sería el avión de Trevor Stone cuando, de repente, aparcamos delante de él. Incluso en compañía de Cessnas y Lears, destacaba. Se trataba de un Gulfstream blanco con un pico aerodinámico similar al del Concorde, un fuselaje diseñado como si fuese una bala, unas alas bien pegadas al cuerpo y una cola en forma de aleta dorsal. Una máquina impresionante con pinta de halcón blanco.

Sacamos las bolsas de viaje de la limusina y otro empleado de Aviación de Precisión nos las quitó de las manos y las colocó en el compartimiento de equipajes, junto a la cola.

Le dije al Siniestro:

—¿Cuánto cuesta un bicho como éste... unos siete millones?

Se echó a reír.

—Le ha hecho gracia —le comenté a Angie.

—Se está partiendo —dijo ella.

—Creo que el señor Stone pagó veintiséis millones por este Gulfstream.

Dijo «este» Gulfstream como si hubiera un par más en el garaje de Marblehead.

—Veintiséis —le dije a Angie—. Seguro que el vendedor pedía veintiocho, pero le convencieron para que les hiciera una rebajita.

Una vez a bordo, conocimos al capitán Jimmy McCann y a su copiloto, Herb. Eran una alegre pareja, todo sonrisas y cejas peludas levantadas por encima de sendas gafas de espejo. Nos aseguraron que estábamos en buenas manos, que no nos preocupáramos porque hacía meses que no estrellaban ningún avión, ja, ja, ja. Humor aéreo. El mejor que hay. Yo es que me troncho.

Dejamos que jugaran con sus esferas y sus contadores, y que dieran con la mejor manera de hacernos vomitar y dar saltos, y nos fuimos hacia atrás, hacia la zona principal del aparato.

También parecía más grande que mi casa, pero igual es que estaba un poco fascinado ante tanto tronío.

Había una barra, un piano y tres camas individuales. El cuarto de baño tenía una ducha. El suelo estaba cubierto por una mullida moqueta. Había seis asientos de cuero repartidos a derecha e izquierda, y dos de ellos contaban con sendas mesitas de madera noble clavadas al suelo. Todos los asientos eran reclinables.

Cinco de ellos estaban vacíos. El sexto lo ocupaba Graham Clifton, alias el Fardón. Yo ni le había visto salir de la limusina. Se sentaba de frente a nosotros, con un cuaderno con tapas de cuero en el regazo y una pluma cerrada encima.

—Señor Clifton —dije—, no sabía que venía con nosotros.

—El señor Stone pensó que tal vez les vendría bien una ayudita. Conozco muy bien la Costa del Golfo de Florida.

—No solemos necesitar ayuditas —dijo Angie mientras se sentaba frente a él.

Se encogió de hombros:

—El señor Stone insistió.

Descolgué el teléfono que tenía en el asiento:

—Pues vamos a ver si conseguimos que cambie de opinión.

Puso la mano encima de la mía y volvió a dejar el teléfono en su sitio. Para ser tan bajito, tenía mucha fuerza.

—El señor Stone nunca cambia de opinión —declaró.

Miré sus ojillos negros y sólo vi mi propio reflejo.

Aterrizamos en el aeropuerto internacional de Tampa a la una, y noté el aire pegajoso antes incluso de que las ruedas del avión rozaran la pista sin dar el más mínimo bote. El capitán Jimmy y el copiloto Herb, aunque parecían estar como un cencerro y tal vez lo estuvieran en otros aspectos de su vida, controlaron muy bien el aparato durante el despegue, el aterrizaje y unas breves turbulencias al atravesar Virginia, lo cual me llevó a pensar que eran capaces de hacer aterrizar un DC-10 en la punta de un lápiz y en medio de un tifón.

Después del calor, mi primera impresión de Florida fue la vegetación. El aeropuerto de Tampa parecía haber salido del centro de un bosque. Donde quiera que mirase sólo veía diferentes matices del verde: el verde oscuro de las hojas de los manglares, el verde grisáceo de los troncos, las pequeñas colinas de hierba que rodeaban las rampas dentro y fuera del aeropuerto, los brillantes vehículos que cruzaban las terminales y que parecían salidos de *Blade runner* en versión Walt Disney.

Luego levanté la mirada al cielo y encontré un tono del color azul que nunca había visto, tan intenso y brillante sobre los blancos arcos de coral de la autopista que parecía pintado. Tonos pastel, pensé mientras parpadeábamos ante la luz que se colaba por las ventanillas del avión: no había visto tantos y tan agresivos tonos pastel desde los clubes nocturnos de mediados de los ochenta.

Y la humedad. Dios mío. Ya la había intuido al bajar del avión, y era como si una esponja caliente me hubiese hecho un agujero en el pecho y hubiera llegado directamente a los pulmones. Cuando nos fuimos de Boston, la temperatura rondaba los veinte grados, lo cual ya parecía templado después de tan largo invierno. Aquí teníamos que estar a treinta, puede que más, y la espesa manta de humedad le añadía como diez grados más.

—Tengo que dejar de fumar —dijo Angie mientras nos acercábamos a la terminal.

—O de respirar —le dije—. Una de dos.

Trevor, por supuesto, tenía un coche esperándonos. Era un Lexus beige de cuatro puertas con matrícula de Georgia y lo conducía el doble sureño del Siniestro, un tipo alto y delgado que tanto podía tener cincuenta años como noventa. Atendía por señor Cushing y yo tuve la impresión de que nunca nadie le había llamado por su nombre de pila. Seguro que hasta sus padres le consideraban el señor Cushing. Llevaba un traje negro y una gorra de chofer pese al calor imperante, pero cuando nos abrió la puerta a Angie y a mí, tenía la piel más seca que el talco.

—Señorita Gennaro, señor Kenzie, bienvenidos a Tampa.

—Buenas tardes —lo saludamos.

Cerró la puerta y nos sentamos a disfrutar del aire acondicionado mientras él daba la vuelta y le abría la puerta de delante al Fardón. El señor Cushing ocupó su asiento tras el volante y le pasó tres sobres a su compañero, quien se quedó con uno y nos dio los otros dos.

—Las llaves del hotel —nos informó el señor Cushing mientras ponía el vehículo en marcha—. Señorita Gennaro, usted está en la suite 611. Señor Kenzie, usted está en la 612, y también encontrará en el sobre las llaves de un coche que el señor Stone ha alquilado para ustedes. Está aparcado en el garaje del hotel. El número de la plaza de aparcamiento está en el reverso del sobre.

El Fardón abrió un ordenador portátil del tamaño de un libro de bolsillo y pulsó unas cuantas teclas.

—Nos alojamos en el hotel Harbor Island —dijo—. ¿Por qué no nos damos primero una ducha y luego vamos al Courtyard Marriott, donde se supone que estuvo el tal Jeff Price?

Miré a Angie.

—Suena bien.

El Fardón asintió y el ordenador emitió un pitido. Me incliné hacia adelante y vi que había situado un mapa de Tampa en la pantalla. El mapa derivó hacia una serie de redes urbanas por las que se fue internando hasta encontrar un punto con destellos que supuse sería el Courtyard Marriot, a cuyo alrededor aparecían unos cuantos nombres de calles.

Esperaba escuchar en cualquier momento una grabación que me explicara en qué iba a consistir mi misión.

—Esta cinta se autodestruirá en tres segundos —dije.

—¿Cómo? —preguntó Angie.

—Olvídalo.

16

Harbor Island parecía de fabricación humana y relativamente reciente. Emanaba de la parte más antigua del centro y llegamos allí tras atravesar un puente de color blanco del tamaño de un autobús. Había restaurantes, un buen número de tiendas de moda y un puerto para yates que relucía al sol. Todo parecía obedecer a un diseño general seudocaribeño, pues reinaban el color blanco, el estuco marfileño y los suelos de conchas.

Mientras nos acercábamos al hotel, un pelícano estuvo a punto de empotrarse contra el parabrisas. Angie y yo pegamos un respingo, pero ese bicho de aspecto tan extraño se las apañó para esquivarnos e ir a posarse sobre un poste de madera junto al muelle.

—Era enorme el bicharraco —comentó Angie.

—Y de un tono marrón muy asqueroso.

—Y con pinta prehistórica.

—A mí tampoco me gustan.

—Bien —concluyó Angie—. No quería parecer tonta.

El señor Cushing nos dejó ante la puerta, y unos botones se hicieron con nuestras maletas. Uno de ellos dijo:

—Señor Kenzie, señorita Gennaro, por aquí.

Y eso sin habernos presentado.

—Le veré en su habitación a las tres —me dijo el Fardón.

—Vaya que sí —le aseguré.

Lo dejamos charlando con el señor Cushing y seguimos a nuestro bronceadísimo botones hasta el ascensor que nos conduciría a nuestros aposentos.

Las suites eran enormes y tenían vistas a la bahía de Tampa y a los tres puentes que la cruzaban. La lechosa agua verdosa brillaba a la luz del sol y era todo tan bonito, tan prístino y tan plácido que no sabía cuánto iba a tardar en ponerme a vomitar.

Angie apareció por la puerta que comunicaba las dos suites, salimos a la terraza y cerramos tras nosotros la puerta corredera de cristal.

Mi socia se había cambiado la ropa básicamente oscura de la ciudad por unos tejanos claros y una camiseta blanca sin mangas. Yo intenté mantener mi mente y mis ojos apartados de esa camiseta tan ceñida con la intención de concentrarme en lo que nos traíamos entre manos.

—¿Cuándo crees que deberíamos deshacernos del Fardón? —pregunté.

—Lo antes posible. —Angie se apoyó en la barandilla y le dio una leve calada al cigarrillo.

—No me fío de la habitación —declaré.

Y ella negó con la cabeza:

—Ni del coche de alquiler.

La luz del sol se colaba entre su cabello negro y destacaba las mechas castañas que llevaban escondidas entre tanta oscuridad desde el pasado verano. El calor le arrebolaba las mejillas.

Igual este sitio no estaba tan mal.

—¿Por qué crees que Trevor ha aumentando la presión de repente?

—¿Te refieres al Fardón?

—Y a Cushing. —Envolví con un movimiento del brazo la habitación que tenía a mi espalda—. Y a toda esta mierda.

Angie se encogió de hombros:

—Se está poniendo frenético con lo de Desirée.

—Puede ser.

Angie se dio la vuelta y se apoyó de espaldas en la barandilla. Quedó enmarcada por la bahía y con la cara al sol:

—Y además, ya sabes cómo son los ricos.

—No —dije—. No lo sé.

—Bueno, es como si sales un día con uno de ellos...

—Espera, déjame que coja un boli.

Me echó encima la ceniza del pitillo.

—Siempre están intentando impresionarte con lo fácil que les resulta cualquier cosa, con lo acostumbrados que están a que todos sus deseos sean previstos y satisfechos. Así que sales con un ricachón y el aparcacoches te abre la puerta, el portero te hace una reverencia, el maître te aguanta la silla y el ricachón en cuestión elige la comida por ti. Se supone que todo esto debe halagarte, pero en vez de eso te hace sentirte como una esclava, como si no pudieras pensar por tu cuenta. O como si no tuvieras capacidad de elección. Lo más probable es que Trevor quiera que veamos que tenemos todos sus recursos a nuestra disposición.

—Pero sigues sin fiarte de la habitación.

Negó con la cabeza:

—Él está acostumbrado al poder. Puede que no confíe mucho en que los demás hagan lo que haría él si se encontrara mejor. Y desde que Jay desapareció...

—Quiere controlar todos nuestros movimientos.

—Exacto.

—La verdad es que el hombre me cae bien... —dije.

—Pero se va a jorobar —concluyó Angie.

El señor Cushing estaba de pie junto a su Lexus, justo enfrente del hotel, cuando miramos por la ventana de la planta baja. Yo ya le había echado un vistazo al garaje al llegar y sabía que tenía una salida que daba al otro lado del hotel, que estaba en una callecita llena de tiendas. Desde donde estaba, Cushing no podía ver esa salida ni el puentecito que permitía abandonar la isla.

Nuestro coche era un Dodge Stealth azul claro y había sido alquilado en un sitio llamado Prestige Imports, en el bulevar Dale Mabry. Encontramos el coche y lo sacamos del aparcamiento y de Harbor Island.

Angie controlaba el trayecto con un mapa extendido sobre el regazo. Giramos hacia el bulevar Kennedy, encontramos Dale Mabry y tiramos hacia el norte.

—Muchas tiendas de empeños —comentó Angie mirando por la ventana.

—Y centros comerciales —añadí—. La mitad cerrados y la otra mitad nuevos.

—¿Por qué no reabren los cerrados en ver de construir nuevos?

—Misterio —dije.

La Florida que habíamos visto hasta ahora era la de las postales: coral, manglares, palmeras, agua centelleante y pelícanos. Pero mientras recorríamos Dale Mabry a lo largo de los treinta kilómetros más planos sobre los que yo hubiera conducido jamás, sus ocho carriles mostraban un escenario sudoroso y polvoriento que me hizo pensar si no sería ésta la auténtica Florida.

Angie estaba en lo cierto con lo de las casas de empeños y yo tenía razón con lo de los centros comerciales. Había uno por manzana, por lo menos. Y también había bares con nombres tan sutiles como Aldabas, Melones y Panderos, zonas con restaurantes de comida rápida y hasta licorerías para borrachos sobre ruedas. A este paisaje había que sumarle varios parques de caravanas, con sus respectivas tiendas, y una gran cantidad de negocios de venta de coches de segunda mano.

Angie se tiró de la cintura del pantalón:

—Joder, estos tejanos dan un calor...

—Pues quítatelos.

Puso en marcha el aire acondicionado y le dio al botón que hacía que las ventanillas subieran.

—¿Qué me dices?

—Sigo prefiriendo mi sugerencia.

—¿No les gusta el Stealth? —preguntó Eddie, el empleado de la empresa de alquiler de coches, con cara de estupor—. A todo el mundo le gusta el Stealth.

—Seguro que sí —dijo Angie—. Pero estamos buscando algo menos llamativo.

—Vaya —dijo Eddie mientras aparecía otro empleado—. Oye, Don, no les gusta el Stealth.

Don se pasó la mano por su achicharrado rostro y nos miró como si acabáramos de llegar de Júpiter.

—¿No les gusta el Stealth? ¡Pero si a todo el mundo le gusta el Stealth!

—Eso hemos oído —dije—. Pero a nosotros no nos acaba de ser útil.

—¿Y qué andan buscando?... ¿Un Rolls Royce? —dijo Don.

A Eddie le encantó esa muestra de ingenio. Dio un palmetazo en el mostrador y, junto a su compañero, se puso a hacer unos ruiditos supuestamente sarcásticos.

—Lo que andamos buscando —dijo Angie— es algo como ese Celica verde que tienen ahí aparcado.

—¿El descapotable? —preguntó Eddie.

—Ése mismo —concluyó Angie.

Nos hicimos con el coche tal como estaba, aunque necesitaba gasolina y un lavado. Les dijimos a Don y Eddie que teníamos prisa y eso pareció sorprenderles aún más que nuestro deseo de deshacernos del Stealth.

—¿Prisa? —dijo Don mientras cruzaba la información de nuestros permisos de conducir con la del alquiler que el señor Cushing había tramitado.

—Pues sí —le aseguré—. Es lo que tienes cuando te urge ir a una serie de sitios.

Sorprendentemente, no me preguntó por el significado del verbo «urgir». Se limitó a encogerse de hombros y pasarme las llaves.

Nos paramos en un restaurante llamado La Cabaña del Cangrejo para estudiar un poco el mapa y elaborar un plan.

—Estas gambas son increíbles —comentó Angie.

—Y este cangrejo también —dije—. Pruébalo.

—Intercambio.

Eso hicimos. Realmente, sus gambas eran suculentas.

—Y es barato —dijo Angie.

El sitio era, literalmente, una choza hecha con tablas de madera. Las mesas estaban hechas polvo, la comida se servía en platos de papel, la jarra de cerveza era de plástico y los vasos de cartón. Pero la comida, mejor que casi todo el marisco de Boston, costaba la cuarta parte de lo que yo estaba acostumbrado a pagar.

Nos sentamos en el patio trasero, a la sombra, con vistas a un pantano de hierbajos y agua marrón que acababa, unos cincuenta metros más allá, junto a... Pues sí, otro centro comercial. Un pájaro blanco con las patas más largas que las de Angie y un cuello no menos largo aterrizó cerca de nosotros y se puso a mirar lo que comíamos.

—Joder —dijo Angie—. ¿Qué coño es eso?

—Es una garceta —le informé—. Y es inofensiva.

—¿Y tú cómo lo sabes?

—Gracias al *National Geographic.*

—Ya. ¿Y seguro que es inofensiva?

—Angie... —me impacienté.

Se estremeció:

—No soy una chica de campo, Patrick, no te pongas así.

La garceta pegó un salto y se me posó en el codo, colocando la cabecita sobre mi hombro.

—Dios bendito —clamó Angie.

Cogí una pata de cangrejo y la lancé a lo lejos. La garceta me dio un picotazo en la oreja mientras salía pitando hacia el agua en busca de comida.

—Estupendo —sentenció Angie—. Tú dale ánimos.

Cogí el plato y el vaso:

—Vámonos.

Entramos en el local y nos pusimos a estudiar el mapa mientras la garceta regresaba y nos contemplaba a través de los cristales. Una vez nos hicimos una idea de adónde íbamos, plegamos el mapa y acabamos de comer.

—¿Tú crees que está viva? —preguntó Angie.

—Ni idea —reconocí.

—Y Jay... ¿Tú crees que vino hasta aquí tras ella?

—Ni idea.

—Yo tampoco. La verdad es que no sabemos gran cosa, ¿eh?

Miré a la garceta, que estiraba el cuello para poder verme mejor a través del vidrio.

—No —concluí—, pero aprendemos rápido.

17

Nadie con quien hablamos en el Courtyard Marriott reconoció a Jeff Price o a Desirée en las fotos que les mostramos. Estaban totalmente seguros de ello, aunque sólo fuera porque el Fardón y el señor Cushing les habían enseñado esas mismas fotos media hora antes de que llegáramos nosotros. El Fardón, que menudo cabrón estaba hecho, hasta nos había dejado una nota en la recepción del Marriott en la que solicitaba nuestra presencia en el bar del hotel Harbor a las ocho.

Lo intentamos en algunos hoteles más de la zona, obteniendo tan sólo unas cuantas miradas de estupor, y regresamos a Harbor Island.

—Ésta no es nuestra ciudad —dijo Angie mientras bajábamos en el ascensor en dirección al bar del hotel.

—Pues no.

—Y eso me vuelve loca. Hasta nuestra presencia aquí es inútil. No sabemos con quién hablar, no tenemos contactos y carecemos de amigos. Todo lo que podemos hacer es deambular por ahí como idiotas, enseñándole a todo el mundo esa mierda de fotografías. Vaya plan, ¿eh?

—¿Vaya plan? —pregunté.

—Vaya plan —repitió ella.

—Ya —dije—. No es un plan muy estimulante, no.

—Anda, Patrick, cállate. —Salió del ascensor y la seguí hacia el bar.

Tenía razón. Aquí no servíamos de nada. La pista era inútil. Hacerse tres mil kilómetros porque la tarjeta de crédito de Jeff Price había sido utilizada en un hotel dos semanas atrás era una gran tontería.

Pero el Fardón no lo veía así. Lo encontramos en el bar, sentado junto a una ventana con vistas a la bahía, tomando una absurda pócima de color azul en copa de daiquiri. El palito de plástico rosa que suelen darte para remover la bebida tenía el extremo tallado en forma de flamenco. La propia mesa estaba situada entre dos palmeras de plástico. Las camareras llevaban camisetas blancas atadas justo por debajo del pecho y pantalones de ciclista de lycra negra tan ceñidos que se les marcaban las bragas (eso, las que llevaban).

Ah, el paraíso. Sólo faltaba Julio Iglesias. Y algo me decía que estaba de camino.

—No está tan mal —comentó el Fardón.

—¿Se refiere a su bebida o a este viaje? —le preguntó Angie.

—A las dos cosas. —Esquivó el flamenco con la nariz y tomó un sorbo de la copa, secándose después con una servilleta el bigote azul que se le había pintado sobre el labio superior—. Mañana nos separaremos y peinaremos todos los hoteles y moteles de Tampa.

—¿Y cuando acabemos con ellos?

Echó mano al cuenco de nueces de macadamia que tenía delante:

—Entonces lo intentaremos en los de San Petersburgo.

Y así fue.

Durante tres días, peinamos Tampa y San Petersburgo. Y descubrimos que en ambos lugares había sitios menos tópicos que Harbor Island y menos feos que lo que habíamos visto en Dale Mabry. La zona de Hyde Park en Tampa y la zona del Viejo Noreste de St. Pete resultaban bastante atractivas, con sus calles de guijarros, sus viejas casas sureñas con porche y sus vetustos y retorcidos árboles que tan-

ta sombra daban. Y las playas de St. Pete, si prescindías de los carca-
males y de los moteros sudorosos, estaban la mar de bien.

O sea, que acabamos encontrando cosas de nuestro agrado.

Pero no dimos ni con Jeff Price, ni con Desirée ni con Jay
Becker.

Y la paranoia que nos estaba entrando, si se la puede llamar
así, empezaba a agobiarnos. Cada noche aparcábamos el Celica
en un sitio distinto y cada mañana lo revisábamos en busca de
mecanismos de rastreo sin encontrar ninguno. Nunca nos tomamos la molestia de buscar micrófonos porque el coche era descapotable y cualquier conversación que mantuviéramos en él quedaría ahogada por el viento, por la radio o por una mezcla de
ambas cosas.

De todos modos, resultaba extraño estar tan pendientes de ojos
y orejas ajenos. Era casi como estar atrapado en una película que
podía ver todo el mundo menos nosotros.

Al tercer día, Angie bajó a la piscina del hotel para releer todo lo
que llevábamos apuntado con respecto al caso. Yo saqué a la terraza
el teléfono, lo revisé en busca de micros y acabé llamando a Richie
Colgan a la sección de Local del *Boston Tribune*.

Descolgó, reconoció mi voz y me puso a la espera. A cualquier
cosa le llaman amigo, francamente.

Seis pisos más abajo, Angie estaba de pie junto a una tumbona,
quitándose los pantalones cortos grises y la camiseta blanca y dejando al descubierto un bikini negro.

Intenté no mirar. De verdad. Pero soy débil. Y soy un tío.

—¿Qué estás haciendo? —me preguntó Richie.

—No te lo creerías.

—Inténtalo.

—Estoy mirando cómo mi socia se unta crema protectora en las
piernas.

—Y una mierda.

—Te lo aseguro—le dije.

—¿Y ella sabe que la estás mirando?

—¿Estás de broma?

En ese momento, Angie se puso a mirar hacia mi terraza.

—Me acaban de pillar —dije.

—Eres hombre muerto.

Pero incluso a esta distancia podía verla sonreír. Su rostro se mantuvo clavado unos instantes en mi dirección y luego volvió a lo que tenía entre manos, que eran sus piernas y la crema protectora.

—Dios mío —dije—. Hace demasiado calor por aquí.

—¿Dónde estás?

Se lo dije.

—Pues mira, tengo noticias —anunció.

—¿Sí?

—Alivio de la Pena, Sociedad Anónima, le ha puesto un pleito al *Trib*.

Me arrellané en el asiento:

—¿Ya has publicado algo sobre ellos?

—No —me dijo Richie—. Ahí está la cosa. He estado investigándoles de manera extremadamente discreta. No pueden saber que iba tras ellos.

—Pero lo saben.

—Pues sí. Y no se andan con chiquitas. Nos llevan a juicio por atentar contra su privacidad, por robo interestatal...

—¿Interestatal? —me sorprendí.

—Claro. Muchos de sus clientes no viven por aquí. En esos disquetes hay expedientes de gente repartida por el Noreste y por el Medio Oeste. Técnicamente, Angie robó *información* que cruzaba las fronteras estatales.

—Esas fronteras son muy permeables.

—Por supuesto. Y todavía tienen que probar que los disquetes obran en mi poder y muchas cosas más, pero deben de tener a un juez en nómina, pues a las diez de esta mañana a mi editor le ha llegado una orden que le prohíbe publicar cualquier artículo sobre Alivio de la Pena que remita a cualquier información que sólo se pueda extraer de los disquetes.

—Pues ya son tuyos —le animé.

—¿Por qué lo dices?

—Porque no pueden probar lo que hay en esos discos si no los tienen. Y aunque lo tengan todo archivado en un disco duro, tampoco pueden probar que lo que hay en el disco duro coincide con lo que hay en los disquetes, ¿no es cierto?

—Lo es. Pero ahí está lo astuto de la orden judicial. No podemos probar que lo que pretendemos publicar *no procede* de los disquetes. A no ser que seamos lo suficientemente idiotas como para sacarlos a la luz, claro está, en cuyo caso resultarían inútiles.

—Hagas lo que hagas, la cagas.

—Exacto.

—Para mí que esto es una cortina de humo, Rich. Si no pueden probar que tienes los discos, ni que estés al corriente de su existencia, tarde o temprano algún juez dirá que no tienen nada a lo que agarrarse.

—Pero tenemos que encontrar a ese juez —dijo Richie—. Lo cual significa apelar y, tal vez, recurrir a un tribunal superior. Y todo eso lleva tiempo. En el ínterin, tengo que confirmar lo que hay en los disquetes recurriendo a otras fuentes. El reloj corre en nuestra contra, Patrick. Eso es lo que pretenden. Y lo están consiguiendo.

—¿Por qué?

—No lo sé. Y tampoco sé cómo han llegado tan rápido hasta mí. ¿A quién se lo has dicho?

—A nadie.

—Y una mierda.

—Richie —insistí—. No se lo he dicho ni a mi cliente.

—¿Y quién es tu cliente, por cierto?

—Venga, Rich...

Se hizo un largo silencio al otro lado de la línea.

Cuando Richie volvió a hablar, lo hizo en susurros:

—¿Sabes lo que hace falta para comprar a un juez federal?

—Mucho dinero.

—Mucho dinero y mucho poder, Patrick. He estado investigando al supuesto jefe de la Iglesia de la Verdad Revelada, un tío que atiende por P. F. Nicholson Kett...

—No me jodas. ¿Ése es su nombre completo?

—Sí. ¿Por qué?

—Por nada —dije—. Pero es un nombre muy rimbombante.

—Sí, bueno, P. F. Nicholson Kett es una mezcla de dios, de gurú y de sumo sacerdote. Y nadie le ha visto en cosa de veinte años. Transmite mensajes a través de secuaces, se supone que desde su yate en la costa de Florida. Y el tío...

—Florida —dije.

—Exacto. Mira, creo que ese tío es un cuento chino. Yo creo que murió hace mucho tiempo y que tampoco era gran cosa. Sólo una cara visible de la Iglesia puesta por alguien.

—¿Y quién es ese alguien?

—No lo sé —reconoció—. Pero no es P. F. Nicholson Kett. Ese tío era un merluzo. Un ex publicista de Madison, Wisconsin, que escribía guiones porno con seudónimo para llegar a fin de mes. El menda no era capaz ni de deletrear su propio nombre. Pero he visto filmaciones y tenía carisma. Además de esa mirada típica de los fanáticos, entre comatosa y vehemente. O sea, que alguien agarró a ese tío por su buena pinta y su carisma y lo convirtió en un diosecillo. Y ese alguien, de eso estoy convencido, es el que me está llevando a juicio en este mismo momento.

Oí de repente la erupción de un montón de líneas telefónicas.

—Llámame luego —dijo Richie—. Tengo que colgar.

—Adiós —le dije, pero ya se había esfumado.

Mientras salía del hotel a un sendero que recorría de manera sinuosa un jardín lleno de palmeras y de incongruentes pinos australianos, vi a Angie en la tumbona, con la mano de visera contra el sol, mirando a un tipo joven con un *slip* naranja tan sucinto que compararlo con un taparrabos hubiera sido insultante para los taparrabos.

Otro tío con un *slip* azul estaba sentado al otro lado de la piscina mirándolos a ambos, y su sonrisa implicaba que era un compadre de Slip Naranja.

Slip Naranja sostenía una botella medio llena de Coronita junto a su brillante cadera. Una rodaja de lima flotaba en la espuma. Mientras me acercaba, le oí decir:

—Podrías ser un poco más amistosa, ¿no?

—Puedo serlo mucho —dijo Angie—. Pero ahora no estoy de humor.

—Pues cambia de humor, cariño, que estás en la tierra del sol y la alegría.

Cariño. Craso error.

Angie se incorporó en el asiento y dejó en el suelo los papeles:

—¿La tierra del sol y la alegría?

—¡Pues claro! —El tipo le echó un trago a la cerveza—. Y deberías llevar gafas de sol.

—¿Para qué?

—Para proteger esos ojos tan bonitos que tienes.

—Así que te gustan mis ojos... —dijo Angie en un tono que yo ya había oído antes. Me entraron ganas de gritarle al muchacho: corre, corre, corre.

Pero él apoyó la botella en la cadera y dijo:

—Sí. Son como muy felinos.

—¿Felinos?

—Como los de un gato —precisó inclinándose sobre ella.

—¿Te gustan los gatos?

—Me encantan —sonrió.

—Entonces deberías ir a una tienda de animales y comprarte uno —le dijo Angie—. Porque tengo la impresión de que es la única pelusa que vas a tocar esta noche. —Recogió el expediente y se lo abrió sobre el regazo—. No sé si me entiendes.

Salí del sendero y me acerqué a la piscina mientras Slip Naranja daba un paso atrás, bajaba la cabeza y apretaba la botella de Coronita hasta que los nudillos se le ponían rojos.

—No hay quien dé con una respuesta rápida para eso que has dicho, ¿verdad? —le sonreí a mi socia de oreja a oreja.

—¡Hola, socio! —me saludó Angie—. Has desafiado al sol para venir a verme. Estoy emocionada. Y hasta te has puesto un *bañador*.

—¿Ya has resuelto el caso? —me acuclillé junto a su tumbona.

—No, pero estoy a punto. Puedo sentirlo.

—Y una mierda.

—Vale. Tienes razón. —Me sacó la lengua.

—¿Sabes una cosa...? —dijo una voz.

Levanté la vista. Se trataba de Slip Naranja y temblaba de furia mientras señalaba a Angie con el dedo.

—¿Sigues aquí? —le pregunté.

—¿Sabes una cosa? —repitió.

—¿Qué? —se interesó Angie.

Al muchacho se le inflaron los pectorales y levantó la botella a la altura del hombro:

—Si no fueras una mujer, yo...

Lo interrumpí:

—Tú ya estarías en el quirófano a estas alturas. Déjalo ya, ¿quieres?

Angie se incorporó en el asiento y se lo quedó mirando.

Slip Naranja respiró hondo y, repentinamente, dio media vuelta y echó a andar hacia su colega. Empezaron a intercambiar murmullos y se turnaron para lanzarnos miradas asesinas.

—¿Tú crees que mi temperamento no es el adecuado para un sitio así? —me preguntó Angie.

Fuimos en coche a almorzar a la Cabaña del Cangrejo. De nuevo. En sólo tres días, se había convertido en nuestro hogar lejos del hogar. Rita, una camarera de cuarenta y tantos años que fumaba caliqueños y llevaba un sombrero de vaquero hecho polvo, medias de rejilla y tejanos recortados, se había convertido en nuestra mejor amiga en la zona. Gene, su jefe y cocinero de la Cabaña del Cangrejo, estaba haciendo muchos méritos para ser nuestro segundo mejor amigo. Y la garceta del primer día, que se llamaba Sandra, se mostraba educada si no le dabas cerveza.

Nos sentamos junto al muelle y presenciamos una vez más cómo el cielo rojizo del final de la tarde se iba convirtiendo de manera gradual en naranja oscuro. Nos dedicamos a oler la sal marina, por desgracia algo teñida de gasolina, mientras una brisa cálida nos rozaba el cabello, hacía sonar las campanillas del porche y amenazaba con lanzar nuestros papelotes a esa agua de lechosa consistencia.

En el otro extremo del muelle, cuatro canadienses de piel colorada y espantosas camisas con estampado floral devoraban sus fritangas y hablaban a gritos de lo peligroso que era el sitio en el que habían aparcado la furgoneta.

—Primero lo de las drogas en la playa, ¿eh? —dijo uno de ellos—. Y ahora esa pobre chica.

Las «drogas en la playa» y la «pobre chica» llevaban dos días ocupando la prensa local.

—Oh, sí, sí —graznó una de las mujeres del grupo—. Es como si estuviéramos en Miami.

A la mañana siguiente de nuestra llegada, unas cuantas representantes de un club de viudas metodistas de Michigan, que estaban de vacaciones, caminaban por la playa de Dunedin y descubrieron la presencia de abundantes bolsas de plástico ensuciando la orilla del mar. Las bolsas eran pequeñas y apelmazadas y, como se descubrió, estaban llenas de heroína. A mediodía varias bolsas más habían alcanzado la costa de Clearwater y de San Petersburgo. Informes no concluyentes las localizaban incluso mucho más al norte, en Homosassa, y mucho más al sur, en la isla Marco. La guardia costera dedujo que una tormenta que había estado azotando México, Cuba y las Bahamas podría haber hundido el barco que transportaba la heroína, pero aún no se podía hablar de naufragio con total seguridad.

La historia de la «pobre chica» había salido ayer. Una mujer no identificada había sido asesinada a balazos en una habitación de un motel de Clearwater. Se suponía que el arma del crimen era una escopeta de cañones recortados. Le habían disparado a quemarropa en plena cara, cosa que había dificultado considerablemente la identificación. Un portavoz de la policía indicó que el cuerpo de la mujer había sido «mutilado», pero sin especificar cómo. Se calculaba que la mujer podía tener entre dieciocho y treinta años, y la policía de Clearwater estaba tratando de identificarla a partir de sus informes dentales.

Lo primero que pensé al leer esa noticia fue: *Mierda, Desirée.* Pero tras localizar la zona de Clearwater en que se había hallado el cuerpo y escuchar el lenguaje codificado utilizado en el telediario de las seis de la pasada tarde, todo parecía indicar que la víctima había sido, con toda probabilidad, una prostituta.

—Pues sí —dijo uno de los canadienses—. Esto es como el Salvaje Oeste. Vaya que sí.

—Tienes toda la razón, Bob —le dijo su esposa mientras hundía por completo una gamba en un cuenco de salsa tártara.

Era un sitio extraño, de eso ya me había dado cuenta, pero le estaba cogiendo cierto cariño. Bueno, más bien se lo estaba cogiendo a la Cabaña del Cangrejo. Me caían bien Sandra, Rita y Gene. Y me gustaban los dos carteles que había detrás de la barra que decían «Si tanto te gusta cómo hacen las cosas en Nueva York, carretera y manta» y «Cuando me haga mayor, me trasladaré a Canadá para conducir lento».

Yo llevaba una camiseta imperio y unos pantalones cortos, y mi piel, habitualmente cerúlea, había adoptado un bonito tono marrón claro. Angie llevaba el sujetador del bikini y un pareo multicolor; su pelo moreno se le había rizado un poco y las mechas castañas ya eran prácticamente rubias.

Yo me lo había pasado bien tomando el sol, pero para Angie, estos tres últimos días habían sido una bendición. Cuando se olvidaba de lo frustrante que estaba resultando el caso, o cuando habíamos llegado al final de otra jornada estéril, parecía estirarse y florecer al sol, entre el calor, los manglares, el profundo mar azul y el aire salado. Dejó de ponerse zapatos, a menos que estuviésemos liados con la búsqueda de Desirée o de Jeff Price. Por las noches se iba en coche a la playa y se tumbaba en el capó a escuchar el ruido de las olas. Y una vez en su habitación, abandonaba la cama en beneficio de la hamaca que tenía en la terraza.

La miré a los ojos y ella me dedicó una de esas sonrisas suyas que eran una mezcla de conocimiento e intensa curiosidad.

Nos quedamos un rato así, sentados, con la sonrisa desdibujándose y los ojos enfrentados, buscando cada uno en el rostro de delante respuestas a preguntas que nunca habían sido verbalizadas.

—Fue por lo de Phil —dijo mientras me cogía la mano por encima de la mesa—. Era como un sacrilegio que tú y yo... Bueno, ya sabes...

Asentí.

Su pie arenoso se curvó sobre el mío:

—Lamento que eso te haya causado dolor.

—Dolor no —dije.

Angie enarcó una ceja.

—Dolor auténtico no —aclaré—. Molestias. Aquí y allá. He estado preocupado.

Se llevó mi mano a la mejilla y cerró los ojos.

—Creí que erais socios, no amantes —dijo una voz a gritos.

—Ésa debe de ser Rita —dijo Angie con los ojos aún cerrados.

Estaba en lo cierto. Era Rita, con su sombrerazo y sus medias de rejilla (hoy rojas), que nos traía nuestros platos de cangrejos y gambas. A Rita le encantaba que fuésemos detectives. Quería saber cuántos tiroteos habíamos protagonizado, en cuántas persecuciones en coche nos habíamos visto envueltos y a cuántos malos habíamos matado.

Colocó los platos en la mesa y apartó la jarra de cerveza de encima de la carpeta del caso para poner en alguna parte los cubiertos de plástico. Pero el cálido viento arrastró papeles y cubiertos hacia el muelle.

—Ay, Señor —dijo.

Me levanté para ayudarla, pero era muy rápida. Pilló la carpeta y la cerró. Cogió una foto que se había salido del expediente, entre el índice y el pulgar, y lo hizo en el aire, cuando ya iba a precipitarse al agua. Nos miró y sonrió, con la pierna izquierda aún medio torcida por el esfuerzo de hacerse con la fotografía.

—Has desperdiciado tu vocación —le dijo Angie—. Deberías haberte dedicado al baloncesto.

—Una vez salí con un jugador de baloncesto —dijo Rita mientras echaba un vistazo a la foto que había salvado—. Pensé que lo tendría todo igual de grande, pero...

—Adelante, Rita —la animé—. No seas tímida.

—Oye —dijo con los ojos clavados en la foto—. Oye... —repitió.

—¿Qué pasa?

Me pasó la carpeta y la foto y salió pitando.

—¿A qué ha venido eso? —preguntó Angie.

Le pasé la foto.

Rita apareció de nuevo, a toda prisa, y me enseñó un periódico.

Era un ejemplar de hoy del *St. Petersburg Times*, doblado por Rita en la página siete.

—Mira —dijo, prácticamente sin aliento. Me señaló un artículo que había a media página.

Rezaba el titular: HOMBRE DETENIDO EN RELACIÓN AL CRIMEN DE BRADENTON.

El hombre en cuestión se llamaba David Fischer y estaba siendo interrogado con respecto a la muerte por apuñalamiento de un tipo no identificado que apareció en una habitación de un motel de Bradenton. El artículo no daba muchos detalles, pero eso era lo de menos. Con sólo mirar la foto de David Fischer, supe por qué Rita me la había mostrado.

—Dios bendito —dijo Angie al ver la foto—. Es Jay Becker.

18

Para llegar a Bradenton tomamos la carretera 275 hacia el sur, dejando atrás San Petersburgo y enfilando un puente monstruoso llamado Sunshine Skyway, que se extendía por todo el golfo de México y conectaba la zona de Tampa/San Petersburgo con la de Sarasota/ Bradenton.

El puente tenía dos arcadas que parecían estar inspiradas en las aletas de un tiburón. Desde cierta distancia, mientras el sol se internaba en el mar y el cielo se ponía de color púrpura, las aletas dorsales parecían doradas, pero mientras avanzábamos por el puente vimos que las aletas estaban hechas de varios rayos amarillos que convergían en triángulos cada vez más pequeños. En la base de los rayos había unas luces que al encenderse y entrar en contacto con el sol poniente les daban a las aletas un barniz dorado.

Hay que ver lo que les gustaban los colorines por aquí.

—... El hombre sin identificar... —leía Angie en el periódico—. De unos treinta y pocos años. Fue hallado boca abajo en el suelo de su habitación del motel Isla de las Palmeras, con una herida mortal de navaja en el abdomen. El sospechoso, David Fischer, de cuarenta y un años de edad, fue detenido en su habitación, contigua a la de la víctima. La policía no ha querido hacer especulaciones ni comentarios acerca de lo que les condujo a la detención del señor Fischer.

Según el periódico, Jay estaba retenido en la cárcel del condado de Bradenton, pendiente de una posible fianza. La decisión al respecto se tomaría en algún momento del día.

—¿Qué coño está pasando? —dijo Angie mientras salíamos del puente y el cielo se iba haciendo aún más púrpura.

—Preguntémosle a Jay —propuse.

Tenía muy mal aspecto.

A su pelo castaño oscuro le habían salido canas, y las bolsas que tenía bajo los ojos estaban tan hinchadas que no creo que el hombre hubiera conciliado el sueño en toda una semana.

—Caramba, pero si es el genuino Patrick Kenzie —dijo Jay sonriendo mientras accedía a la zona de visitas y descolgaba el teléfono que había al otro lado del muro de plexiglás.

—Apenas se me reconoce, ¿verdad?

—Si casi estás bronceado. No sabía que tal cosa estuviera a vuestro alcance, celtas blancuchos.

—La verdad es que llevo maquillaje —bromeé.

—La fianza es de cien mil pavos —dijo sentándose en su cubículo enfrente del mío y sosteniendo el auricular entre el mentón y el hombro para encender un cigarrillo—. Menos mal que no me piden un millón. Mi fiador judicial es un tipo que se llama Sydney Merriam.

—¿Cuándo has empezado a fumar?

—Hace poco.

—A tu edad la mayoría de la gente lo deja, no empieza.

Me guiñó un ojo:

—Yo no soy un esclavo de la moda.

—Cien de los grandes —comenté.

Jay asintió y bostezó:

—Cinco-quince-siete.

—¿Cómo?

—Taquilla doce.

—¿Dónde? —pregunté.

—Bob Dylan en St. Pete —respondió él.

—¿Cómo?

—Descubre la clave, Patrick, y lo entenderás todo.

—Bob Dylan en St. Pete —repetí.

Miró por encima del hombro hacia un guardia delgado y musculoso con ojos fríos.

—Canciones —dijo—. No discos.

—Vale —dije, aunque no lo acababa de pillar. Confiaba en él.

—Así que te han enviado aquí —dijo con una sonrisa triste.

—Eso parece —reconocí.

—No me extraña —se arrellanó en la silla y los violentos fluorescentes del techo hicieron más evidente el peso que había perdido desde la última vez que le había visto, dos meses atrás. Su cara parecía una calavera.

Se inclinó hacia adelante:

—Sácame de aquí, compadre.

—Lo haré.

—Esta noche. Y mañana te llevaré a las carreras de galgos.

—¿Ah, sí?

—Sí. He apostado cincuenta pavos a uno precioso, ¿sabes?

Volví a poner cara de estupor, pero le dije:

—Por supuesto.

Sonrió. Tenía los labios cortados por el sol.

—Cuento con ello —dijo—. ¿Te acuerdas de aquellos grabados tan bonitos de Matisse que vimos aquella vez en Washington? No se van a quedar ahí eternamente.

Tras treinta segundos mirándole fijamente a la cara, lo entendí todo.

—Nos veremos pronto —le dije.

—Esta noche, Patrick.

Angie condujo en el camino de vuelta por el puente, mientras yo consultaba un mapa callejero de San Petersburgo que habíamos adquirido en una gasolinera.

—O sea —interpretó Angie—, que no cree que sus huellas cuelen.

—No. Una vez me contó que cuando estaba en el FBI se inventó una identidad falsa. Creo que se trataba del tal David Fischer. Tiene un amigo en el departamento de Huellas Latentes de Quantico, con lo que sus huellas dactilares están archivadas dos veces.

—¿Dos veces?

—Pues sí. Pero no es una solución definitiva, sino una chapucilla para salir del paso. La policía local envía sus huellas a Quantico, ese amigo suyo tiene el ordenador programado para que escupa la identidad de Fischer. Pero la cosa sólo dura un par de días. Luego, ese amigo, para no perder el empleo, tendrá que llamar y decir: «El ordenador me sale con algo muy raro. Resulta que esas huellas también coinciden con las de un tal Jay Becker, que había trabajado para nosotros tiempo atrás». Por eso Jay siempre supo que si se veía metido en un fregado como éste, su única esperanza era pagar la fianza y desaparecer.

—Es decir, que estamos contribuyendo a que alguien se salte la fianza —comentó Angie.

—No creo que lo puedan probar en un juzgado —la tranquilicé.

—¿Merece la pena ese Jay?

Me la quedé mirando.

—Pues sí.

Llegamos a San Petersburgo y le dije:

—Dime títulos de canciones de Bob Dylan.

Le echó un vistazo al mapa que tenía yo en el regazo:

—*Highway Sixty One revisited.*

—No.

—*Almohada de piel de leopardo.*

Le hice una mueca de desagrado.

—¿Qué pasa? —Hizo como que se indignaba—. Vale. *Positively fourth street.*

Le eché un vistazo al mapa.

—Eres estupenda —le dije.

Y ella sostuvo un magnetófono invisible:

—¿Podrías dejarme grabar eso, por favor?

En San Petersburgo, la calle Cuatro iba de un extremo a otro de la población. O sea, que medía casi cuarenta kilómetros. Espacio suficiente para montones de taquillas.

Pero sólo había una estación de autobuses.

Dejamos el coche en el aparcamiento y Angie se quedó en su sitio mientras yo entraba en la terminal, localizaba la taquilla doce y marcaba la combinación. Se abrió al primer intento y saqué una bolsa deportiva de cuero. La sopesé, pero no pesaba en exceso. Igual no había más que ropa ahí dentro, pero decidí esperar a llegar al coche para abrirla. Cerré la taquilla, salí de la terminal y me subí al vehículo.

Angie enfiló la calle Cuatro y atravesamos lo que parecía un suburbio cutre lleno de gente tocándose las narices en el porche y ahuyentando las moscas atontadas por el calor. Había grupos de chavales por las esquinas y la mitad de las farolas no funcionaban.

Me puse la bolsa en el regazo y la abrí. Me quedé mirando su interior durante un minuto entero.

—Acelera un poco —le dije a Angie.

—¿Por qué?

Le mostré el contenido de la bolsa:

—Porque aquí hay doscientos mil dólares, por lo menos.

Y Angie apretó el acelerador.

19

—Caramba, Angie —dijo Jay—, la última vez que te vi parecías Chrissie Hynde disfrazada de Morticia Addams, y ahora eres talmente una isleña.

El empleado de la prisión le extendió un impreso a Jay por encima del mostrador.

—Siempre has sabido cómo halagar a una chica —dijo Angie.

Jay firmó el impreso y lo devolvió:

—¿A que sí? Pero de verdad que no sabía que una mujer blanca pudiera ponerse tan morena.

Intervino el empleado:

—Sus efectos personales. —Y vació un sobre en el mostrador.

—Con cuidado —dijo Jay mientras rebotaba su reloj—. Que es un Piaget.

El funcionario hizo un ruido modelo «¿y a mí qué me importa?».

—Un reloj *Pi-a-chet*. Un clip para billetes, de oro. Seiscientos setenta y cinco dólares en efectivo. Un llavero. Treinta y ocho centavos en monedas...

Mientras el funcionario comentaba cada uno de los objetos que quedaban y se los iba pasando a Jay, éste se apoyaba en la pared y bostezaba. Sus ojos iban de la cara de Angie a sus piernas, subían por sus tejanos recortados y seguían por la sudadera con las mangas arrancadas.

—¿Quieres que me dé la vuelta para que puedas apreciar mi trasero? —le dijo ella.

Jay se encogió de hombros:

—He estado en el trullo, señora, usted me disculpará.

Angie meneó la cabeza y miró al suelo, escondiendo la sonrisa entre el cabello que le caía sobre la cara.

Resultaba curioso verles compartir un espacio, sabiendo lo que sabía sobre su pasado conjunto. A Jay siempre se le ponía cara de buitre cuando estaba con mujeres guapas, pero éstas, en vez de ofenderse, lo encontraban inocuo y hasta encantador, aunque sólo fuera por lo pueril que resultaba su actitud. Pero esa noche había algo más que el buitreo habitual. El rostro de Jay mostraba una melancolía que nunca antes le había visto. Y mientras contemplaba a mi socia, había a su alrededor como un halo de resignación y de profunda fatiga.

Angie también pareció darse cuenta de ello, pues sus labios se fruncieron de una manera muy especial.

—¿Estás bien? —le preguntó.

Jay se apartó de la pared:

—¿Quién, yo? Estupendamente.

—Señor Merriam —le dijo el funcionario al fiador judicial de Jay—, tendrá que firmar aquí y aquí.

El señor Merriam era un hombre de mediana edad, vestido con un traje con chaleco de color crudo, que intentaba parecer un afable caballero sureño, aunque algo en su acento me decía que era de Nueva Jersey.

—Será un placer —dijo alargando las «as», cosa que hizo que Jay elevara los ojos al cielo.

Ambos firmaron los papeles. Jay se hizo con el último de sus anillos y con su arrugada corbata de seda, se guardó los anillos en el bolsillo y se colgó al cuello la corbata.

Salimos de allí y nos quedamos en el aparcamiento, esperando que algún poli nos trajera el coche de Jay.

—¿Te dejan conducir aquí? —le preguntó Angie.

Jay se llenó las fosas nasales de aire húmedo:

—Son muy corteses por estos pagos. Después de interrogarme en el motel, un poli mayor de lo más educado me preguntó si no me importaría acompañarle a la comisaría para unas cuantas preguntitas más. Incluso me dijo: «Si fuera tan amable, se lo agradeceríamos mucho, sí, señor». Pero lo suyo no era exactamente una petición, ¿sabéis?

Merriam le ofreció su tarjeta a Jay:

—Señor mío, si alguna vez vuelve a necesitar mis servicios...

—Por supuesto. —Jay le quitó la tarjeta de la mano y se puso a mirar los suaves círculos azules que enmarcaban las amarillentas farolas al otro lado del aparcamiento.

Merriam me dio la mano, luego estrechó la de Angie y, finalmente, echó a andar hacia su Karmann Ghia descapotable con la puerta mellada con un paso muy típico de los borrachos o de los estreñidos. El coche se le caló al salir del aparcamiento. El señor Merriam bajó la cabeza, mortificado, antes de conseguir ponerlo en marcha de nuevo y salir a la carretera principal.

—Si no llegáis a aparecer, habría tenido que enviar a *ese* tío a la estación de autobuses —dijo Jay—. Menudo plan.

—Si te saltas la fianza —dijo Angie—, ¿no arruinarás a ese pobre hombre?

Jay encendió un cigarrillo y la miró de reojo:

—No te preocupes, Angie, que lo tengo todo previsto.

—Por eso te hemos sacado de la cárcel, Jay.

Se la quedó mirando, luego me miró a mí y acabó riéndose. Una risa breve y contundente que más bien parecía un ladrido.

—Joder, Patrick, ¿siempre se pone tan pesada tu socia?

—Se te ve cascado, Jay —le dije—. Nunca te había visto tan mal.

Estiró los brazos e hizo crujir los huesos de la espalda:

—Sí, bueno, deja que me duche y que duerma como Dios manda y me quedaré como nuevo.

—Antes tenemos que ir a alguna parte y hablar —le dije.

Asintió:

—Supongo que no os habéis chupado tres mil kilómetros para tomar el sol, aunque lucís un bronceado formidable. —Se dio la vuelta y contempló sin disimulo el cuerpo de Angie, con las cejas alzadas—. Hay que ver, Angie, perdona que insista, pero es que me enloquece ese color café con leche que se te ha puesto. Me entran ganas de...

—Jay —lo interrumpió ella—. ¿Por qué no lo dejas correr? Relájate un poco, por lo que más quieras.

Jay parpadeó y se echó hacia atrás.

—Vale —dijo con repentina frialdad—. Cuando tienes razón, tienes razón, Angela. Y ahora tienes razón. Mucha razón.

Angie me miró y yo me encogí de hombros.

—La razón es incontestable —insistió Jay—. No hay nada que hacer.

Apareció un Mitsubishi 3000 GT de color negro con dos polis jóvenes a bordo. Se reían mientras se acercaban a nosotros, y los neumáticos olían como si alguien acabara de darles un poco de marcha.

—Bonito coche —dijo el conductor mientras se lo devolvía a Jay.

—¿Te gusta? —le preguntó éste—. ¿Se deja conducir?

El poli soltó una risita mientras miraba a su compañero:

—Se deja conducir la mar de bien, colega.

—Me alegro. Va de miedo para ir a comprar donuts, ¿verdad?

—Vamos, Jay —intervino Angie—. Súbete al coche.

—No tengo queja alguna —ironizó el madero.

Su compañero estaba a mi lado junto a la puerta abierta del pasajero:

—Pero el embrague iba un poco duro, Bo.

—Eso es cierto —dijo el tal Bo, que seguía interponiéndose entre Jay y la puerta del vehículo—. Yo de ti llamaría a un mecánico para que le echase un vistazo.

—Gracias por el consejo —dijo Jay.

El poli sonrió y se apartó de su camino:

—Conduzca con precaución, señor Fischer.

—Recuerde que un coche no es un juguete —añadió su compañero.

Este comentario suscitó las risas de ambos maderos, que echaron a andar hacia la comisaría.

No me gustaba la pinta de Jay, ni su actitud desde que lo habían soltado. Se le veía perdido y decidido al mismo tiempo, ausente y centrado, como si lo viera todo a través de la ira.

Me subí al coche:

—Iré contigo —le dije a Jay.

—Preferiría que no lo hicieras —repuso él.

—¿Por qué? —protesté—. ¿Acaso no vamos al mismo sitio, Jay? ¿No teníamos que hablar?

Frunció los labios y expulsó el aire por la nariz, con vehemencia. Luego me dedicó una mirada hastiada.

—Vale —acabó diciendo—. Claro que sí. ¿Por qué no?

Puso el coche en marcha mientras Angie se encaminaba hacia el Celica.

—Ponte el cinturón —me dijo.

Le obedecí. Puso el vehículo en primera, le dio al gas y pasó a segunda un segundo después, mientras su puño se preparaba para pasar rápidamente a tercera. Recorrimos la pequeña rampa que conducía a la salida del aparcamiento y Jay puso la directa cuando las ruedas todavía estaban en el aire.

Nos llevó a una cafetería abierta toda la noche que había en el centro de Bradenton. Las calles aledañas estaban desiertas. No había ni rastro de la menor presencia humana, como si hubiera caído una bomba de neutrones una hora antes de nuestra llegada. Desde unos pocos rascacielos y edificios municipales, nos contemplaban algunas ventanas oscuras.

Había unas cuantas personas en la cafetería: aves nocturnas, a tenor de su aspecto. Tres camioneros flirteando en la barra con la camarera. Un segurata solitario con un parche en el hombro que ponía Palmetto Optics y que leía un diario en compañía de su taza de café. Un par de reservados más allá del nuestro, dos enfermeras con el uniforme arrugado hablaban con voces tenues y agotadas.

Nosotros pedimos café, y Jay una cerveza. Dedicamos un minuto a estudiar la carta. Cuando la camarera apareció con las bebidas, pedimos sendos bocadillos con escaso entusiasmo.

Jay se puso en los labios un cigarrillo sin encender y miró por la ventana mientras un rayo le hacía un siete al firmamento y empezaba a llover. No se trataba de una lluvia fina o que incrementara gradualmente su intensidad. La calle había estado seca y de color naranja pálido a la luz de las farolas, y de repente había desaparecido tras una cortina de agua. Se formaron charcos en cuestión de segundos y el chubasco azotó el techo de hojalata de la cafetería con tal fuerza que parecía que caía del cielo un cargamento de monedas.

—¿A quién ha enviado Trevor para que os acompañe? —preguntó Jay.

—A Graham Clifton —respondí—. Y hay otro tío. Un tal Cushing.

—¿Saben que me habéis sacado del trullo?

Negué con la cabeza:

—Llevamos dándoles esquinazo desde que llegamos.

—¿Por qué?

—No me gustan.

Asintió.

—¿Los periódicos han desvelado la identidad del tipo al que se supone que me cargué?

—No que nosotros sepamos.

Angie se inclinó sobre la mesa y le encendió el cigarrillo:

—¿Quién era?

Jay dio una calada al pitillo, pero lo dejó entre los labios.

—Jeff Price —dijo.

Contempló su reflejo en la ventana mientras la lluvia empapaba los cristales, convirtiendo sus facciones en goma y fundiéndole los pómulos.

—Jeff Price —dije—. El que trabajaba como supervisor de tratamiento en Alivio de la Pena. ¿Ese Jeff Price?

Se sacó el cigarrillo de la boca y dejó caer la ceniza en el cenicero de plástico negro:

—Veo que has hecho los deberes, D'Artagnan.

—¿Te lo cargaste o no? —preguntó Angie.

Jay tomó un sorbo de cerveza y nos miró con la cabeza algo inclinada y los ojos circulando de izquierda a derecha. Le dio otra calada al cigarrillo y sus ojos se apartaron de nosotros para seguir el trayecto del humo, que flotaba por encima del hombro de Angie.

—Sí, me lo cargué.

—¿Por qué? —le pregunté.

—Era un mal bicho —repuso—. Un tipo abyecto.

—Hay muchos tipos abyectos por ahí —le dijo Angie—. Por no hablar de ciertas mujeres.

—Cierto —dijo Jay—. Muy cierto. Pero ese cabrón de Jeff Price merecía una muerte mucho más lenta que la que yo le proporcioné, te lo aseguro. —Le pegó un buen tiento a la cerveza—. Tenía que pagarlo muy caro.

—¿El qué? —inquirió Angie.

Se llevó la botella de cerveza a los labios, que se echaron a temblar.

Cuando la volvió a dejar sobre la mesa, la mano también le temblaba.

—¿Por qué tenía que pagar, Jay? —insistió Angie.

Jay volvió a mirar por la ventana mientras la lluvia seguía azotando el techo y desbordando los charcos. Se le enrojecieron las ojeras.

—Jeff Price mató a Desirée Stone —dijo. Una lágrima le brotó del ojo y se deslizó por su mejilla.

Por un instante, sentí un profundo dolor en el pecho y en la boca del estómago.

—¿Cuándo? —pregunté.

—Hace dos días —se secó la mejilla con el dorso de la mano.

—Espera —dijo Angie—. ¿Llevaba todo este tiempo con Price y el tipo sólo se decidió a matarla hace dos días?

Jay negó con la cabeza.

—No ha estado con Price todo ese tiempo. Se lo quitó de encima hace tres semanas —dijo con voz apagada—. Las últimas dos semanas estuvo conmigo.

—¿Contigo?

Jay asintió y tragó aire, intentando contener las lágrimas.

La camarera nos trajo la comida, pero apenas la miramos.

—¿*Contigo*? —precisó Angie—. ¿En... pareja?

Jay exhibió una sonrisa amarga:

—Sí. *Conmigo*. Desirée y yo estábamos enamorados, creo —soltó una risita que se le quedó a medias, ahogada en mitad de la garganta—. Para troncharse, ¿no? Vine aquí, contratado para matarla, y acabé enamorándome de ella.

—¿Cómo que para matarla? —me sorprendí.

Asintió.

—¿Quién te contrató?

Me miró como si yo fuera un retrasado mental.

—¿A ti qué te parece?

—No lo sé, Jay. Por eso te lo pregunto.

—¿Quién te contrató a ti?

—Trevor Stone.

Nos miró hasta que lo pillamos.

—Por el amor de Dios —dijo Angie, dando un golpe tan fuerte en la mesa que los tres camioneros se volvieron para mirarnos.

—Me alegro de haberos puesto las pilas —concluyó Jay.

20

Durante los siguientes minutos nadie dijo nada. Nos quedamos ahí sentados, en nuestro reservado, mientras la lluvia azotaba las ventanas y el viento doblaba las palmeras del bulevar, comiéndonos el bocadillo.

Nada, pensaba mientras masticaba el bocadillo sin enterarme de a qué sabía, era lo que parecía quince minutos antes. La otra noche, Angie había estado en lo cierto: lo negro era blanco, arriba era abajo.

Desirée estaba muerta. Jeff Price también. Trevor Stone había contratado a Jay no para que encontrara a su hija, sino para que la matara.

Trevor Stone. Por el amor de Dios.

Habíamos aceptado este caso por dos motivos: avaricia y compasión. El primero no era muy edificante. Pero cincuenta mil dólares es mucho dinero, especialmente cuando llevas meses sin trabajar y el oficio al que te dedicas no se distingue por sus prestaciones económicas a la hora del desempleo.

Pero no dejaba de ser avaricia. Y si aceptas un trabajo porque eres avaricioso, tampoco te puedes quejar mucho cuando resulta que tu cliente es un mentiroso. Se trata de un arreglo entre mangantes.

De todos modos, la avaricia no era nuestra única motivación. Habíamos aceptado este caso porque Angie había mirado a Trevor Stone como si le comprendiera a la perfección, como si tuviera ante ella a otra alma apenada. Angie había entendido su dolor. Y yo también. Y cualquier duda que pudiera albergar sobre el asunto se había disipado cuando Trevor Stone nos mostró el altar que le había erigido a su hija perdida.

Pero no era un altar, ¿verdad?

Stone no se había rodeado de fotos de Desirée porque necesitase creer que seguía viva. Había llenado la habitación de imágenes de su hija para mantener vivo el odio que sentía hacia ella.

Una vez más, mi perspectiva de acontecimientos pasados adoptaba una nueva forma, se transmutaba, se reinventaba a sí misma. Y yo cada vez me sentía más estúpido por haber obedecido a mis primeras intuiciones.

Qué caso más jodido.

—Anthony Lisardo —le acabé diciendo a Jay.

Le pegó un bocado al bocadillo.

—¿Qué pasa con él? —preguntó.

—¿Qué le sucedió?

—Trevor hizo que lo liquidaran.

—¿Cómo?

—Metió coca en un paquete de cigarrillos y se lo dio al amigo de Lisardo... ¿Cómo se llamaba?... Donald Yeager... Y éste dejó el paquete en el coche de Lisardo la noche en que fueron al pantano.

—Espera un momento... —dijo Angie—. ¿Mezclaron la coca con estricnina o algo así?

Jay negó con la cabeza:

—Lisardo tenía una reacción alérgica a la coca. Una vez, cuando salía con Desirée, se desmayó en una fiesta de la universidad. Ahí sufrió su primer infarto. Y fue la primera y única vez en la que cometió la estupidez de probar la cocaína. Trevor estaba al corriente, así que amañó los cigarrillos y se acabó lo que se daba.

—¿Por qué?

—¿Por qué mató Trevor a Lisardo?

—Sí.

Se encogió de hombros:

—Al hombre le molestaba compartir a su hija con otros, no sé si me explico.

—Pero te contrató a ti para que la mataras —dijo Angie.

—Exacto.

—No lo entiendo —dijo Angie—. ¿Por qué?

—No lo sé —reconoció Jay mirando la mesa.

—¿Que no lo *sabes*? —se escandalizó mi socia.

A Jay se le ensancharon los ojos:

—No lo sé. Te juro que...

—¿Y ella no te dijo nada, Jay? Vamos a ver, has estado «con» ella estas últimas semanas. ¿Desirée no sabía por qué quería verla muerta su padre?

Jay habló con una voz fuerte y dura:

—Si lo sabía, Angie, no quería hablar de ello. Y ahora ya no puede.

—Y lo siento mucho —dijo Angie—. Pero tengo que entender un poco mejor los motivos de Trevor para creerme que quisiera matar a su propia hija.

—¿Y yo qué cojones sé? —protestó Jay—. Pues porque está loco. Está condenado y el cáncer le ha llegado al cerebro. No lo sé. Pero la quería ver muerta. —Estrujó con la mano un cigarrillo sin encender—. Y ahora ya lo está. Tanto si ha sido gracias a él como si no, el caso es que Desirée está muerta. Y él va a pagar por ello.

—Jay —le dije con calma—, tira hacia atrás. Volvamos al principio de todo esto. Tú fuiste a aquel refugio de Alivio de la Pena en Nantucket y luego desapareciste. ¿Qué ocurrió en el ínterin?

Siguió mirando mal a Angie unos segundos más, hasta que lo dejó estar. Luego me miró a mí.

Subí y bajé las cejas un par de veces.

Jay sonrió. Era su sonrisa de siempre. Por un momento, pareció que volvía a ser el de antes. Echó un vistazo circular a la cafetería, le

190

dedicó una sonrisita discreta a una de las enfermeras y volvió a plantar la vista en nosotros.

—Escuchadme bien, amiguitos —se sacudió las migas de las manos y se arrellanó en el asiento—. Hace mucho tiempo, en una galaxia muy, muy lejana...

21

El refugio de Alivio de la Pena para los de Nivel cinco ocupaba un edificio Tudor de nueve dormitorios situado en un peñasco con vistas a la bahía de Nantucket. El primer día, todos los de Nivel cinco eran animados a participar en una terapia «purgante» de grupo en la que intentarían desprenderse de unas cuantas capas de aura negativa (o «envenenamiento sanguíneo», según Alivio de la Pena) a base de hablar en serio de sí mismos y de lo que los había llevado allí.

En esa sesión, Jay, bajo el alias de David Fischer, llegó rápidamente a la conclusión de que la primera «purga» era un fraude. Lila Chan era una mujer de treinta y pocos años, bastante atractiva y dotada del cuerpo sinuoso típico de una adicta al aerobic. Aseguraba haber sido la novia de un camello de poca monta en una ciudad mexicana llamada Catize, situada al sur de Guadalajara. El novio en cuestión había timado al consorcio local de señores de la droga, quienes se habían vengado de él secuestrándolo, junto a Lila, en pleno día y en mitad de la calle. Fueron arrastrados por una pandilla de cinco tipos hasta el sótano de una bodega, donde el novio de Lila fue asesinado de un tiro en la nuca. Acto seguido, los cinco facinerosos violaron a la muchacha durante unas seis horas, experiencia que ella le describió al grupo hasta el último detalle. La dejaron con vida para que sirviera de ejemplo a cualquier gringa a la que se le hubiera pasado por la cabeza la brillante idea de venir a Catize a tratar con las personas equivocadas.

Cuando Lila acabó su historia, los consejeros la abrazaron y la felicitaron por el valor mostrado al revivir tan terrorífica historia.

—El único problema —nos dijo Jay en la cafetería— es que todo era un cuento chino.

A finales de los ochenta, Jay formaba parte de un comando conjunto del FBI y la DEA que se trasladó a México justo después del asesinato de Kiki Camarena, un agente de la DEA. Aunque su supuesta misión consistía en recabar información, lo que en realidad iban a hacer Jay y sus colegas era repartir leña, apuntar nombres y convencer a los señores de la droga mexicanos de que más les valía liquidar a sus propios hijos antes de volver a tomarla con un agente federal.

—Estuve tres semanas en Catize —nos dijo Jay—. No hay ni un solo sótano en toda la ciudad. El terreno es demasiado blando porque la población se levanta sobre una zona pantanosa. ¿Lo del novio ejecutado de un tiro en la nuca? Ni hablar. Eso es típico de la mafia norteamericana, no de la mexicana. Por allí, si timas a un jefazo de la droga, sólo hay una manera de morir: con la corbata colombiana. Te cortan el cuello y te sacan la lengua por el agujero; luego arrojan tu cuerpo a la plaza del pueblo desde un vehículo en marcha. Y no hay ni una sola banda en México que se tire seis horas violando a una mujer norteamericana y la deje viva como ejemplo para las demás gringas. ¿Ejemplo de qué? Si quisieran dar ejemplo, la habrían despedazado y habrían enviado los trozos a Estados Unidos por correo aéreo.

En busca de mentiras e inconsecuencias, Jay detectó a otros supuestos Nivel cinco cuyas historias tampoco se sostenían. Como fue descubriendo a medida que avanzaba el cursillo, la rutina habitual de Alivio de la Pena consistía en incrustar a esos falsarios en grupos de gente realmente dolida, pues unos estudios internos habían establecido que era mucho más probable que un cliente confiase en uno de sus «iguales» antes que en uno de los consejeros.

Y lo que más cabreó a Jay fue ver cómo esos relatos falsos se mezclaban con los auténticos: una madre que había perdido a sus bebés gemelos en un incendio del que ella consiguió salir ilesa; un hombre de veinticinco años con un tumor cerebral que no admitía operación alguna; una mujer cuyo marido la había plantado por su secretaria de diecinueve años a los veinte de su boda y a los seis días de que dicha mujer hubiera perdido un pecho en una mastectomía...

—Se trataba de gente destrozada —nos dijo Jay—. Gente que buscaba algo a lo que agarrarse, cierta esperanza. Y esos mierdas de Alivio de la Pena les decían que sí y los animaban a soltar sus más sucios secretos, así como a que les confiaran el estado de su situación económica, para luego poderles chantajear y esclavizarlos dentro de la Iglesia.

Cuando Jay se enfadaba, más valía apartarse.

Hacia el final de la primera noche, se fijó en que Lila lo miraba y le lanzaba tímidas sonrisas. A la siguiente noche, Jay fue a su habitación y observó que para tratarse de una mujer marcada por una violación masiva, acaecida menos de un año antes, era de lo más desinhibida y de lo más inventiva en la cama.

—¿Conoces la analogía de la pelota-de-golf-a-través-de-la-manguera? —me preguntó Jay.

—Jay... —le afeó la conducta Angie.

—Oh. Perdón.

Durante cinco tórridas horas, Jay y Lila intercambiaron fluidos en la habitación de ella. En los descansos entre polvo y polvo, Lila intentaba sacarle información sobre su pasado, sus ingresos presentes y sus esperanzas para el futuro.

—¿Sabes una cosa? —le susurró Jay al oído durante el último asalto de la velada—. No hay sótanos en Catize.

El interrogatorio al que la sometió duró dos horas más. Jay la convenció de que había sido un ejecutor a sueldo de la familia Gambino en Nueva York y de que estaba intentando pasar inadvertido una temporada en Alivio de la Pena para averiguar en qué consistía su tocomocho y sumarse a él.

Lila, de quien Jay pensaba sin andar muy equivocado que le atraían los hombres en peligro, ya no estaba muy contenta con su situación, ni en Alivio de la Pena ni en la Iglesia. Le explicó a Jay la historia de su anterior amante, Jeff Price, que había sustraído cerca de dos millones de dólares de la caja fuerte de Alivio de la Pena. Después de prometerle que se la llevaría con él, la dejó tirada y se fugó con «esa puta de Desirée», como la llamaba ella.

—Pero, Lila —le dijo Jay—, tú sabes adónde ha ido Price, ¿verdad?

Lo sabía, pero no pensaba decírselo.

Hasta que Jay la convenció de que si no largaba la situación de Price, se aseguraría de que sus amigos los Mensajeros supieran que ella estaba involucrada en el robo.

—No serías capaz —le dijo ella.

—¿Quieres verlo?

—¿Y yo qué saco si te lo digo? —preguntó Lila.

—Un quince por ciento de lo que le pille a Price.

—¿Y cómo sé que me pagarás?

—Porque si no te pago, te chivarás —concluyó Jay.

Lila le dio un par de vueltas al asunto y acabó diciendo:

—Clearwater.

La población natal de Jeff Price y el sitio en que planeaba convertir los dos millones en diez gracias a un negocio de drogas con unos viejos amigos que tenían contactos con traficantes tailandeses de heroína.

Jay abandonó la isla esa misma mañana, pero no sin antes darle a Lila un último consejo:

—Mantén la respiración hasta que vuelva y te caerá una buena pasta. ¿Pero sabes una cosa, Lila? Como te dé por avisar a Price de que voy a por él, volveré y te lo haré pasar peor que cualquier banda de mexicanos.

—O sea, que volví de Nantucket y llamé a Trevor.

Stone, a diferencia de lo que nos había contado a nosotros o a Hamlyn y Kohl, envió un coche a buscar a Jay, y el Fardón lo condujo de regreso a la casa en Marblehead.

Felicitó a Jay por su excelente trabajo, le agasajó con su mejor whisky de malta y le preguntó qué opinaba sobre el intento de Hamlyn y Kohl de apartarlo del caso.

—Tiene que ser una humillación terrible para un hombre de su talento.

Y lo había sido. Jay lo reconocía. En cuanto encontrara a Desirée y la devolviera a casa sana y salva, se iba a independizar.

—¿Cómo piensa hacerlo? —le preguntó Trevor—. Está usted sin blanca.

Jay negó con la cabeza:

—Se equivoca.

—¿Usted cree? —dijo Trevor. Y le explicó con exactitud lo que Adam Kohl había estado haciendo con los bonos municipales y las acciones de bolsa que Jay le había confiado a ciegas—. Su querido señor Kohl ha realizado abundantes inversiones en acciones que yo le recomendé recientemente. Lamentablemente, esas acciones no respondieron como se esperaba. Por no hablar de la notoria afición al juego del señor Kohl, una afición de resultados funestos.

Jay se quedó pasmado mientras Trevor Stone le explicaba con todo lujo de detalles la larga historia de inversión y despilfarro relacionada con las acciones y los dividendos de los empleados de Hamlyn y Kohl.

—De hecho —dijo Trevor—, no tendrá que preocuparse por abandonar Hamlyn y Kohl, porque se van a declarar en suspensión de pagos dentro de seis semanas.

—Usted los ha arruinado —declaró Jay.

—¿Que yo he hecho eso? —Trevor acercó su silla de ruedas a la de Jay—. Estoy seguro de que no. Su querido señor Kohl lleva años pasándose de rosca. Pero esta vez ha puesto demasiados huevos en la misma cesta... Una cesta que yo le señalé, lo reconozco, pero sin mala intención.

Le puso la mano a Jay en la espalda:

—Muchas de esas inversiones están a su nombre, señor Becker.

Setenta y cinco mil seiscientos cuarenta y cuatro dólares con doce centavos, para ser exactos.

Trevor le acarició el cogote a Jay con la palma de la mano:

—Así pues, ¿qué le parece si hablamos sin ambages?

—Me tenía pillado —nos contó Jay—. Y no era sólo la deuda. Me quedé de piedra cuando me di cuenta de que Adam y puede que también Everett me habían traicionado.

—¿Hablaste con ellos? —le preguntó Angie.

Y él asintió:

—Llamé a Everett y me lo confirmó. Me dijo que él tampoco sabía nada. Es decir, que sí sabía de los problemas de juego de Kohl, pero que nunca pensó que fuese capaz de hundir en cosa de siete semanas una empresa con cincuenta y tres años de antigüedad. Siguiendo los consejos de Trevor Stone, Kohl se había fundido incluso los fondos de pensiones. Everett estaba destrozado. Ya sabes lo mucho que le importa el honor, Patrick.

Asentí, pues recordaba lo que Everett nos había contado a Angie y a mí acerca de que el honor era un valor a la baja, acerca de lo difícil que resultaba ser un hombre honorable rodeado de gente infecta. Recordé la manera en que miraba por la ventana como si fuera la última vez que lo hacía.

—Conclusión —dijo Jay—, que le dije a Trevor Stone que haría lo que él quisiera. Y me dio doscientos cincuenta mil dólares para matar a Jeff Price y a Desirée.

—Soy más cosas de las que usted puede imaginar —le dijo Trevor Stone a Jay esa noche—. Poseo empresas comerciales, compañías de transportes, más terrenos de los que se pueden tasar en un día. Poseo jueces, policías, políticos, gobiernos enteros de ciertos países. Y ahora lo poseo a usted —apretó un poco más con la mano el cogote de

Jay—. Y si me traiciona, haré lo que haga falta para llegar hasta usted, cortarle la yugular y metérsela por el agujero del pene.

Conclusión: Jay se fue a Florida.

No tenía ni idea de lo que haría cuando encontrase a Desirée o a Jeff Price. Lo único que sabía es que nunca mataría a nadie a sangre fría. Lo había hecho una vez, en México, para los federales, y el recuerdo de la cara de aquel señor de la droga antes de que Jay le manchara la camisa con su propia sangre le había llegado a obsesionar de tal manera que había acabado por dejar el trabajo un mes después.

Lila le había hablado de un hotel en el centro de Clearwater, el Ambassador, del que Price le había cantado frecuentemente las alabanzas gracias a sus camas vibradoras y a la variada selección de películas pornográficas que se podían ver a través de la televisión por satélite.

Jay pensaba que sólo se trataba de una mera posibilidad, pero resultó que Price demostró ser mucho más idiota de lo previsto cuando salió por la puerta de ese hotel dos horas después de que nuestro amigo hubiera dado comienzo a su vigilancia. Jay siguió a Price durante todo el día, mientras éste se veía con sus amigos, los de la conexión tailandesa, se emborrachaba en un bar de Largo y se llevaba a una puta a la habitación.

Al día siguiente, mientras Price estaba ausente, Jay se coló en su cuarto, pero no encontró ni rastro del dinero ni de Desirée.

Una mañana, Jay vio cómo Price salía del hotel y estaba a punto de echarle otro vistazo a su habitación cuando tuvo la impresión de que lo estaban vigilando.

Se dio la vuelta en el asiento del coche y enfocó bien sus prismáticos. Recorrió con ellos toda la calle hasta que se dio de bruces con otro par de binoculares que lo contemplaban desde un coche situado a un par de manzanas.

—Así es cómo conocí a Desirée —nos explicó—. Ambos mirando al otro a través de unos prismáticos.

Había empezado a preguntarse si esa mujer existía realmente. Soñaba con ella constantemente, contemplaba sus fotografías durante horas, creía saber a qué olía, cómo sonaba su risa, qué sentiría al rozar sus piernas desnudas con las de ella. Y cuanto más la iba construyendo en su cerebro, más se convertía en un mito: la belleza torturada, poética y trágica que se sentaba en los parques de Boston bajo la lluvia de otoño, anhelando la redención.

Y de repente, allí estaba, delante de él.

No se dio a la fuga cuando Jay salió del coche para acercarse al suyo. No hizo como que todo era un malentendido. Lo vio venir con tranquilidad, con los ojos resueltos, y cuando él llegó hasta su coche, ella abrió la puerta y salió al exterior.

—¿Es usted de la policía? —le preguntó.

Y él negó con la cabeza, incapaz de hablar.

Desirée llevaba una camiseta y unos tejanos desteñidos: parecía haber dormido vestida. Iba descalza, pues las sandalias se habían quedado en el suelo del vehículo. Jay se descubrió preocupándose por la posibilidad de que se hiciera un corte en los pies con los cristales y los guijarros que ensuciaban la calle.

—¿Detective privado, tal vez?

Jay asintió.

—¿Un detective privado mudo? —dijo Desirée con una sonrisita.

Y él se echó a reír.

22

—Mi padre posee personas —le dijo Desirée a Jay dos días después, cuando ya habían empezado a confiar el uno en el otro—. Vive para eso. Posee negocios, casas, coches y cualquier otra cosa que se te ocurra, pero lo que realmente le mantiene vivo es poseer personas.

—Empiezo a darme cuenta de ello —admitió Jay.

—Fue el dueño de mi madre. En un sentido literal. Ella procedía de Guatemala. Mi padre fue allí en los años cincuenta para supervisar la construcción de una presa que financiaba su compañía, y se la compró a sus padres por menos de cien dólares. Tenía catorce años.

—Muy bonito —ironizó Jay—. La hostia de bonito.

Desirée se había refugiado en la choza de un viejo pescador del Cayo Longboat, por la que pagaba un alquiler exorbitante mientras pensaba en qué hacer a continuación. Jay dormía en el sofá. Una noche despertó al escuchar los gritos de la muchacha, que estaba teniendo una pesadilla, y ambos salieron de la casa a las tres de la mañana, demasiado tensos para dormir y con ganas de disfrutar del frescor de la playa.

Desirée sólo llevaba puesta una sudadera que Jay le había dado, una desgastada prenda de color azul, recuerdo de sus días en la universidad, con las descoloridas letras LSU en la pechera. Jay descubrió que Desirée estaba sin blanca, pues tenía miedo de usar sus tarjetas de crédito y que su padre se enterara de su paradero y enviara a alguien a matarla. Jay se sentó a su lado en la fresca arena blanca, mientras las olas surgían de la oscuridad con toda su espuma, y se dedicó a mirarle las manos cogidas por debajo de los muslos, los dedos de los pies semienterrados en la arena y el resplandor de la luna a través de los rizos de su cabello.

Y por primera vez en su vida, Jay Becker se enamoró.

Desirée giró la cabeza y lo miró a los ojos.

—¿No me vas a matar? —preguntó.

—No. Claro que no.

—¿Y no quieres mi dinero?

—No tienes ni un céntimo —dijo Jay, y ambos se echaron a reír.

—Todos los que me importan mueren —declaró ella.

—Ya lo sé —convino Jay—. Tienes una suerte muy perra.

Desirée se rió, pero de una manera amarga y atemorizada.

—O me traicionan, como Jeff Price.

Jay le acarició el muslo, justo donde acababa la sudadera. Esperó que ella le apartara la mano. Y cuando no lo hizo, esperó que pusiera la suya encima. Confiaba en que el mar le dijera algo que le llevara a saber qué era lo que tenía que decir.

—No pienso morirme —dijo, aclarándose la garganta—. Y tampoco pienso traicionarte. Porque si te traiciono —y creía tanto en sus propias palabras que lo que decía que iba a misa—, entonces sí que moriré.

Y ella le sonrió, dejando al descubierto unos dientes marfileños que destacaban en la negrura de la noche.

Acto seguido se quitó la sudadera y se pegó a él, morena, hermosa y temblando de miedo.

—Cuando tenía catorce años —le explicó a Jay esa noche, tumbada a su lado—, era igual que mi madre. Y mi padre se dio cuenta.

—¿Y reaccionó como me imagino? —preguntó Jay.

—¿A ti qué te parece?

—¿Os largó Trevor su discurso sobre la pena? —preguntó Jay mientras la camarera nos traía otros dos cafés y una cerveza más—. ¿Lo de que la pena es carnívora?

—Sí, eso —reconoció Angie.

Jay asintió.

—A mí también me lo endilgó —extendió las manos y les dio la vuelta unas cuantas veces—. La pena no es carnívora. La pena está en mis manos.

—Tus manos... —dijo Angie.

—Puedo sentir en ellas la carne de Desirée —afirmó Jay—. Todavía. Por no hablar de su olor. —Se dio un golpecito en la nariz—. Dios mío. El perfume de la arena en su piel, o de la sal marina que atravesaba las ventanas de la choza del pescador... La pena, os lo juro por Dios, no habita en el corazón. Se mantiene viva en los sentidos. Y a veces lo único que quiero hacer es cortarme la nariz para dejar de olerla y los dedos de las manos para dejar de sentirla.

Nos miró como si se acabara de dar cuenta de que estábamos allí.

—Eres un hijo de puta —le dijo Angie con una voz quebrada mientras se le saltaban las lágrimas.

—Mierda —dijo Jay—. Me olvidé de lo de Phil, Angie. Lo siento.

Angie le apartó la mano y se secó el rostro con una servilleta de papel.

—Angie, de verdad, yo...

Mi socia negó con la cabeza:

—Es que a veces aún oigo su voz, y el sonido es tan claro que juraría que lo tengo al lado. Y eso es lo único que escucho durante todo el día. Nada más.

Sabía que no me convenía intentar cogerla de la mano, pero ella me sorprendió al lanzarse a por la mía.

Le estreché la mano y se inclinó sobre mí.

Así que esto era lo que tú sentías por Desirée, estuve a punto de decirle a Jay.

Fue Jay quien tuvo la idea de trincar el dinero que Jeff Price le había robado a Alivio de la Pena.

Trevor Stone había pronunciado sus amenazas y Jay se las creía, pero también era consciente de que a Trevor no le quedaba mucho tiempo de vida. Con doscientos mil dólares, puede que Jay y Desirée no tuvieran bastante para darle esquinazo a Trevor durante seis meses.

Pero con algo más de dos millones, podían esquivarlo durante seis años.

Desirée no quería saber nada del asunto. Price, le explicó a Jay, había intentado matarla cuando ella descubrió lo del dinero robado. Había conseguido sobrevivir a base de atizarle con un extintor y de salir pitando del hotel sin tiempo ni para coger una muda limpia.

—Pero, cariño —le dijo Jay—, cuando nos conocimos estabas acechando el hotel.

—Porque estaba desesperada. Y sola. Ya no estoy desesperada, Jay. Y ya no estoy sola. Y tú tienes doscientos mil dólares. Con eso podemos huir.

—¿Pero cuánto podremos alejarnos? —protestó Jay—. Nos encontrará. Huir no es lo único que hay que hacer. Podemos llegar hasta la Guayana. Podemos hasta plantarnos en los países del este, pero nunca tendremos dinero suficiente como para comprar a toda esa gente a la que asediarán los enviados de Trevor.

—Se está muriendo, Jay —le dijo ella—. ¿A cuántos más puede enviar? A ti te llevó casi tres semanas encontrarme. Y porque había dejado huellas y no estaba segura de que nadie viniera a por mí.

—Pues *yo sí* he dejado huellas. Y será mucho más fácil encontrarnos a ti y a mí juntos. He dejado informes por ahí y tu padre sabe que estoy en Florida.

—Todo es por dinero —dijo Desirée en voz baja, negándose a mirarlo a los ojos—. El puto dinero. Como si no hubiera nada más en el mundo. Como si fuera algo más que papel.

—Es más que papel —le aseguró Jay—. Es poder. Y el poder

traslada cosas y las oculta. Y crea oportunidades. Y si no nos cepilla-
mos a ese miserable de Price, otro lo hará, pues el tío es idiota.

—Y peligroso —precisó Desirée—. Es muy peligroso. ¿No te das
cuenta? Ha matado a gente. Estoy segura.

—Yo también —dijo Jay—. Yo también.

Pero no pudo convencerla.

—Tenía veintitrés años —nos dijo—. Era una cría. Yo no quería
reconocerlo, pero su manera de ver el mundo era infantil, a pesar de
todas las desgracias que había sufrido. Seguía creyendo que, pasara
lo que pasara, todo acabaría saliendo bien y las cosas se arreglarían
solas. Estaba convencida de que el mundo le tenía reservado un final
feliz. Y no pensaba tener nada que ver con todo ese dinero cuyo origen estaba recubierto de tanta mierda.

Jay empezó a seguir de nuevo a Price. Pero éste nunca llegó a acercarse al dinero, según pudo deducir Jay. Price se veía con sus amigos
traficantes mientras Jay, que le había puesto micros en la habitación,
se enteraba de que todos andaban muy preocupados por un barco
perdido en el mar, cerca de las costas de las Bahamas.

—¿El barco que se hundió el otro día? —preguntó Angie—. ¿El
que arrojó toda esa heroína a las playas?

Jay asintió.

Así que Price estaba preocupado. Pero nunca se acercaba al dinero, como había podido comprobar nuestro amigo.

Mientras Jay andaba por ahí, siguiendo a Price, Desirée se dedicaba a la lectura. El trópico, había observado Jay, la había aficionado
al surrealismo y a los sensualistas que a él tanto le habían interesado
siempre. Con lo que cuando Jay regresaba a casa, se la encontraba
sumergida en la obra de Toni Morrison, de Borges, de García Márquez, de Isabel Allende o de Neruda. En la cabaña del pescador, co-

cinaban el pescado con muchas especias y hervían mariscos, llenando aquel pequeño espacio con el olor de la sal y de la pimienta de cayena. Luego hacían el amor. A continuación salían al exterior y se sentaban ante el océano. Ella le contaba cosas de lo que había leído ese día y él se sentía como si estuviera releyendo esos libros, como si los hubiera escrito ella, que estaba a su lado y relucía en la oscuridad. Y volvían a hacer el amor.

Hasta una mañana en la que Jay despertó, vio que su despertador no había llegado a sonar y que Desirée no estaba en la cama junto a él.

Había una nota:

Jay,

Creo que sé dónde está el dinero. Para ti es importante, así que supongo que también lo es para mí. Voy a por él. Tengo miedo, pero te quiero y pienso que tienes razón. No podríamos desaparecer mucho tiempo sin ese dinero, ¿verdad? Si no he vuelto a las diez, ven a buscarme, por favor.
Te quiero. Totalmente.
Desirée

Para cuando Jay llegó al Ambassador, Price ya había dejado el hotel.

Se quedó plantado en el aparcamiento, mirando hacia la terraza en forma de U que recorría la fachada de la segunda planta, y fue entonces cuando la camarera jamaicana empezó a gritar.

Jay subió las escaleras corriendo y vio a la mujer doblándose sobre la cintura y chillando ante la habitación de Price. La esquivó y miró a través de la puerta abierta.

El cadáver de Desirée yacía en el suelo, entre el televisor y el mini bar. Lo primero que Jay observó fue que le habían cortado los dedos de las manos.

De lo que quedaba de su mentón, la sangre se deslizaba sobre la sudadera universitaria de Jay.

El rostro de Desirée estaba destrozado, pulverizado por un disparo de gran calibre realizado a menos de tres metros. Su pelo de color de miel, que Jay había lavado con champú la noche anterior, estaba pringoso de sangre y salpicado de tejido cerebral.

A lo lejos, muy a lo lejos, o eso creyó Jay, se oían gritos. Y el murmullo de muchos acondicionadores de aire, miles a la vez, o eso le parecía entonces, en ese hotel barato: aparatos intentando introducir aire frío en el calor infernal de esas celdas de cemento... Hasta que el sonido le recordó al de un enjambre de abejas.

23

—Así pues, seguí a Price hasta un motel que hay al final de la calle. —Jay se frotó los ojos con los puños—. Me hice con la habitación contigua a la suya. Las paredes eran de papel. Me senté con la oreja bien pegada y me tiré un día escuchándolo. No sé muy bien qué era lo que esperaba oír, la verdad, puede que lamentos, lloros, crisis de angustia, vete tú a saber. Pero el tipo se limitó a ver la tele y a beber. Luego llamó a una puta. Menos de cuarenta y ocho horas después de pegarle un tiro en la cara a Desirée y de cortarle los dedos, el muy capullo encarga una furcia a domicilio.

Encendió otro cigarrillo y se quedó mirando la llama unos instantes.

—Cuando se fue la puta, me acerqué a su habitación. Tuvimos unas palabritas y lo zurré un poco. Esperaba que me sacara un arma, y eso fue exactamente lo que hizo. Una navaja con una hoja de quince centímetros. Una puta navaja de macarra. Pero menos mal que la sacó, pues así mi respuesta se convirtió en autodefensa. Más o menos.

Jay torció su castigado rostro hacia la ventana y contempló cómo la lluvia arreciaba un poco más. Cuando volvió a hablar, el tono de su voz era cansino y sin asomo de humanidad:

—Le fabriqué una sonrisa en el abdomen, de cadera a cadera, lo agarré por la barbilla y le obligué a mirarme a los ojos mientras se le caían al suelo los intestinos.

Se encogió de hombros.

—Creo que Desirée se merecía algo así.

Puede que en el exterior la temperatura superara los treinta grados, pero el aire de la cafetería parecía tan frío como el de un depósito de cadáveres.

—¿Y ahora qué vas a hacer, Jay? —le preguntó Angie.

Sonrió como lo haría un fantasma.

—Voy a volver a Boston y también voy a rajar a Trevor Stone.

—¿Y luego qué? ¿Pasarás el resto de tu vida en la cárcel?

Se me quedó mirando:

—Me da igual. Si ése es mi destino, que así sea. Mira, Patrick, el amor sólo te da una oportunidad, y eso si tienes suerte. Yo tuve mucha suerte. A los cuarenta y un años, me enamoro de una mujer a la que casi le doblo la edad y la cosa dura dos semanas. Hasta que ella muere. Vale, el mundo es un sitio desagradable. Cuando consigues algo que está bien, tarde o temprano te pasará algo realmente malo para compensar. —Dio unos golpecitos en la mesa con los dedos—. Muy bien. Lo acepto. No me gusta, pero lo acepto. Ya me ha llegado la compensación. Ahora le toca a Trevor.

—Jay —dijo Angie—. Es una misión suicida.

Pero él se encogió de hombros una vez más.

—Es jodida, sí. Pero él la va a palmar. Y además, ¿acaso pensáis que no me ha asignado ya un asesino? Sé demasiado. En el preciso momento en que interrumpí el contacto diario con él desde aquí, firmé mi sentencia de muerte. ¿Por qué creéis que os endilgó a Clifton y Cushing? —Cerró los ojos y emitió un sonoro suspiro—. No hay más que hablar. Esto es lo que hay. A ese cabrón me lo cargo.

—Estará muerto en cinco meses.

Nuevo encogimiento de hombros.

—Me parece demasiado tiempo.

—¿Y la vía legal? —sugirió Angie—. Puedes testificar que te pagó para que mataras a su hija.

—Buena idea, Angie. Seguro que el caso llega a juicio siete u ocho meses después de su muerte natural. —Dejó caer varios billetes en la mesa para pagar la cuenta—. Me voy a llevar por delante a ese saco de mierda. Esta misma semana. De manera lenta y dolorosa. —Sonrió—. ¿Alguna pregunta?

La mayor parte de las cosas de Jay estaban todavía en una consigna que había alquilado cuando llegó a los apartamentos Ukumbak, situados en el centro de San Petersburgo. El hombre pensaba acercarse por ahí, coger sus cosas y lanzarse a la carretera porque no se fiaba de los aviones y porque es muy fácil vigilar los aeropuertos. Sin ni siquiera tomarse la molestia de dormir un poco, pensaba conducir veinticuatro horas seguidas por la Costa Este, consiguiendo llegar a Marblehead a las dos y media de la mañana. Una vez allí, su plan consistía en colarse en la casa de Trevor Stone y torturar al viejo hasta la muerte.

—Pedazo de plan —ironicé mientras salíamos de la cafetería y corríamos hacia nuestros coches bajo la lluvia.

—¿Verdad que sí? Se me ocurrió en un momento.

Angie y yo, a falta de otras opciones, decidimos seguir a Jay hasta Massachussets. Igual podíamos continuar comentando el asunto en áreas de descanso y gasolineras, consiguiendo quitárselo a Jay de la cabeza o encontrando una solución más razonable al problema. El Celica que habíamos alquilado en Elite Motors —el mismo sitio en que Jay se había hecho con su 3000 GT— lo devolveríamos por tren y le enviaríamos la factura a Trevor. Vivo o muerto, era un gasto que se podía permitir.

El Fardón descubriría tarde o temprano que nos habíamos ido y volvería a casa con su ordenador personal, encontrando por el camino alguna manera de explicarle a Trevor cómo nos había perdido. Cushing, supuse, se refugiaría de nuevo en su ataúd hasta que volvieran a necesitarlo.

—Está loco —comentó Angie mientras seguíamos al coche de Jay hacia la autopista.

—¿Jay?

Asintió:

—Cree que se enamoró de Desirée en sólo dos semanas, pero eso es una chorrada.

—¿Por qué?

—¿Cuántos adultos conoces que se enamoren en dos semanas?

—Eso no significa que no pueda suceder —apunté.

—Vale. Pero yo creo que Jay se enamoró de Desirée antes incluso de conocerla. La hermosa muchacha que se sienta a solas en los parques, en espera de un salvador... Es lo que quieren todos los tíos.

—¿Una chica guapa sentada sola en un parque?

Volvió a asentir:

—Esperando que la salven.

Delante de nosotros, Jay enfiló una rampa que llevaba a la 275 Norte. Las lucecitas del coche se emborronaban bajo la lluvia.

—Puede que tengas razón —dije—. Puede. Pero en cualquier caso, si te relacionaras con alguien durante poco tiempo, pero bajo circunstancias intensas, y si esa persona te fuese arrebatada de un tiro en la cara... Tú también te obsesionarías.

—Por supuesto.

Angie puso el Celica en punto muerto para afrontar un charco del tamaño del Perú y las ruedas de atrás resbalaron hacia la izquierda unos instantes. Angie pegó un volantazo y el coche recuperó el rumbo mientras rozábamos el charco. Fue cambiando de marcha hasta llegar a la última, le dio al acelerador y repescó a Jay.

—Por supuesto —repitió—. Pero Jay se dispone a asesinar a un tullido, Patrick.

—Un tullido más bien malvado —aduje.

—¿Cómo lo sabemos? —preguntó ella.

—Porque Jay nos lo ha contado y Desirée lo confirmó en su momento.

—No —dijo Angie mientras las espinas dorsales amarillas del puente Skyway se perfilaban contra el cielo nocturno a unos veinte kilómetros de distancia—. Desirée no confirmó nada. Jay *dijo* que lo había hecho. Todo lo que sabemos es lo que Jay nos ha contado. No podemos confirmarlo con Desirée porque está muerta. Y no podemos confirmarlo con Trevor porque lo negaría aunque fuese cierto.

—Everett Hamlyn —sugerí.

Y mi socia asintió:

—Deberíamos llamarle cuando lleguemos a casa de Jay. Desde una cabina para que no pueda oírnos. Quiero escuchar en boca de Everett que todo esto es como Jay nos lo ha contado.

La lluvia sonaba como una cascada de cubos de hielo al caer sobre el Celica.

—Yo me fío de Jay —declaré.

—Yo no —me miró un momento—. No es nada personal. Pero está hecho polvo. Y en estos momentos no me fío de nadie.

—De nadie —repetí.

—Sólo de ti —aclaró Angie—. Y eso no hace falta decirlo. Pero aparte de ti, todo el mundo está bajo sospecha.

Me arrellané en el asiento y cerré los ojos.

Todo el mundo está bajo sospecha.

Incluso Jay.

Qué mundo tan raro es éste, en el que los padres ordenan el asesinato de sus hijas, las organizaciones terapéuticas no ofrecen auténticos cuidados y un hombre al que le habría confiado mi propia vida deja repentinamente de ser alguien de fiar.

Puede que Everett Hamlyn tuviera razón. Puede que el honor estuviese en las últimas. Puede que siempre lo hubiera estado. O aún peor, igual el honor sólo había sido una ilusión.

Todo el mundo está bajo sospecha. *Todo el mundo está bajo sospecha.*

La frase se estaba convirtiendo en un mantra para mí.

24

El camino se torcía cuando aparecimos en una tierra de nadie hecha de asfalto y hierba y nos acercamos a la bahía de Tampa. El agua y la tierra de esa zona se veían tan oscuras tras las densas paredes de lluvia que resultaba muy difícil discernir dónde acababa una y dónde empezaba la otra. Pequeñas cabañas blancas, algunas de ellas con letreros en el techo que no se podían leer entre aquella oscuridad borrosa, se elevaban a ambos lados y parecían pugnar por no venirse abajo ante el ataque de lluvia. Las espinas dorsales amarillas del Skyway ni se alejaban ni se acercaban: se mantenían suspendidas sobre la negrura barrida por el viento, destacando contra el magullado cielo púrpura.

Mientras ascendíamos la rampa de seis kilómetros que llevaba al centro del puente, un coche atravesó el muro de agua al otro lado de la autopista, apareciendo en el puente con sus faros empapados, en dirección sur, salpicándonos al pasar. Miré por el retrovisor y sólo vi un par de luces rasgando la oscuridad a un par de kilómetros detrás de nosotros. Eran las dos de la mañana. La lluvia era una espesa cortina. La oscuridad nos rodeaba por todas partes mientras enfilábamos las colosales aletas amarillas. Era una de esas noches a las que no se asomaría ni el más recalcitrante de los pecadores.

Bostecé y mi cuerpo emitió un gruñido interno ante la perspectiva de tirarme otras veinticuatro horas dentro del Celica. Le di a los botones de la radio y no encontré más que emisoras de rock clásico, un par de música de baile y varias birrias consagradas al rock blando.

Rock blando: ni demasiado fuerte ni demasiado suave, la banda sonora ideal para gente sin criterio.

Apagué la radio mientras el suelo acentuaba el ángulo de la subida y todo desaparecía de nuestra vista a excepción de la aleta más cercana. Las luces del coche de Jay me miraron cual ojos rojos a través de la lluvia. A mi derecha, la bahía continuaba ensanchándose; una barrera de seguridad de cemento interminable nos separaba de ella.

—Este puente es enorme —comenté.

—Y maldito —añadió Angie—. Éste es el puente de recambio. El original, o lo que queda de él, lo tenemos a la izquierda.

Encendió un cigarrillo con el mechero del salpicadero mientras yo miraba a la izquierda, incapaz de distinguir nada entre la cascada de agua.

—A principios de los ochenta —continuó Angie—, el puente original fue golpeado por una barcaza. El carril principal se fue al agua junto a varios coches.

—¿Cómo lo sabes?

—Pura documentación —abrió un poco la ventanilla para que saliera el humo del pitillo—. Ayer leí un libro sobre la zona. El día en que inauguraron el puente nuevo, un tío que se dirigía hacia aquí sufrió un ataque al corazón mientras enfilaba la rampa del lado de St. Pete. El coche fue a parar al agua y el hombre murió.

Miré por la ventanilla mientras la bahía se alejaba de nosotros como el suelo visto desde un ascensor.

—Mientes —le dije a Angie.

Y ella levantó la mano derecha:

—Palabra de exploradora.

—Pon las dos manos sobre el volante —le ordené.

Nos acercábamos al tramo central y toda la configuración de aletas amarillas alumbraba el flanco derecho del vehículo, bañando las ventanillas con luz artificial.

El sonido de los neumáticos restallando entre la lluvia se coló de repente por la ranura abierta en la ventanilla de Angie. Miré hacia la izquierda y ella dijo:

—¿Pero qué coño...?

Pegó un volantazo mientras nos adelantaba un Lexus dorado pegado a nosotros, a una velocidad superior a los cien kilómetros. Las ruedas del lado del pasajero del Celica chocaron con el bordillo que separaba la carretera y la barrera de seguridad. Todo el vehículo tembló y dio unos saltos mientras Angie intentaba no perder el control del volante.

El Lexus nos dejó atrás mientras recuperábamos nuestra posición en el carril. Llevaba las luces de atrás apagadas. Nos cortó el camino, ocupando ambos carriles, y pude ver por un momento la cabeza pequeña y tiesa del conductor, iluminada por un resplandor procedente de las aletas.

—Es Cushing —dije.

—Mierda.

Angie le dio al claxon mientras yo sacaba nuestras armas de la guantera. Puse la de Angie junto al cambio de marchas y metí un proyectil en la recámara de la mía.

Allí delante, Jay estiraba la cabeza para poder ver a través del retrovisor. Angie mantuvo la mano en el claxon, pero el apagado pitido que emitía no podía competir con el ruido que hizo el Lexus del señor Cushing al impactar contra el 3000 GT de Jay.

Las ruedas de la parte derecha del pequeño deportivo se subieron a la mediana y salieron chispas. Jay pegó un volantazo hacia la izquierda y se salió de la mediana. El retrovisor había salido disparado. Me lo quedé mirando mientras bailaba entre la lluvia y se estrellaba contra nuestro parabrisas, creando una telaraña de vidrio ante mis narices.

Angie impactó contra la parte trasera del Lexus mientras el morro del coche de Jay se deslizaba a la izquierda y su rueda trasera del flanco derecho volvía a subirse a la mediana. El señor Cushing conservaba el control del Lexus, que seguía enfilando el coche de Jay. Un tapacubos plateado salió disparado, golpeando nuestra rejilla, y desapareció bajo la rueda. El 3000 GT, pequeño y liviano, no podía competir con el Lexus. En cualquier momento cedería a los ataques y acabaría por saltar del puente.

Podía ver la cabeza de Jay agitándose adelante y atrás mientras se peleaba con el volante para intentar deshacerse de la carga del Lexus.

—Mantén el rumbo —le dije a Angie mientras bajaba la ventanilla.

Expuse el torso a la fuerte lluvia y el viento agresivo y apunté el arma al parabrisas trasero del Lexus. Mientras la lluvia me mordía los ojos, realicé tres disparos seguidos. De la pistola salieron tres relámpagos y el parabrisas se hizo añicos. El señor Cushing intentó no perder el control del coche mientras yo me introducía de nuevo en el mío y Angie aceleraba en dirección a los dos vehículos que teníamos delante.

Lamentablemente, Jay se salió de la mediana a demasiada velocidad, con lo que las ruedas de la derecha del 3000 GT rebotaron contra el suelo y se elevaron de nuevo. Angie pegó un berrido cuando empezaron a salir fogonazos del interior del Lexus.

El parabrisas del Celica explotó.

La lluvia y el viento arrojaron una tormenta de vidrio contra nuestro cabello, cuello y mejillas. Angie giró a la derecha y los neumáticos se volvieron a comer la mediana, con los tapacubos crujiendo contra el cemento. El Toyota estuvo a punto de volcar, pero consiguió recuperar su posición en el carril.

Delante de nosotros, el coche de Jay daba tumbos.

Pegó un salto en el lado del conductor y acabó dando la vuelta. El Lexus aceleró y le dio con la suficiente fuerza como para enviarlo a través de la lluvia contra la barrera del puente.

—Hijos de puta —dije mientras me estiraba sobre el salpicadero.

Me estiré tanto que acabé con las manos en el capó. Apunté mientras se me clavaban en las muñecas unas cuantas esquirlas y disparé otras tres veces hacia el interior del Lexus.

Debí darle a alguien, pues el Lexus se separó del coche de Jay y resbaló hacia el carril izquierdo. Impactó contra la barrera situada bajo la última aleta amarilla, y lo hizo con tal fuerza que empezó a dar saltos en todas direcciones.

—Métete dentro —me gritó Angie mientras tiraba el Celica hacia la derecha, intentando apartarse del Lexus, que venía pegando botes hacia nosotros.

Esa máquina dorada flotaba a través de la noche en nuestra dirección. Angie le dio al volante con ambas manos y yo intenté recuperar mi asiento.

Ni Angie ni yo conseguimos nuestros objetivos.

Cuando nos la pegamos contra el Lexus, yo salí disparado hacia adelante. Atravesé el capó del Celica y aterricé sobre el maletero del Lexus como una marsopa, con el pecho azotado por el agua y las esquirlas. Oí un ruido tremendo a mi derecha, un ruido de cemento roto que parecía que el cielo nocturno se hubiera partido en dos.

Caí en el asfalto sobre un hombro y algo me crujió a la altura del cuello. Di unas volteretas. Y unos cuantos botes. Y unas volteretas más. Seguía sosteniendo la pistola en la mano derecha, y se me disparó otras dos veces mientras el cielo y el puente daban vueltas a mi alrededor.

Acabé clavado contra el suelo, sobre una cadera ensangrentada y doliente. No sentía el hombro izquierdo y me notaba la carne pegajosa a causa de la sangre.

Pero aún podía empuñar la pistola. Y aunque me notaba la cadera como si estuviera hecha de afilados guijarros, las dos piernas me respondían. Miré hacia el Lexus mientras se abría la puerta del pasajero. El coche estaba a unos diez metros, con el maletero empotrado en el abollado capó del Celica. Chorros de agua ardiente salían de éste mientras yo me ponía de pie como podía y sentía en el rostro la mezcla pastosa de la lluvia y la sangre.

A la derecha, al otro lado del puente, se había detenido un Jeep de color negro, y su conductor me gritaba unas palabras que se perdían entre el viento y la lluvia.

Le ignoré para concentrarme en el Lexus.

El Fardón aterrizó sobre una rodilla al salir del vehículo. Tenía la camisa blanca manchada de rojo y un considerable agujero donde antes había estado la ceja derecha. Me acerqué cojeando mientras él utilizaba el cañón de su pistola para intentar incorporarse. Se agarró a la puerta abierta del coche y me vio venir. Observando cómo se le movía la nuez, me di cuenta de que estaba intentando combatir la náusea. Miró su arma como si no supiera qué hacer con ella y luego clavó la vista en mí.

—Ni se te ocurra —le dije.

Se miró el pecho, la sangre que le salía de algún lado, y sus dedos empuñaron la pistola con más fuerza.

—Ni se te ocurra —repetí.

No lo hagas, por favor, pensé.

Pero él levantó el arma de todas maneras, parpadeando sin control, con el cuerpecillo temblando como el de un borracho.

Le disparé dos veces en mitad del pecho antes de que pudiera hacer lo propio. Se derrumbó sobre el coche, con la boca en un extraño óvalo, como si estuviera a punto de hacerme una pregunta. Intentó agarrarse a la puerta abierta, pero el brazo se le deslizó entre el marco de la puerta y el extremo del parabrisas. El cuerpo se le empezó a desmoronar a la derecha, pero el brazo seguía atrapado entre el vehículo y la portezuela, y ahí es donde murió: apuntando al suelo, enganchado al coche, con una pregunta sin plantear en los ojos.

Escuché un ruido, miré hacia arriba y vi al señor Cushing encima de mi coche, apuntándome con una brillante escopeta de cañones recortados. Miraba lo que le rodeaba con el único ojo que le quedaba abierto. Tenía un dedo blanco y huesudo en torno al gatillo y sonreía.

De repente, una nubecilla roja estalló en medio de su garganta y se extendió sobre el cuello de la camisa.

Puso mala cara. Se llevó la mano a la garganta, pero se derrumbó antes de que se produjera el contacto. El arma se deslizó parabrisas abajo hasta quedar plantada en el capó. El largo y flaco cuerpo del señor Cushing se dobló hacia la derecha y desapareció al otro lado del vehículo, haciendo un ruido sordo al impactar contra el suelo.

Angie apareció detrás de él, en la oscuridad, con el arma aún extendida y la lluvia rebotando en el humeante cañón. Tenía esquirlas en el pelo. Varios rasguños le cruzaban la frente y el puente de la nariz, pero aparte de eso parecía haber sobrevivido a la catástrofe con menos daños que el Fardón o yo mismo.

Le sonreí y ella hizo lo que pudo para corresponderme.

Luego observó algo que estaba a mi espalda:

—Por el amor de Dios, Patrick... Ay, Señor...

Me di la vuelta y fue entonces cuando descubrí qué es lo que había causado el fuerte ruido que escuché al salir despedido del Celica.

El 3000 GT de Jay estaba boca arriba a una distancia de unos cincuenta metros. La mayor parte del coche se había incrustado contra la barrera y me sorprendió que no hubiera acabado en el agua. La parte de atrás del coche se aguantaba sobre el puente, pero la parte delantera se apoyaba prácticamente en la nada, pues lo único que unía el vehículo al puente era el cemento que se desmoronaba y un par de cables de acero entrelazados con el armazón del coche.

Mientras observábamos la situación, la parte delantera se inclinó hacia el vacío y la de detrás se despegó del cemento. Los cables de acero crujieron.

Corrí hacia la barrera de seguridad, me puse de rodillas y me quedé mirando a Jay. Estaba del revés en el asiento, atrapado por el cinturón de seguridad, con las rodillas a la altura del mentón y la cabeza a dos centímetros del techo del coche.

—No te muevas —le dije.

Sus ojos se torcieron hacia mí:

—Tranquilo. No pienso hacerlo.

Miré la barrera. Mojada por la lluvia, emitía extraños gemidos. Al otro lado había un pequeño parche de cemento en el que sólo podría apoyar el pie un niño de cuatro años, pero yo no estaba en posición de esperar a que se hiciera más grande. Bajo ese parche de cemento no había más que un espacio negro y un agua aún más negra, a la que sería peligroso caer desde una altura de cien metros.

Angie llegó a mi lado como una brisa venida del golfo. El coche se inclinó un poquito a la derecha y luego se inclinó un par de centímetros más.

—Oh, no —dijo Jay con una risita floja—. No, no, no.

—Jay —dijo Angie—. Voy para allá.

—¿*Vas* para allá? —me sorprendí—. No. Mi zancada es más larga.

Angie se encaramó a la barrera:

—También tienes los pies más grandes. Y un brazo hecho polvo. ¿Seguro que lo puedes mover?

No esperó mi respuesta. Se agarró a una parte intacta de la barrera y la recorrió en dirección al coche. Yo eché a andar tras ella, con la mano derecha a un par de centímetros de su brazo.

Otra racha de viento atravesó la lluvia y todo el puente pareció temblar. Angie llegó hasta el automóvil y yo le agarré el brazo con las dos manos mientras ella se ponía trabajosamente en cuclillas.

Se asomó al otro lado de la barrera y extendió el brazo izquierdo mientras sonaban sirenas en la distancia.

—Jay —dijo.

—¿Sí?

—No llego —se estiraba todo lo que podía, con los tendones tensados bajo la piel, pero los dedos no llegaban a la puerta del coche—. Tendrás que arrimar el hombro, Jay.

—¿Cómo?

—¿Puedes abrir la puerta?

Jay movió la cabeza mientras intentaba localizar la manilla:

—Nunca había estado en un coche al revés, ¿sabes?

—Y yo nunca había estado colgando de un puente a trescientos metros del agua —replicó Angie—. Estamos en paz.

—Ya he pillado la manecilla —dijo Jay.

—Vas a tener que empujar la puerta y darme la mano —le informó Angie mientras su cuerpo se mecía levemente con el viento.

Jay parpadeó para defenderse de la lluvia que azotaba la ventanilla, infló los mofletes y expulsó el aire:

—Tengo la impresión de que si me muevo un centímetro esto se va a venir abajo.

—Es un riesgo que tenemos que correr, Jay —la mano de Angie se deslizó por mi brazo. Me estiré y sus dedos se me clavaron de nuevo en la piel.

—Pues sí —dijo Jay—. Pero algo me dice que...

El coche se inclinó y todo el puente crujió con fuerza. Fue un crujido agudo, parecido a un aullido, y el cemento a medio desintegrar que aguantaba el coche se desmoronó.

—No, no, no, no, no... —dijo Jay.

Y el coche cayó al agua.

Angie gritó y se apartó del vehículo mientras uno de los cables le golpeaba el brazo. La cogí de la mano con fuerza y tiré de ella hacia este lado de la barrera mientras sus piernas se balanceaban en el aire.

Con su rostro pegado al mío, el brazo en torno a mi cuello, el corazón latiendo contra mi bíceps y mi propio corazón resonándome en la oreja, miramos hacia donde había caído el coche de Jay, atravesando el torrente de lluvia y desapareciendo en la oscuridad.

25

—¿Se pondrá bien? —le preguntó el inspector Jefferson al enfermero que me estaba trabajando el hombro.

—Tiene una escápula afectada. Puede que rota. No puedo preci-
sar más sin una radiografía.

—¿Una qué? —pregunté.

—Un hueso del hombro —repuso el enfermero—. No tiene
buena pinta.

Jefferson lo miró con ojos somnolientos y meneó la cabeza con
parsimonia:

—Yo no lo veo tan mal. Ya buscaremos a un médico para que le
eche un vistazo.

—Mierda —clamó el enfermero, meneando también la cabeza.

Apretó bien el vendaje, pasándolo por debajo del sobaco y por
encima del hombro, a través del cuello, alrededor de pecho y espalda
y de regreso al sobaco.

El inspector Carnell Jefferson me contemplaba con ojos amodorra-
dos mientras el enfermero hacía su trabajo. El tal Jefferson parecía
estar al final de la treintena y era un negro flaco de aspecto anodino
con una mandíbula blanda y una sonrisa que se mantenía instalada
a perpetuidad entre sus comisuras. Llevaba una gabardina azul claro
sobre un traje de color crudo, una camisa blanca y una corbata de
seda con estampado floral rosa y azul que le colgaba de un cuello sin
abotonar. Llevaba el pelo tan corto y tan pegado al cráneo que me

pregunto para qué lo quería. Cuando la lluvia le resbalaba por la cara, ni siquiera parpadeaba.

Parecía un buen tío. Uno de esos con los que se puede hablar en el gimnasio y compartir luego unas cervezas. El tipo de tío que quiere a sus hijos y que sólo tiene fantasías sexuales con su esposa.

Pero yo ya había conocido a polis como él y sabía que no me podía confiar demasiado. En comisaría, o testificando en un juicio, o a la hora de apretarle las tuercas a un testigo, ese buen tío se convertiría en un tiburón en un santiamén. Era un inspector de homicidios. Joven. Y negro en un estado del sur. No había llegado adonde estaba haciéndose amigo de los sospechosos.

—Así que usted es el señor Kenzie, ¿no?

—El mismo.

—Y es detective privado en Boston. ¿Correcto?

—Eso es lo que le he dicho.

—Ajá. Bonita ciudad.

—¿Boston?

—Sí. ¿Es bonita?

—A mí me gusta.

—Creo que es muy agradable en otoño. —Frunció los labios y asintió—. Pero he oído que ahí tampoco les gustan muchos los negratas.

—Hay capullos en todas partes —le aseguré.

—Ya, claro, claro. —Se frotó la cabeza con la palma de la mano, miró un momento hacia la lluvia y parpadeó para sacudirse el agua de los ojos—. Hay capullos en todas partes —repitió—. Bueno, ya que estamos aquí tan ricamente, bajo la lluvia, hablando de cuestiones raciales y capullos y toda la pesca, ¿por qué no me habla de esos dos capullos muertos que me están bloqueando el tráfico del puente?

Sus ojos perezosos se encontraron con los míos y vi en ellos, fugazmente, el tono de los de un tiburón.

—Al bajito le di dos veces en el pecho.

Jefferson levantó las cejas:

—De eso ya me he dado cuenta.

—Mi socia se cargó al otro mientras iba a por mí con un naranjero.

Miró a su espalda, en dirección a Angie. Estaba sentada en una ambulancia situada enfrente de la mía y un enfermero le limpiaba con alcohol los rasguños de la cara, las piernas y el cuello mientras la interrogaba el compañero de Jefferson, el detective Lyle Vandemaker.

—Tío... —dijo Jefferson justo antes de emitir un silbido—. ¿Está como un tren y además es capaz de volarle la cabeza a un capullo a diez metros y bajo un diluvio? Se trata de una mujer muy especial.

—Doy fe de ello —le dije—. Lo es.

Se rascó la barbilla y se dio la razón a sí mismo:

—Le voy a explicar el problema que tengo, señor Kenzie. Consiste en discernir quiénes son los auténticos capullos. ¿Me explico? Usted dice que esos dos cadáveres de ahí son los capullos en cuestión. Y me encantaría creerle, de verdad. Coño, nada me haría más feliz que decir «pues vale» y darle la mano y dejarlo volver a su ciudad. Se lo prometo. Pero y si me estuviera, digamos, mintiendo y usted y su socia fueran los auténticos capullos, pues me sentiría muy tonto dejándoles irse así como así. Y como hasta el momento no disponemos de ningún testigo, pues resulta que lo único que hay es su palabra contra la de dos tíos que no pueden decir ni pío porque, bueno, usted les pegó unos tiros y la palmaron. ¿Ve por dónde voy?

—Apenas —declaré.

Al otro lado de la mediana del puente, el tráfico parecía más intenso que de costumbre a las tres de la mañana porque la policía había convertido los dos carriles en dirección sur en uno que iba en esa dirección y otro que iba hacia el norte. Cada coche que pasaba por ese lado del puente aminoraba convenientemente la velocidad para poder echar un vistazo al follón que se había armado en el otro lado.

En el carril de girar, un Jeep negro con dos brillantes tablas verdes de surf atadas al techo se había detenido por completo y sus luces parpadeaban. Reconocí al propietario como el tío que me había gritado no sé qué antes de que me cargara al Fardón.

Se trataba de un sujeto bronceado con el pelo largo y rubio y sin camisa. Estaba junto a la parte trasera del Jeep y mantenía lo que parecía una conversación de lo más caldeada con un par de polis. De vez en cuando, señalaba en mi dirección.

Su compañera, una joven tan delgada y tan rubia como él, se apoyaba en el capó del Jeep. Cuando me vio, me saludó efusivamente, como si fuéramos viejos amigos.

Le devolví el saludo con mucho menos entusiasmo, porque me parecía lo más educado que podía hacer. Acto seguido, devolví la vista a mi entorno más inmediato.

Nuestro lado del puente estaba bloqueado por el Lexus y el Celica, seis o siete coches de policía verdinegros, dos camiones de bomberos, tres ambulancias y una furgoneta negra con la leyenda INVESTIGACIONES MARÍTIMAS DEL CONDADO DE PINELLAS en letras amarillas. De la furgoneta habían salido cuatro submarinistas que se habían lanzado al río unos minutos antes y que ahora andaban por ahí abajo buscando a Jay.

Jefferson contempló el agujero que había dejado el coche de Jay tras la barrera. Bañado por las luces rojas del camión de bomberos, parecía una herida abierta.

—Me ha jodido bien el puente, ¿eh, señor Kenzie?

—No he sido yo —me defendí—. Han sido los dos capullos muertos de allí.

—Eso dice usted —entonó Jefferson—. Eso dice usted.

El enfermero utilizaba unas pinzas para extraerme de la cara guijarros y esquirlas. Al otro lado de la barricada se estaba formando una muchedumbre que soportaba la lluvia entre los fogonazos de los focos. Se habían venido de excursión al puente a las tres de la mañana para poder ver antes que nadie los resultados de un estallido de violencia. Supongo que la tele no les bastaba. Ni sus propias vidas. Nada les bastaba.

El enfermero me sacó de la frente un buen cacho de algo y la sangre brotó de inmediato, separándose en el puente de la nariz para dirigirse hacia mis ojos. Parpadeé varias veces mientras el hombre se hacía con una gasa. Y mientras movía los párpados y las luces de las sirenas me recordaban las de las discotecas, atisbé entre la masa un mechón de pelo y un segmento de piel.

Traté de enfocar entre el diluvio, atravesando las luces, y la vi de nuevo, sólo un instante, lo que me llevó a pensar que me había dado un golpe en la cabeza al caer del coche, pues lo que estaba viendo no era posible.

Aunque igual sí.

Durante un segundo, a través de la lluvia, de la luz y de la sangre que me impregnaba los ojos, crucé la mirada con Desirée Stone.

Y luego desapareció.

26

El puente unía dos condados. El de Manatee, al sur, constaba de Bradenton, Palmetto, Cayo Longboat y la isla Ana María. El condado de Pinellas, al norte, estaba compuesto por San Petersburgo, Playa de San Petersburgo, Gulfport y Pinellas Park. La policía de San Petersburgo había sido la primera en llegar al lugar de los hechos, al igual que los submarinistas y los bomberos, así que al cabo de ciertas discusiones con el departamento de policía de Bradenton, fuimos sacados del puente en dirección norte por los polis de St. Pete.

Mientras salíamos del puente —Angie metida en el asiento de atrás de un coche patrulla y yo en idéntico lugar de otro—, los cuatro submarinistas, vestidos de goma negra de la cabeza a los pies, sacaban el cuerpo de Jay de la bahía de Tampa y lo depositaban sobre la hierba de la orilla.

Eché un vistazo por la ventanilla al pasar. Dejaron el cadáver mojado sobre la hierba y pude ver que la piel de Jay había adoptado el tono blancuzco de la tripa de un pez. Tenía el pelo negro enganchado a la cara, los ojos totalmente cerrados y la frente contusionada.

Si no llega a ser por el golpe en la frente, dirías que sólo estaba durmiendo. Tenía un aspecto de lo más sereno y no aparentaba más de catorce años.

—Bueno —dijo Jefferson mientras volvía a la sala de interrogatorios—, tenemos malas noticias para usted, señor Kenzie.

Me dolía la cabeza de tal forma que era como si un grupo de *majorettes* se hubiera quedado a vivir en el interior de mi cráneo. La boca me sabía a rayos. No podía mover el brazo izquierdo ni aunque me lo permitieran las vendas. Y los cortes en la cara y en la cabeza se habían solidificado e hinchado.

—¿De qué van? —conseguí preguntar.

Jefferson dejó caer un archivador de papel en la mesa que nos separaba.

Se quitó la chaqueta y la colocó sobre el respaldo de la silla antes de ocuparla.

—Ese tal Graham Clifton... ¿Cómo le llamó antes, en el puente? ¿El Fardón?

Asentí.

Y el hombre sonrió:

—Me gusta ese alias. Pues bueno, el Fardón encajó tres balazos. Todos procedentes de su pistola, señor Kenzie. El primero le entró por la espalda y salió por la parte derecha del pecho.

Le interrumpí:

—Ya le dije que disparé al coche en movimiento y que creí que le había dado a algo.

—Y así fue —dijo Jefferson—. Luego le disparó otras dos veces mientras salía del coche, sí, sí. En cualquier caso, no son ésas las malas noticias. Las malas noticias consisten en que usted me dijo que el Fardón trabajaba para un tal Trevor Stone, de Marblehead, Massachussets, ¿no?

Asentí de nuevo y él se me quedó mirando y negó con la cabeza parsimoniosamente.

—Un momento —dije.

—El señor Clifton trabajaba para Industrias Bullock, una empresa consultora en investigación y desarrollo radicada en Buckhead.

—¿Buckhead? —pregunté.

Y él asintió:

—Atlanta. Georgia. Por lo que sabemos, el señor Clifton nunca puso los pies en Boston.

—Mentira —contraataqué.

—Me temo que no. He hablado con su casero, con su jefe de Atlanta y con sus vecinos.

—Sus vecinos... —comenté.

—Pues sí. Ya sabe lo que son los vecinos, ¿verdad? La gente que vive al lado de usted. Le ven cada día, le saludan... El caso es que hay un montón de vecinos de ese estilo en Buckhead que aseguran llevar diez años cruzándose a diario con el señor Clifton en Atlanta.

—¿Y el señor Cushing? —pregunté mientras mis *majorettes* incrementaban el ritmo de sus taconazos.

—También está empleado por Industrias Bullock. Y también vivía en Atlanta. De ahí la matrícula de Georgia en el Lexus. En cuanto a su señor Stone, la verdad es que se sorprendió mucho al recibir mi llamada. Parece que se trata de un hombre de negocios jubilado y enfermo terminal de cáncer que le contrató a usted para que encontrara a su hija. No tiene ni idea de qué cojones estaba usted haciendo en Florida. Dice que la última vez que hablaron fue hace cinco días. Y pensaba, francamente, que se había fugado de la ciudad con su dinero. Por lo que respecta a los señores Clifton y Cushing, el señor Stone asegura no haber oído hablar de ellos en la vida.

—Inspector Jefferson —dije—, ¿ha comprobado quién es el propietario de Industrias Bullock?

—¿Usted qué cree, señor Kenzie?

—Que sí.

Asintió y le echó un vistazo al expediente:

—Pues claro que lo he hecho. Los propietarios de Industrias Bullock son Moore y Wessner, Sociedad Limitada, una compañía británica.

—¿Y el propietario de esa compañía?

Jefferson consultó sus notas:

—Sir Alfred Llewyn, aristócrata inglés del que se supone que se trata con los Windsor, juega al billar con el príncipe Carlos y al póquer con la reina y todo lo que se le ocurra.

—Ni rastro de Trevor Stone —dije.

Y él negó con la cabeza:

—A no ser que también sea un aristócrata británico. No lo es, ¿verdad? No que usted sepa, ¿correcto?

—Y Jay Becker —dije—. ¿Qué le dijo el señor Stone al respecto?

—Lo mismo que de usted. Que el señor Becker se dio a la fuga con su dinero.

Cerré los ojos de esa cabeza que me ardía e intenté resistir los golpes de tambor de las *majorettes*. No lo logré.

—Inspector... —entoné.

—¿Sí?

—¿Usted qué cree que pasó en el puente esta noche?

Se arrellanó en el asiento:

—Me alegra que me lo pregunte, señor Kenzie, me alegra que me lo pregunte. —Se sacó del bolsillo de la camisa un paquete de chicles y me ofreció uno. Cuando negué con la cabeza, se encogió de hombros, desenvolvió un chicle, se lo metió en la boca y se tiró unos treinta segundos mascándolo—. Usted y su socia se las apañaron para encontrar a Jay Becker, pero no se lo dijeron a nadie. Decidieron robarle el dinero a Trevor Stone y salir de la ciudad, pero los doscientos mil dólares recibidos no les parecieron suficientes.

—Doscientos mil dólares —me sorprendí—. ¿Eso es lo que le ha dicho que nos había pagado?

Asintió:

—El caso es que encuentran a Jay Becker, pero él se huele algo y trata de alejarse de ustedes. Le persiguen por el Skyway y acaban liando en sus asuntos a una pareja de hombres de negocios inocentes. Llueve, está oscuro y todo acaba fatal. Los tres vehículos colisionan. El de Becker salta del puente. Eso da lo mismo, pero ahora hay que encargarse de los otros dos testigos. Así que se los cargan, les colocan unas pistolas y les vuelan la ventana de atrás para que parezca que dispararon desde el coche. Y aquí paz y después gloria.

—Usted no puede creerse eso —le dije.

—¿Por qué no?

—Porque es la teoría más idiota que jamás he oído. Y usted no es idiota.

—Vale, señor Kenzie, adúleme un poco más, por favor.

—Queremos el dinero de Jay Becker, ¿no?

—Los cien mil que encontramos en el maletero del Celica con sus huellas dactilares, exacto, ése es el dinero del que estoy hablando.

—Menos los cien mil que usamos para pagarle la fianza —dije—. ¿Y por qué íbamos a hacer algo así? ¿Para intercambiar cien de los grandes por otros cien?

Jefferson me observó con sus ojos de tiburón, pero no dijo nada.

—Si les endilgamos las armas a Cushing y a Clifton, ¿por qué tenía Clifton restos de pólvora en las manos? Porque los tenía, ¿verdad?

No hubo respuesta. Seguía mirándome, a la espera.

—Si sacamos a Jay Becker del puente, ¿cómo es que todos los daños a su vehículo se los causó el Lexus?

—Siga —dijo el inspector.

—¿Usted sabe lo que cobro por un caso de persona desaparecida?

Negó con la cabeza.

Se lo dije:

—Y eso es muchísimo menos de doscientos de los grandes, ¿no le parece?

—Me parece.

—¿Para qué iba Trevor Stone a repartir cuatrocientos mil dólares entre dos investigadores privados diferentes a la hora de buscar a su hija?

—Pura desesperación. El hombre se está muriendo. Quiere recuperar a su hija.

—¿Casi medio millón de dólares? Eso es mucho dinero.

Me señaló con la mano torcida y la palma hacia arriba.

—Por favor —dijo—. Prosiga.

—A la mierda —repuse.

Dejó caer al suelo las patas delanteras de la silla:

—¿Y eso a qué viene?

—Ya me ha oído. A la mierda todo y a la mierda usted. Su teoría es una puta mierda y los dos lo sabemos. Y también somos conscientes de que no se sostiene en un juicio. Cualquier jurado se la tomaría a chufla.

—¿Seguro?

—Seguro —lo miré y luego observé el espejo de dos direcciones que tenía a su espalda, para que sus superiores, o quien estuviera al otro lado, me vieran perfectamente—. Tiene usted tres cadáveres, un puente jodido y, supongo, unos titulares guapos. Y la única historia lógica que hay aquí es la que mi socia y yo llevamos explicándole durante las últimas doce horas. Pero no la puede corroborar. —Lo miré fijamente a los ojos—. O eso dice usted.

—¿Eso digo yo? ¿Qué insinúa, señor Kenzie? ¿Adónde quiere ir a parar?

—Había un tío al otro lado del puente. Parecía un surfista. Vi a unos polis que le interrogaban antes de que usted llegara. Ese tipo vio lo que sucedió. O una parte, al menos.

Jefferson sonrió. Amplia sonrisa. Llena de dientes.

—El caballero en cuestión —dijo mirando sus notas— ha sido detenido en siete ocasiones, acusado, entre otras cosas, de conducir bebido, de posesión de marihuana, de posesión de cocaína, de posesión de éxtasis, de posesión de...

—Lo que me está diciendo, inspector, es que el hombre posee cosas. Vale, ya lo he pillado. ¿Pero eso qué tiene que ver con lo que vio en el puente?

—¿Su mamá nunca le dijo que es de mala educación interrumpir a la gente?

Me apuntó con el dedo:

—El caballero en cuestión conducía con un permiso caducado, no pasó la prueba de alcoholemia y llevaba cannabis encima. Su testigo, señor Kenzie, si insiste en considerarlo como tal, estaba bajo la influencia de, por lo menos, dos sustancias alteradoras del estado mental. Fue detenido pocos minutos después de que abandonáramos el puente. —Se inclinó hacia adelante—. Así pues, cuénteme lo que sucedió en el puente.

Me incliné hacia adelante, internándome entre los dos rayos gemelos de su mirada severa. Y no fue fácil, francamente.

—Lo único que tiene es a mi socia y a mí con sendas pistolas humeantes, así como un testigo al que se niega a creer. Pero no nos deja ir. Porque no nos deja ir, ¿verdad, inspector?

—Veo que eso lo ha entendido perfectamente —ironizó—. Venga, cuénteme la historia otra vez.

—Ni hablar.

Se cruzó de brazos y sonrió:

—¿Ni hablar? ¿Acaba de decirme que ni hablar?

—Eso he dicho.

Se levantó, cogió la silla y, rodeando la mesa, la colocó al lado de la mía.

Se sentó y sus labios me rozaron la oreja mientras me susurraba:

—Usted es todo lo que tengo, Kenzie. ¿Lo pilla? Y siendo usted un cabronazo irlandés, blanco y chulángano, resulta que le odio desde el momento en que le vi por primera vez. Así pues, dígame qué piensa hacer.

—Quiero a mi abogado —le dije.

—No le he oído —susurró el inspector.

Lo ignoré y di un golpe sobre la mesa.

—Quiero a mi abogado —les grité a los que estaban al otro lado del espejo.

27

Mi abogado, Cheswick Hartman, tomó un avión en Boston una hora después de que yo le llamara por teléfono a las seis de la mañana.

Cuando llegó al cuartel general de la policía de San Petersburgo, sito en la parte norte de la Primera Avenida, a mediodía, todos se hicieron el sueco. Como el incidente del puente había tenido lugar en una tierra de nadie entre los condados de Pinellas y Manatee, lo desviaron a este último y al departamento de policía de Bradenton, haciendo como que no tenían ni idea de dónde podía encontrarnos.

En Bradenton le echaron un vistazo al traje de dos mil dólares de Cheswick, así como a su lujoso maletín, y se dedicaron a tocarle las narices un poco más. Para cuando el hombre consiguió volver a St. Pete, ya eran las tres. Hacía un calor tremendo y Cheswick estaba que trinaba.

Hay tres personas a las que nunca, pero nunca, desearía cabrear. Una de ellas es Bubba, por motivos evidentes. Otra es Devin Amronklin, un poli de homicidios de Boston. Y la tercera es Cheswick Hartman, quien, pese a su apariencia, puede ser mucho más peligroso que Bubba o Devin, pues atesora un arsenal mucho más sofisticado.

Se trata de uno de los abogados criminalistas más importantes del país, no sólo de Boston, y cobra por sus servicios algo así como ochocientos dólares por hora, lo cual no le impide estar muy solicitado. Tiene casas en Beacon Hill y en las playas de Carolina del

Norte, así como una residencia veraniega en Mallorca. También tiene una hermana, Elise, a la que hace unos años saqué de una situación peliaguda. Desde entonces, Cheswick no sólo no me cobra, sino que es capaz de recorrer tres mil kilómetros para echarme una mano.

Pero eso le jode la vida, así que cuando unos polis catetos con mala uva le hacen perder el tiempo, el maletín y la Montblanc se convierten, respectivamente, en un arma nuclear y un disparador.

A través de la sucia ventanilla de la sala de interrogatorios, podía ver el cuarto de los polis, protegido de miradas indiscretas por unas persianas no menos sucias. Veinte minutos después de que Jefferson me dejara solo, se produjo una conmoción cuando Cheswick atravesó los desperdigados escritorios con una legión de policías detrás.

Los polis le gritaban al abogado, se gritaban entre ellos y llamaban a gritos a Jefferson y a un tal teniente Grimes. Cuando Cheswick abrió de par en par la puerta de la sala de interrogatorios, Jefferson ya se había materializado.

Cheswick me echó un vistazo y dijo:

—Tráiganle agua a mi cliente. Ya.

Uno de los polis regresó a su cuartucho mientras Cheswick y el resto de la pasma entraba en mi celda. Cheswick se inclinó sobre mí y me miró a la cara.

—Esto es intolerable —miró por encima del hombro a un tipo canoso y sudoroso con galones de capitán en el uniforme—. Por lo menos tres de estos cortes faciales están infectados. Intuyo que puede tener roto el hombro, pero todo lo que veo es cuatro vendas.

—Bueno, verá... —le dijo al capitán.

—¿Cuánto tiempo llevas aquí? —me preguntó.

—Desde las tres y cuarenta y seis de la mañana —respondí.

Y él consultó su reloj de pulsera:

—Son las cuatro de la tarde —contempló al sudoroso capitán—. Su departamento es culpable de infringir los derechos civiles de mi cliente, y eso es un delito federal.

—Chorradas —dijo Jefferson.

Cheswick sacó un pañuelo del bolsillo superior de la chaqueta mientras colocaban sobre la mesa un vaso y una jarra con agua. Levantó la jarra y se volvió hacia el grupo. Derramó un poco de agua sobre el pañuelo, salpicándole los zapatos a Jefferson.

—¿Ha oído hablar de Rodney King, patrullero Jefferson?

—Inspector Jefferson —repuso éste mirándose los zapatos mojados.

—Dejará de serlo cuando acabe con usted. —Cheswick se volvió de nuevo hacia mí y me pasó el pañuelo por los cortes—. Vamos a dejar las cosas claras —le dijo al grupo—. Caballeros, la han cagado. No sé cómo hacen las cosas por aquí ni me importa, pero han mantenido a mi cliente en una celda sin ventilación durante más de doce horas, lo cual convierte cualquier cosa que haya podido decir en inadmisible ante un juez. Cualquier cosa.

—Hay ventilación —dijo un poli con cara de cabreo.

—Pues póngala en marcha —le espetó Cheswick.

El poli se medio dio la vuelta y se detuvo de pronto, repentinamente consciente de su propia estupidez. Cuando se giró, Cheswick le estaba sonriendo.

—O sea, que el aire acondicionado estaba apagado a propósito. En una habitación minúscula con una temperatura de treinta y tantos grados. Sigan así, caballeros, y se van a encontrar una demanda millonaria. De las que no dejan de crecer. —Apartó el pañuelo de mi rostro y me ofreció un vaso de agua—. ¿Alguna otra queja, Patrick?

Trasegué todo el contenido del vaso en cosa de tres segundos:

—Han sido un poco maleducados conmigo.

Me sonrió de manera tensa y me dio un golpe en el hombro que me hizo un daño tremendo.

—Déjame hablar a mí —dijo.

Jefferson se acercó a Cheswick:

—Su cliente le pegó tres tiros a un tío. Su socia le voló la garganta a otro. Un tercer individuo saltó del puente dentro de su coche y murió al caer a la bahía de Tampa.

—Ya lo sé —dijo Cheswick—. He visto la cinta.

—¿La cinta? —se sorprendió Jefferson.

—¿La cinta? —repitió el sudoroso capitán.

—¿La cinta? —añadí yo.

Cheswick echó mano al maletín, sacó una cinta de vídeo y la arrojó sobre la mesa.

—Esto es una copia —informó—. La original está en el despacho de Meegan, Feibel y Ellenburg en Clearwater. La cinta les llegó por mensajería esta mañana a las nueve.

Jefferson cogió la cinta mientras le caía una gota de sudor por la frente.

—Sírvanse ustedes mismos —dijo Cheswick—. Fue grabada por alguien que iba por el Skyway en dirección sur a la hora del incidente.

—¿Quién? —preguntó Jefferson.

—Una mujer llamada Elizabeth Waterman. Creo que detuvieron a su novio, un tal Peter Moore, anoche en el puente, por conducir bebido y unas cuantas cosas más. Creo que el hombre les hizo una declaración que corroboraba los acontecimientos registrados en la cinta, declaración que ustedes no tuvieron en cuenta porque no pasó la prueba de alcoholemia.

—Eso es una memez —dijo Jefferson.

Se puso a esperar el apoyo de sus colegas y, al no encontrarlo, apretó la cinta con tal fuerza que pensé que se la cargaría.

—La imagen está un poco borrosa a causa de la lluvia y de los nervios de la camarógrafa —dijo Cheswick—, pero se aprecia la mayor parte del incidente.

—Tienes que estar de broma —le dije riendo.

—¿Soy el más grande o no soy el más grande? —contraatacó Cheswick.

28

Nos soltaron a las nueve de la noche.

En el ínterin, un médico me examinó en el hospital Bayshore mientras un par de patrulleros se mantenían a una distancia de diez metros. Me limpió las heridas y me puso un antiséptico para prevenir posibles infecciones. La radiografía reveló una clara fractura en el hombro, pero no una rotura total. Me puso vendas nuevas, me colocó un cabestrillo y me recomendó que no jugara al fútbol durante los próximos tres meses.

Cuando le pregunté por la combinación de la escápula rajada y las heridas de la mano izquierda obtenidas el año pasado en mi pelea con Gerry Glynn, se me quedó mirando la mano en cuestión:

—¿Dormida?

—Por completo —reconocí.

—Se han dañado los nervios.

—Pues sí —le aseguré.

Asintió:

—En cualquier caso, no habrá que amputar el brazo.

—Me alegra oírlo.

Me miró a través de sus gélidas gafitas:

—Está usted acortando sus años de vida, señor Kenzie.

—Empiezo a darme cuenta.

—¿Piensa tener hijos algún día?

—Igual sí —dije.

—Pues empiece ya —me aconsejó—. A este paso no llegará a ver cómo terminan la universidad.

Mientras descendíamos los peldaños de la comisaría, Cheswick me dijo:

—Esta vez te has liado con el tipo equivocado.

—No me digas —intervino Angie.

—No sólo no hay la menor prueba de que Cushing o Clifton trabajasen para él, sino que... ¿te acuerdas del vuelo que me dijiste que tomaste? El único avión privado que despegó del aeropuerto de Logan por la mañana y el mediodía del día en cuestión era un Cessna, no un Gulfstream, e iba en dirección a Dayton, Ohio.

—¿Cómo puedes hacer callar a todo un aeropuerto? —inquirió Angie.

—Y no cualquier aeropuerto —precisó Cheswick—. Logan cuenta con el sistema de seguridad más admirado del país. Pero Trevor Stone tiene el poder suficiente como para saltárselo.

—Mierda —dije.

Nos detuvimos junto a la limusina que Cheswick había alquilado. El chofer abrió la puerta, pero Cheswick hizo un gesto negativo con la cabeza y se volvió hacia nosotros.

—¿Regresáis conmigo?

Negué con la cabeza, lamentándolo al instante: las *majorettes* seguían ensayando ahí arriba.

—Tenemos algunos cabos sueltos que hay que atar —dijo Angie—. Y también tenemos que pensar qué hacemos con Trevor antes de volver.

—¿Queréis un consejo? —Cheswick lanzó el maletín a la parte de atrás de la limusina.

—Por supuesto.

—Manteneos alejados de él. Quedaos aquí hasta que muera. Puede que os deje en paz.

—No podemos —dijo Angie.

—Lo suponía —suspiró Cheswick—. Una vez oí una historia sobre Trevor Stone. Sólo era un rumor. Un cotilleo. En cualquier caso, parece que había un sindicalista causando problemas en El Salvador, a principios de los setenta, amenazando los intereses de Stone en sus empresas importadoras de plátanos, piñas y café. El caso es que Trevor, según la leyenda, hizo unas cuantas llamadas. Y un buen día, los trabajadores de una de sus plantas cafeteras están moliendo grano y se encuentran un pie. Y luego un brazo. Y luego una cabeza.

—El sindicalista —resumió Angie.

—No —la corrigió Cheswick—. La hija de seis años del sindicalista.

—Dios mío —dije.

Cheswick tamborileó en el techo del coche, de manera ausente, y echó un vistazo a la calle amarillenta:

—Al sindicalista y a su mujer no los encontraron nunca. Se convirtieron en parte de los «desaparecidos» de por allá. Y nunca nadie volvió a plantear una huelga en las plantaciones de Trevor Stone.

Nos estrechamos la mano y el abogado entró en la limusina.

—Una última cosa —dijo antes de que el chofer cerrara la puerta.

Nos inclinamos hacia él.

—Alguien entró en el despacho de Hamlyn y Kohl anteanoche. Robaron todo el material de oficina. Se supone que se puede sacar mucho dinero de las máquinas de fax y de las fotocopiadoras.

—Se supone —dijo Angie.

—Más les vale a los ladrones, porque tuvieron que cargarse a Everett Hamlyn para hacerse con el botín.

Nos quedamos en silencio mientras se cerraba la puerta de la limusina y ésta enfilaba la calle, giraba a la derecha y se dirigía hacia la autopista.

Angie me estrechó la mano.

—Lo siento —susurró—. Por Everett. Por Jay.

Parpadeé como si me hubiera entrado algo en el ojo.

Angie me apretó la mano con más fuerza.

Miré hacia el cielo: ese tono azul oscuro se me antojaba artificial. Y había algo más en lo que ya me había fijado: este estado —tan bonito, alegre y colorista— parecía falso en comparación con las mucho más feas zonas del norte.

Hay algo horrible en la perfección.

—Eran buena gente —dijo Angie en voz baja.

Asentí:

—Eran estupendos.

29

Echamos a andar hacia la avenida Central, en dirección a una parada de taxis de la que nos había hablado a regañadientes el agente de guardia.

—Cheswick dijo que nos van a acusar de portar armas, de dispararlas dentro de los límites de la ciudad y de chorradas así.

—Nada especialmente grave —comentó Angie.

—Puede que no.

Llegamos a la parada de taxis, pero estaba vacía. La avenida Central, o por lo menos la parte en la que estábamos, no parecía un lugar muy recomendable. Tres borrachos se las tenían por una botella o una pipa en el aparcamiento repleto de basura de una tienda de licores destrozada. Al otro lado de la calle, varios adolescentes con muy mala pinta atisbaban víctimas potenciales desde un banco situado frente a un Burger King y se pasaban un porro mientras le echaban un vistazo a Angie. Yo estaba convencido de que las vendas y el cabestrillo me otorgaban un aspecto de lo más vulnerable, pero cuando me miraron con más atención, contemplé a uno de ellos fijamente hasta que apartó la vista y se concentró en otra cosa.

La parada de taxis no era más que un apoyadero de plexiglás contra el que nos colocamos unos instantes.

—Tienes un aspecto horrible —me informó Angie.

Enarqué una ceja ante sus cortes faciales, el moratón de debajo del ojo derecho y el chichón de la frente:

—Y sin embargo, tú...

Me dedicó una sonrisa irónica y nos quedamos en silencio cosa de un minuto, apoyados en la mampara.

—Patrick...

—¿Sí? —dije con los ojos cerrados.

—Cuando salí de la ambulancia, en el puente, y me llevaron al coche, yo... bueno...

Abrí los ojos y me la quedé mirando:

—¿Tú qué?

—Creo que vi algo extraño. Y no quiero que te rías.

—Viste a Desirée Stone.

Se apartó de la mampara y me atizó en el abdomen con el dorso de la mano:

—¡No me jodas! ¿Tú también la viste?

Me acaricié el estómago:

—Yo también la vi.

—¿Crees que se trataba de un fantasma?

—No era ningún fantasma —le aseguré.

Nuestras habitaciones de hotel habían sido puestas patas arriba mientras estábamos fuera. Al principio pensé que habrían sido los hombres de Trevor, puede que Cushing y el Fardón antes de salir tras nosotros, pero entonces encontré una tarjeta de visita sobre mi almohada.

INSPECTOR CARNELL JEFFERSON, ponía.

Volví a plegar la ropa y la coloqué de nuevo en el maletín. Luego empujé la cama contra la pared y cerré todos los cajones.

—Estoy empezando a detestar esta ciudad —dijo Angie.

Llevaba dos botellas de cerveza Dos Equis, que sacamos al balcón, dejando abiertas las puertas de cristal. Si Trevor había colocado micrófonos en la habitación, poco podían hacer por empeorar el concepto que tenía de nosotros: nada de lo que dijéramos iba a hacerle cambiar de opinión a la hora de tratarnos como había tratado a Jay y a Everett Hamlyn y como pensaba tratar a su hija, que se resistía de manera asaz grosera a pasar a mejor vida. Y si eran los polis quienes habían colocado los micros, tampoco teníamos nada que perder, pues nada podíamos añadir a lo dicho en la comisaría.

—¿Por qué tendrá tanto interés Trevor en deshacerse de su hija? —observó Angie.

—¿Y cómo se las apaña para seguir viva?

—Vayamos pasito a paso.

—De acuerdo —apoyé los tobillos en la baranda y le di un trago a la cerveza—. Trevor quiere ver muerta a su hija porque ésta consiguió averiguar que fue él quien mató a Lisardo.

—¿Y para qué querría matar a Lisardo?

Me la quedé mirando:

—Porque...

—¿Sí? —mi socia encendió un pitillo.

—No tengo la menor idea —le pegué una calada al cigarrillo de Angie para controlar la adrenalina que me corría por la sangre desde que empecé a disparar veinte horas antes.

Angie recuperó el cigarrillo y se lo quedó mirando:

—Y aunque él se cargara a Lisardo y ella lo descubriera... ¿Para qué matarla? No llegaría vivo al juicio y sus abogados lo mantendrían en libertad hasta entonces. ¿Para qué tanto esfuerzo?

—Cierto.

—Y todo ese asunto de la muerte...

—¿Qué?

—La mayoría de la gente que sabe que va a morir trata de hacer las paces... Con Dios, con la familia, con el mundo en general.

—Trevor no.

—Exactamente. Si de verdad se está muriendo, el odio que siente hacia Desirée tiene que ser tan profundo que no hay forma humana de entenderlo.

—Si *de verdad* se está muriendo —dije.

Angie asintió y apagó el cigarrillo:

—Pensemos un segundo en ello. ¿Estamos seguros de que está en las últimas?

—Basta con echarle un vistazo.

Abrió la boca como para llevarme la contraria, pero la volvió a cerrar y bajó la cabeza hasta las rodillas un instante. Cuando la levantó, se echó el pelo hacia atrás y se reclinó en el asiento.

—Tienes razón —dijo—. Ha sido una idea tonta. Es evidente que ese tío está con un pie en la tumba.

—Entonces —dije—, volvamos a la casilla número uno. ¿Qué es lo que hace que un tipo odie a alguien, alguien de su carne y de su sangre, de tal manera que sea capaz de dedicar sus últimos días a darle caza?

—Jay habló de un posible incesto —apuntó Angie.

—Vale. Papaíto quiere en exceso a su hijita. Mantienen una relación conyugal y alguien se mete de por medio.

—Anthony Lisardo. Ahí lo tenemos de nuevo.

Asentí:

—Y papaíto hace que se lo cepillen.

—Para colmo, poco después de que muera la madre. Conclusión: Desirée se deprime y conoce a Price, quien manipula su dolor y consigue que se apunte al robo de los dos millones.

Giré la cabeza para mirar a mi socia:

—¿Por qué?

—¿Por qué qué?

—¿Por qué iba Price a reclutarla? No digo que no le gustase tenerla al lado un ratito, ¿pero para qué incluirla en su plan?

Se dio unos golpecitos en el muslo con la botella de cerveza.

—Tienes razón. No lo haría —alzó la botella y echó un trago—. Estoy hecha un lío.

Nos quedamos ahí sentados, en silencio, dándole vueltas al asunto mientras la luna perlaba la bahía de Tampa y los dedos rosados del purpúreo cielo palidecían y acababan por desaparecer. Fui a por otro par de cervezas y regresé a la terraza.

—Lo negro es blanco —dije.

—¿Cómo?

—Tú lo dijiste. Lo negro es blanco. En este caso, lo de arriba está abajo.

—Cierto. Muy cierto.

—¿Has visto *Rashomon*?

—Parece una película sobre un tío con pie de atleta.

Le lancé una mirada de lo más severa.

—Lo siento —se disculpó—. No, Patrick, nunca he visto *Rasho-yo-qué-sé*.

—Es una película japonesa —le informé—. En ella te cuentan la misma historia desde cuatro puntos de vista.

—¿Por qué?

—Bueno, la cosa va de un juicio por violación y asesinato. Y las cuatro personas que estaban allí aportan cuatro versiones totalmente distintas de lo sucedido. Tú asistes a cada versión y tienes que averiguar quién está diciendo la verdad.

—Creo que había un episodio de *Star Trek* que iba en ese plan.

—Tienes que quitarte de *Star Trek* —le dije.

—Oye, que es más fácil de pronunciar que *Rashastán*.

—*Rashomon*. —Me rasqué la nariz con el índice y el pulgar y cerré los ojos—. Lo que quiero decir...

—¿Sí?

—Es que puede que hayamos malinterpretado la situación —dije—. Puede que desde un principio diéramos por buenas cosas que no lo son.

—¿Cómo considerar a Trevor un buen tío en vez de un majareta incestuoso con tendencias homicidas?

—Por ejemplo.

—¿Y qué más hemos dado por bueno que tal vez no lo sea?

—Desirée —dije.

—¿Qué pasa con ella?

—Ella en general —me incliné hacia adelante, con los codos

apoyados en las rodillas, y miré a través de los barrotes de la barandilla hacia la bahía, hacia los tres puentes que cortaban sus plácidas aguas, cada uno de ellos fracturando y distorsionando la luz de la luna—. ¿Qué sabemos de Desirée?

—Que es preciosa.

—Cierto. ¿Y cómo lo sabemos?

—Ay, Señor —se defendió Angie—. ¿Ya estás otra vez haciendo el jesuita?

—Tú sígueme la corriente. ¿Cómo sabemos que Desirée es preciosa?

—Por sus fotos. Por haberla atisbado anoche en el puente.

—Cierto. Se trata de nuestro conocimiento, de algo visto por nuestros propios ojos, basado en *nuestra* experiencia personal, el contacto con el sujeto en cuestión y con ese aspecto en concreto. Eso es todo.

—¿Puedes explicarte mejor?

—Es una mujer muy guapa. Eso es todo lo que sabemos de ella porque es lo único de lo que podemos dar fe. Todo lo demás a su respecto lo conocemos de oídas. Su padre nos cuenta una cosa, pero piensa otra. ¿No es así?

—Sí.

—¿Y lo que nos dijo al principio es cierto o no?

—¿Te refieres a lo de la depresión?

—A todo en general. El Siniestro dice que se trata de una criatura bella y maravillosa. Pero el Siniestro trabaja para Trevor y no nos podemos fiar de él.

A Angie se le empezaban a iluminar los ojos. Se incorporó un poco en el asiento.

—Y Jay... Es evidente que Jay se equivocó cuando nos dijo que estaba muerta.

—Exactamente.

—Con lo que todas sus percepciones sobre ella podían estar equivocadas.

—O tamizadas por el amor o la excitación.

—Oye —me dijo Angie.

—¿Qué?

—Si Desirée no murió, ¿quién era la de la sudadera de Jay y el disparo en la cara?

Cogí el teléfono de la habitación, lo saqué al balcón y llamé a Devin Amronklin.

—¿Conoces a algún poli en Clearwater? —le pregunté.

—A lo mejor conozco a alguien que conoce a alguno.

—¿Puedes averiguar si han identificado a una muerta por herida de bala que fue encontrada en el hotel Ambassador hace cuatro días?

—Dame tu número.

Se lo di. Angie y yo giramos los asientos para poder mirarnos a la cara.

—Supongamos que Desirée no es esa muchacha adorable —dije.

—Supongamos algo mucho peor —dijo Angie—. Supongamos que ha salido a su padre y que de tal palo tal astilla. ¿Y si fue ella la que convenció a Price para lo del robo?

—¿Pero cómo supo que el dinero iba a estar allí?

—No lo sé. Ya nos ocuparemos luego de eso. Digamos que recluta a Price para el robo...

—Pero al cabo de un rato, Price se dice: esta tía es más mala que la tiña y se me quitará de encima a la primera oportunidad. Y decide adelantársele.

—Se lleva el dinero, pero ella quiere recuperarlo.

—Pero no sabe dónde lo ha escondido él.

—Y entonces aparece Jay.

—Un tipo ideal para pisarle los talones a Price —dije.

—Entonces Desirée descubre dónde está el dinero. Pero tiene un problema. Si se limita a robarlo, no sólo tendrá detrás a su padre, sino también a Price y a Jay.

—O sea, que tiene que morirse —resumí.

—Sabiendo que Jay la vengará de Price.

—Acabando en la cárcel por ello, probablemente.

—¿Se puede ser tan retorcido? —preguntó Angie.

Me encogí de hombros:

—¿Por qué no?

—Vale, pongamos que está muerta —dijo Angie—. Y Price también. Y Jay. Así pues, ¿para qué deja que la veamos?

No tenía una respuesta para eso.

Y Angie tampoco.

Pero Desirée sí.

Apareció en la terraza empuñando una pistola y nos dijo:

—Porque necesito su ayuda.

30

—Bonita pistola —dije—. ¿La escogió porque hace juego con la ropa o fue al revés?

Desirée salió a la terraza. El arma le temblaba ligeramente y apuntaba a un espacio indeterminado entre la nariz de Angie y mi boca.

—Miren —dijo, por si no se han dado cuenta, estoy nerviosa y no sé en quién confiar. Necesito su ayuda, pero no acabo de fiarme de ustedes.

—Veo que ha salido a su padre —dijo Angie.

Le di un golpecito en la rodilla:

—Eso mismo iba a decir yo.

—¿De qué hablan? —preguntó Desirée.

Angie tomó un trago de cerveza y se quedó mirando a la intrusa.

—Su padre, señorita Stone, nos secuestró para hablar con nosotros. Y ahora usted nos apunta con un arma, yo diría que con el mismo motivo.

—Lo siento, pero...

—No nos gustan las armas —entoné—. El Fardón se lo podría decir si estuviese vivo.

—¿Quién? —se acercaba de manera insegura a mi silla.

—Graham Clifton —le explicó Angie—. Le llamábamos el Fardón.

—¿Por qué?

—¿Por qué no? —giré la cabeza mientras ella se deslizaba junto a la barandilla hasta quedarse a un par de metros de nuestras sillas, todo ello sin dejar de apuntar al espacio que me separaba de Angie.

La verdad es que era guapísima. Yo he salido con algunas mujeres hermosas, mujeres que basaban su valor en la perfección externa porque sabían que ése era el modo en que las juzgaba el mundo. Discretas o exuberantes, altas o bajas, mujeres extremadamente atractivas junto a las cuales los hombres se olvidan de cómo se habla.

Pero ninguna de ellas le llegaba a la suela del zapato a Desirée. Su perfección física era palpable. La piel parecía haber sido dibujada sobre unos huesos tan delicados como pronunciados. Los pechos, sin sujetador que los constriñera, pugnaban con el fino material del vestido a cada respiración. Y el propio vestido, una sencilla pieza de algodón sin forma alguna y diseñada para la comodidad, no podía hacer gran cosa para ocultar el plano abdomen o la grácil musculatura de los muslos.

Sus ojos de jade brillaban el doble de lo normal, o eso parecía, pues les afectaba el nerviosismo de su propietaria y el resplandor del crepúsculo en la piel que los rodeaba.

Desirée se daba perfecta cuenta de ello. Durante toda la conversación, sus miradas hacia Angie eran de ida y vuelta, pero cuando hablaba conmigo me clavaba los ojos hasta el fondo de los míos.

—Señorita Stone —le dije—, aparte esa pistola.

—No puedo. No... Quiero decir... No estoy segura...

—Apártela o dispárenos —le dijo Angie—. Tiene cinco segundos.

—Yo...

—Uno —dijo Angie.

Y a Desirée se le desorbitaron los ojos:

—Yo sólo quiero estar segura de...

—Dos.

Se me quedó mirando, pero no le di nada a cambio.

—Tres.

—Miren...

—Cuatro —Angie movió la silla a la derecha y el metal chirrió contra el cemento.

—Quédese ahí —le dijo Desirée mientras apuntaba a mi socia con el arma.

—Cinco —dijo Angie poniéndose de pie.

Desirée seguía apuntándola con el arma temblorosa, pero me acerqué a ella y le di un golpe en la mano.

La pistola rebotó contra la barandilla y la pillé en el aire antes de que recorriera los seis pisos que la separaban del jardín. Menos mal, porque ahí abajo había un par de críos no muy mayores jugando.

Mira lo que he encontrado, mamá. Bang.

Desirée hundió el rostro entre las manos y Angie se me quedó mirando.

Me encogí de hombros. La pistola era una Ruger del 22, automática y de acero inoxidable. Me pareció que pesaba poco, pero las armas son muy engañosas: no hay pistolas ligeras.

Desirée había dejado el seguro puesto. Le saqué el peine con la munición y me lo guardé en el bolsillo derecho, colocando el arma en el izquierdo.

Levantó la cabeza. Tenía los ojos enrojecidos.

—No puedo seguir con esto.

—¿Con qué? —preguntó Angie mientras sacaba otra silla—. Siéntese.

Desirée obedeció:

—Con todo esto. Pistolas, muertos... Dios mío, no puedo más.

—¿Desvalijó usted a la Iglesia de la Verdad Revelada?

Asintió.

—Fue idea suya —dijo Angie— No de Price.

Nuevo asentimiento, aunque a medias:

—La idea era suya. Pero yo le animé a llevarla a cabo cuando me la contó.

—¿Por qué?

—¿Por qué? —repuso la chica mientras le caían dos lagrimones por la cara y le aterrizaban en las rodillas, justo donde acababa el vestido—. ¿Por qué? Tiene usted que... —tragó aire por la boca y miró al cielo mientras se secaba los ojos—. Mi padre mató a mi madre.

Eso no lo vi venir. Miré a Angie: ella tampoco.

—¿En el accidente de coche en el que casi muere él? —preguntó Angie—. ¿Lo dice en serio?

Desirée asintió varias veces.

—A ver si lo entiendo —dije—. Su padre organiza un asalto falso. ¿Es eso lo que me está diciendo?

—Sí.

—¿Y les paga a esos tipos para que le disparen tres veces?

—Eso no formaba parte del plan.

—Ya lo suponemos —dijo Angie.

Desirée la miró y parpadeó. Luego me miró a mí con los ojos bien abiertos:

—Ya les había pagado. Cuando todo salió mal y el coche volcó —eso no estaba previsto—, se asustaron y le dispararon después de matar a mi madre.

—Mentira —sentenció Angie.

Desirée abrió los ojos aún más, giró la cabeza hasta un punto neutro entre nosotros dos y miró al suelo un instante.

—Desirée —le dije—. La historia que nos está contando tiene más agujeros que un queso Gruyere.

—Por ejemplo —dijo Angie—, cuando detuvieron a esos tíos, ¿por qué no se lo explicaron todo a la policía?

—Porque no sabían que era mi padre quien les había contratado —repuso la muchacha—. Un buen día, alguien se pone en contacto con alguien y le pide que mate a una mujer. Su marido estará con ella, dice ese alguien, pero no es un objetivo. Sólo ella.

Le dimos vueltas a esto durante cosa de un minuto.

Desirée nos miró y añadió:

—Las órdenes seguían una línea de mando. Para cuando llegaron a los asesinos, éstos no tenían ni idea de dónde procedían.

—¿Pero para qué dispararle a su padre?

—Sólo puedo decirles lo que ya les he dicho, que se asustaron. ¿Leyeron algo del caso?

—No —reconocí.

—Pues si lo hubiera hecho, habría visto que los tres asesinos no eran precisamente ingenieros nucleares. Eran unos chavales simplones a los que no se contrató por su cerebro. Los contrataron porque eran capaces de matar a alguien sin que eso les quitara el sueño.

Volví a mirar a Angie. La teoría parecía sacada de la manga y no resultaba del todo verosímil, pero no dejaba de tener cierta lógica, aunque ésta fuera de lo más peculiar.

—¿Por qué quería su padre matar a su madre?

—Ella quería divorciarse de él. Y quedarse con la mitad de su fortuna. Si mi padre la llevaba a juicio, ella explicaría su vida en común hasta el más sórdido de los detalles: cómo fue vendida por sus padres, cómo su marido abusó de mí a los catorce años y siguió acosándome después, más otros muchos secretos que sabía de él —se miró las manos y les dio la vuelta varias veces—. La otra opción de mi padre era matarla. Y ésa era una opción que ya había puesto en práctica antes con otra gente.

—Y ahora quiere matarla a usted porque lo sabe todo —resumió Angie.

—Sí —dijo Desirée de un modo que sonó como un zumbido.

—¿Y usted cómo se enteró? —pregunté.

—Después de la muerte de mi madre, cuando mi padre volvió del hospital, le oí hablar con Julian y Graham. Estaba que trinaba porque los tres asesinos habían sido detenidos por la policía en vez de ser quitados de en medio. Lo mejor que les pudo pasar a esos tres chavales fue ser detenidos con las manos en la masa y confesar. De otro modo, mi padre habría contratado a un abogado de primera para que los liberara, o habría sobornado a un par de jueces, y cuando ellos estuvieran en la calle, los habría torturado y asesinado. —Se mordió un labio—. Mi padre es el hombre más peligroso del mundo.

—Eso mismo empezamos a pensar nosotros —apunté.

—¿A quién se cargaron en el hotel Ambassador? —preguntó Angie.

—No quiero hablar de eso —Desirée negó con la cabeza. Acto seguido, se llevó las rodillas al mentón, colocó los pies en el extremo de la silla y se abrazó a las piernas.

—Va a tener que hacerlo —le dijo Angie.

—Oh, Dios... —apoyó la mejilla en las rodillas por un instante, con los ojos cerrados.

Al cabo de un minuto le dije:

—Intentémoslo de otra manera. ¿Qué le hizo ir al hotel? ¿Por qué pensó de repente que sabía dónde estaba el dinero?

—Fue por algo que dijo Jay —seguía con los ojos cerrados y su voz era un susurro.

—¿Y qué dijo Jay?

—Dijo que la habitación de Price estaba llena de cubos de agua.

—Agua.

Levantó la cabeza:

—Cubos de hielo, medio llenos de hielo fundido. Y recordé lo mismo en uno de los moteles por los que habíamos pasado de camino hacia aquí. Price y yo. Él no paraba de hacer viajes a la máquina de hielo. Un poquito cada vez, nunca llenaba el cubo. Decía que le gustaba que el hielo de sus bebidas estuviese lo más frío posible. Recién sacado de la máquina. Y decía que el hielo de la parte de arriba es el mejor porque los hoteles nunca cambian el hielo y el agua sucios del fondo de la máquina. Que se dedican a ir echando hielo encima y ya está. Recuerdo que todo eso me pareció una trola, pero no sabía muy bien por qué, y en ese momento estaba demasiado agotada como para preocuparme por ello. Y también empezaba a estar asustada de él. Me quitó el dinero la segunda noche de camino y no me dijo dónde lo había puesto. En cualquier caso, cuando Jay comentó lo de los cubos, empecé a pensar en Price en Carolina del Sur. —Me miró con sus relucientes ojos de jade—. Estaba debajo del hielo.

—¿El dinero? —preguntó Angie.

Y ella asintió:

—En una bolsa de basura, aplastada bajo el hielo en la máquina del quinto piso, justo a la salida de su habitación.

—Ingenioso —reconocí.

—Pero difícil de alcanzar —precisó Desirée—. Tienes que mover todo ese hielo, metiendo los brazos por la puertecita de la máquina. Así es cómo me pilló Price cuando regresó de casa de sus amigos.

—¿Estaba solo?

Negó con la cabeza:

—Iba con una chica. Parecía una prostituta. Yo ya la había visto antes con él.

—¿De la misma estatura que usted? ¿Misma envergadura, mismo color de pelo? —me interesé.

Desirée asintió:

—Era dos o tres centímetros más baja, pero eso sólo se podría apreciar si se nos viera juntas. Creo que era cubana y no se parecía en nada a mí, pero... —se encogió de hombros.

—Siga —la urgió Angie.

—Me llevaron a la habitación. Price estaba colocado de algo. Errático, paranoico y cabreado. Me... —Se dio la vuelta en la silla, miró hacia el agua y su voz se convirtió de nuevo en un susurro—. Me hicieron cosas.

—¿Los dos?

Mantuvo la mirada fija en el agua:

—¿A usted qué le parece? —Su voz temblaba de ira—. Después, la mujer se puso mi ropa. Como para burlarse de mí, ¿no? Me envolvieron en un albornoz y me llevaron a la zona de College Hill, en Tampa. ¿La conocen?

Dijimos que no con la cabeza.

—Es como el sur del Bronx en versión Tampa. Me arrancaron el albornoz, me tiraron del coche y se largaron de allí riendo. —Se llevó una mano temblorosa a los labios—. Yo... conseguí regresar. Robé ropa tendida de una cuerda e hice autoestop para llegar al Ambassador, pero había policías por todas partes. Y en la habitación de Price había un cadáver con la sudadera que me había dado Jay.

—¿Por qué la mató Price? —pregunté.

Desirée se encogió de hombros. Volvía a tener los ojos enrojecidos y llorosos:

—Supongo que porque ella le preguntó qué estaba haciendo yo en la máquina de hielo. La mujer ató cabos y Price dejó de confiar en ella. Pero no estoy segura de nada. Era un tío muy retorcido.

—¿Por qué no se puso en contacto con Jay? —inquirí.

—Se había ido. Detrás de Price. Me quedé en la cabaña que teníamos en la playa y lo estuve esperando hasta que me enteré de que estaba en la cárcel, y entonces lo traicioné. —Le tembló la mandíbula y empezó a llorar de manera torrencial.

—¿Lo traicionó? —pregunté—. ¿Cómo?

—No fui a la cárcel. Pensé que la gente, probablemente, me había visto con Price, puede incluso que con la chica muerta. ¿De qué serviría ir a ver a Jay a la cárcel? Lo único que conseguiría es implicarme. Me zumbé. Se me fue la olla durante un día o dos. Hasta que me dije, a la mierda, voy a sacarlo de allí, le pediré que me diga dónde está el dinero para poder pagar la fianza.

—¿Pero?

—Pero ya se había ido con ustedes para entonces. Y cuando conseguí alcanzarles... —Sacó un paquete de Dunhill del bolso, encendió uno con un fino mechero de oro, se llevó el humo al fondo de los pulmones y exhaló con la cabeza apuntando al cielo—. Para cuando les alcancé, Jay, el señor Cushing y Graham Clifton estaban muertos. Y lo único que yo podía hacer era quedarme por allí mirando. —Meneó la cabeza con amargura—. Como una pobre imbécil descerebrada.

—Aunque nos hubiera pillado a tiempo —le dijo Angie—, tampoco podría haber hecho nada para cambiar las cosas.

—Bueno, eso nunca lo sabremos, ¿verdad? —repuso la muchacha con una sonrisa triste.

Angie le correspondió con otra sonrisa igual de triste:

—No, supongo que no.

No tenía dinero ni ningún sitio al que ir. Lo que hubiera hecho Price con los dos millones después de matar a la otra mujer y salir pitando del Ambassador era un secreto que se había llevado a la tumba.

Nuestro interrogatorio parecía haber agotado a Desirée, así que Angie le cedió su suite para pasar la noche.

—Una siestecita y estaré mejor —dijo Desirée.

Pero cuando atravesamos la suite de Angie cinco minutos después, estaba tumbada boca abajo, sobre las mantas, con la ropa puesta y más dormida que un tronco.

Volvimos a mi habitación, cerramos la puerta y sonó el teléfono. Era Devin.

—¿Aún queréis saber cómo se llamaba la muerta?

—Pues sí.

—Liliana Carmen Ríos. Una profesional. Última dirección conocida: calle Diecisiete Norte, 112, San Petersburgo.

—¿Antecedentes? —pregunté.

—Diez o doce detenciones por prostitución. Lo único bueno del asunto es que no creo que vuelvan a entrullarla.

—No sé... —dijo Angie mientras estábamos en el baño con la ducha en marcha: si la habitación tenía micros, había que volver a preocuparse de lo que decíamos.

—¿Qué es lo que no sabes? —pregunté mientras empezaba a salir vapor de la bañera.

Se apoyó en el lavabo:

—Esa mujer... Quiero decir, todo lo que nos ha contado tenía un punto algo fantástico, ¿no crees?

Asentí:

—Pero no más que casi todo lo que hemos oído de este caso.

—Eso es lo que me inquieta. Historia tras historia, capa tras capa, desde que esto empezó todo es mentira, total o parcialmente. ¿Y para qué nos necesita?

—¿Protección?

Suspiró:

—No lo sé. ¿Tú confías en ella?

—No.

—¿Por qué no?

—Porque no confío en nadie más que en ti.

—Oye, que esa frase es mía.

—Pues sí —sonreí—. Lo siento.

Se me quitó de encima de un manotazo al aire:

—Adelante. Toda tuya. Lo mío es tuyo.

—¿De verdad?

—Sí —dijo girando el rostro hacia el mío—. De verdad —añadió en voz baja.

—El sentimiento es mutuo —le aseguré.

Su mano desapareció un instante entre el vapor y, acto seguido, se materializó en mi cuello.

—¿Cómo tienes el hombro? —me preguntó.

—Sensible. Y la cadera también.

—Lo tendré presente.

Se inclinó, sosteniéndose sobre una rodilla, y me sacó la camisa de los pantalones. Cuando besó la piel junto al vendaje de la cadera, noté como una descarga eléctrica procedente de su lengua.

Me acuclillé y le pasé el brazo bueno por la cintura. La puse de pie, la senté en el lavabo y la besé mientras sus piernas se enroscaban en las mías y las sandalias le caían al suelo. Durante cinco minutos, por lo menos, no nos desenganchamos ni para respirar. Durante estos últimos meses, no es que estuviera necesitado de su lengua, de sus labios, de su sabor... Es que me estaba volviendo tarumba de puro deseo.

—Da igual lo cansados que estemos —dijo Angie mientras mi lengua rozaba su cuello—. Esta vez no paramos hasta quedarnos traspuestos.

—Totalmente de acuerdo —murmuré.

Nos quedamos traspuestos a eso de las cuatro de la mañana.

Ella se durmió abrazada a mi pecho mientras a mí se me cerraban los ojos. Justo antes de perder la conciencia, me pregunté cómo era posible que hubiese pensado —aunque sólo fuera por un segundo— que Desirée era la mujer más guapa del mundo.

Miré a Angie, que dormía desnuda sobre mi pecho, los rasguños e hinchazones de su rostro, y supe que sólo ahora, en este preciso momento y por primera vez en la vida, entendía lo que era la belleza.

31

—Hola.

Abrí un ojo y vi la cara de Desirée Stone.

—Hola —volvió a decir, esta vez en un susurro.

—Hola —dije yo.

—¿Quieres café? —me preguntó.

—Por supuesto.

—Sssh... —Se puso un dedo en los labios.

Me di la vuelta y vi a Angie, profundamente dormida junto a mí.

—Está en la habitación de al lado —dijo Desirée antes de marcharse.

Me incorporé en la cama y cogí el reloj de la mesilla de noche. Las diez de la mañana. Había dormido seis horas, pero me habían parecido seis minutos. La última vez que conseguí dormir había tenido lugar, por lo menos, cuarenta horas antes. Pero supongo que no podía tirarme el día sobando.

Por el contrario, a Angie no le parecía tan mala idea.

Estaba ovillada en posición fetal, postura a la que yo me había acostumbrado a encontrarla durante los meses que pasó en el suelo del salón. La sábana se le había subido hasta la cintura y yo se la puse de nuevo sobre las piernas e introduje el extremo en la esquina del colchón.

No se movió ni gruñó cuando abandoné la cama. Me puse unos tejanos y una camiseta de manga larga, tratando de hacer el menor ruido posible, y me encaminé hacia la puerta que comunicaba las suites. De repente, me detuve, di la vuelta, fui a su lado de la cama, me arrodillé, le acaricié la cálida mejilla, le di un besito en los labios y aspiré su aroma.

En el transcurso de las últimas treinta y dos horas me habían disparado, lanzado de un vehículo en marcha, fracturado el hombro y acribillado a cristales; yo había matado a un hombre, había perdido medio litro de sangre y me habían sometido a un hostil interrogatorio de doce horas en un cuartucho lleno de aire estancado. Pero a pesar de todo eso, sólo con apoyar la palma de la mano en la mejilla de Angie, me sentí mejor que nunca.

Encontré el cabestrillo en el suelo del baño, me lo coloqué en el brazo y pasé a la habitación contigua.

Las pesadas cortinas protegían el cuarto del sol. La única luz era la que provenía de una lamparita situada en la mesita de noche. Desirée estaba sentada en un sillón junto a la mesilla, tomando café, y daba la impresión de estar desnuda.

—¿Señorita Stone?

—Adelante. Llámame Desirée.

Entorné los ojos para ver mejor en la oscuridad. Desirée se puso de pie y fue entonces cuando vi que llevaba un bikini de color ligeramente más claro que su propia piel. Tenía el pelo mojado y pegado a la cabeza. Se acercó a mí y me puso una taza de café en la mano.

—No sé cómo te gusta —dijo—. Por ahí hay leche y azúcar.

Encendí otra luz, fui al mostrador de la cocinita y encontré la leche y el azúcar junto a la cafetera.

—¿Has ido a nadar? —le pregunté al volver.

—Sólo para despejarme la cabeza. La verdad es que es mejor que el café.

Puede que a ella se le hubiera despejado la cabeza, pero a mí se me estaba embotando la mía de mala manera.

Se sentó de nuevo en el sillón, que, ahora me daba cuenta, estaba protegido de la humedad de la piel y el bikini por el albornoz que se habría quitado en algún momento, ya sentada.

—¿Quieres que me lo vuelva a poner? —preguntó.

—Como estés más a gusto —me senté a un lado de la cama—. Bueno, ¿qué ocurre?

—¿Qué? —Le echó un vistazo al albornoz, pero no se lo puso. Dobló las rodillas y colocó las plantas de los pies contra el extremo de la cama.

—Que qué ocurre. Supongo que me despertaste por algo.

—Me voy dentro de dos horas.

—¿Adónde? —le pregunté.

—A Boston.

—No me parece una idea razonable.

—Ya lo sé. —Se pasó la mano por el labio superior—. Pero mañana por la noche mi padre no estará en casa y yo tengo que entrar ahí.

—¿Por qué?

Se inclinó hacia adelante y sus pechos se posaron sobre las rodillas:

—Tengo cosas en esa casa.

—¿Cosas por las que merece la pena morir?

Tomé un trago de café, más que nada para apartar la mirada de Desirée.

—Cosas que me dio mi madre. Cosas sentimentales.

—Pero cuando él muera —razoné—, estoy seguro de que esas cosas seguirán allí. Cógelas entonces.

Negó con la cabeza:

—Para cuando él haya muerto, lo que quiero coger puede que ya no esté en su sitio. Me basta con una visita a la casa cuando él no esté para sentirme libre.

—¿Cómo sabes que no estará?

—Mañana por la noche se celebra la reunión anual de accionistas de su principal compañía, Consolidated Petroleum. Tiene lugar cada año en el Club Room de Harvard. El mismo día y a la misma hora aunque caigan chuzos de punta.

—¿Y para qué iba él a acudir? No llegará vivo a la reunión del año que viene.

Se arrellanó en el asiento y colocó la taza de café en la mesita:

—Tú no has entendido a mi padre, ¿verdad?

—No, señorita Stone, me temo que no.

Asintió y utilizó el índice para secarse de manera ausente un hilillo de agua que le caía por la pantorrilla:

—Mi padre no se acaba de creer que vaya a morir. Y si se lo llega a creer, se las apañará como pueda para asegurarse la inmortalidad. Es el principal accionista de cerca de veinte empresas. El libro de cuentas de sus inversiones en Estados Unidos es más grueso que el listín telefónico de la ciudad de México.

—Impresionante —reconocí.

Algo brilló por un instante en sus ojos de jade. Un intenso resplandor que desapareció en el acto.

—Pues sí —dijo con una media sonrisa—. Sí que lo es. Dedicará sus últimos meses a asegurarse de que cada una de esas empresas dedique fondos a bautizar con su nombre todo tipo de cosas: una biblioteca, un laboratorio de investigación, un parque público, lo que sea.

—Y si muere, ¿cómo se va a cerciorar de que su inmortalidad se pone realmente en marcha?

—Danny —dijo.

—¿Danny? —pregunté.

Separó ligeramente los labios y recuperó su taza de café:

—Daniel Griffin, el abogado personal de mi padre.

—Ah —dije—. Hasta yo he oído hablar de él.

—Debe de ser el único abogado con más poder que el tuyo, Patrick.

Era la primera vez que oía salir de sus labios mi nombre. El efecto fue de una dulzura desconcertante, como si una mano cariñosa me acariciara el corazón.

—¿Cómo sabes quién es mi abogado?

—Jay me habló de ti en cierta ocasión.

—¿De verdad?

—Fue una noche, durante casi una hora. Te consideraba algo así como el hermano menor que nunca tuvo. Dijo que eras la única persona de este mundo en la que confiaba. Dijo que si algo le ocurría, yo debía recurrir a ti.

Me vino un flash de Jay sentado frente a mí en Ambrosia, en Huntington, la última vez que nos vimos en público, y se estaba riendo, con un vaso medio lleno de ginebra en la mano y su pelo bien cortado oscureciendo un lado del vaso, exudando la confianza típica de alguien que nunca se había parado mucho a pensar en las cosas. Luego me vino otro flash, de cuando lo sacaron del agua en la bahía de Tampa, con la piel hinchada y descolorida, los ojos cerrados y un aspecto de no tener más de catorce años.

—Yo quería a Jay —dije sin saber muy bien por qué salían esas palabras de mis labios. Puede que fuese cierto. O puede que estuviera interesado en la reacción de Desirée.

—Yo también —dijo cerrando los ojos. Cuando los volvió a abrir, los tenía húmedos—. Y él te quería a ti. Decía que eras de absoluta confianza. Que todo el mundo, por diferente que fuera, confiaba en ti por completo. Fue entonces cuando me contó que Cheswick Hartman trabajaba gratis para ti.

—¿Se puede saber qué quieres de mí, señorita Stone?

—Desirée —dijo—. Por favor.

—Desirée —la complací.

—Supongo que lo que quiero es que me cubras la espalda mañana por la noche. Julian debería estar con mi padre cuando vaya a la reunión, pero... Es sólo por si algo sale mal.

—¿Sabes cómo desactivar el sistema de alarma?

—Sí, a no ser que lo haya cambiado, cosa que dudo. No espera que yo intente algo tan suicida.

—Y esas... reliquias —dije a falta de una palabra más adecuada—. ¿Merecen el riesgo?

Se inclinó de nuevo hacia adelante y se agarró los tobillos:

—Mi madre escribió unas memorias poco antes de morir. Recuerdos de su infancia en Guatemala, historias sobre su madre y su padre, sobre sus hermanos y hermanas, sobre toda esa parte de mi familia que yo nunca conocí y de la que ni siquiera llegué a saber nada. Las memorias terminan el día en que mi padre apareció en la aldea. No hay en ellas nada de especial importancia, pero me las dio poco antes de morir. Yo las escondí y ahora me resulta insoportable la idea de que sigan allí, esperando que alguien las encuentre. Y si quien las encuentra es mi padre, las destruirá. Y así morirá el último recuerdo de mi madre que me queda. —Me miró fijamente a los ojos—. ¿Me ayudarás, Patrick?

Pensé en la madre. Inés. Comprada a los catorce años por un hombre convencido de que todo estaba en venta. Y que, por desgracia, solía tener razón. ¿Qué vida había tenido la pobre en ese caserón junto a tan enloquecido megalómano?

Supongo que una vida en la que el único refugio consistía en coger papel y lápiz y escribir sobre cómo eran las cosas antes de que apareciera aquel hombre y se la llevara. ¿Y con quién iba a compartir esa mujer lo más íntimo de su existencia? Pues con su hija, claro está, tan atrapada y humillada por Trevor como ella misma.

—Por favor —dijo Desirée—. ¿Me ayudarás?

—Por supuesto —le aseguré.

Extendió el brazo y me cogió la mano:

—Gracias.

—No hay de qué.

Me acarició la palma de la mano con el pulgar.

—No —dijo—. De verdad. Muchas gracias.

—No es para tanto.

—¿Tú y la señorita Gennaro?... —dijo—. Quiero decir... ¿Lleváis mucho... tiempo juntos?

Dejé la pregunta colgando en el aire un buen rato.

Desirée separó su mano de la mía y me sonrió.

—Todos los buenos están cogidos —dijo—. Como siempre.

Se echó para atrás en el asiento. Yo le sostuve la mirada y ella no la apartó. Durante todo un minuto, nos estuvimos contemplando en silencio, hasta que ella arqueó levemente una ceja.

—¿O no lo están? —preguntó.

—Lo están —reconocí—. De hecho, Desirée, uno de los últimos buenos tíos...

—¿Sí?

—Saltó de un puente anoche.

Me levanté.

Ella cruzó las piernas a la altura de los tobillos.

—Gracias por el café. ¿Cómo piensas llegar al aeropuerto?

—Aún tengo el coche que me alquiló Jay. Hay que devolverlo esta noche.

—¿Quieres que conduzca y que lo devuelva?

—Si no te importa —dijo con los ojos clavados en la taza de café.

—Vístete. Volveré dentro de unos minutos.

Angie seguía profundamente dormida y el único despertador eficaz sería una granada de mano. Le dejé una nota y me fui con Desirée. Fue ella quien condujo el coche de alquiler hasta el aeropuerto.

Era otro día cálido y soleado. Igual que todos los que había tenido desde que llegué. A eso de las tres, según me dictaba la experiencia, llovería cosa de media hora y refrescaría un poco, pero la humedad volvería enseguida a la carga tras la lluvia y el ambiente sería de lo más opresivo hasta la puesta del sol.

—Con respecto a lo que ocurrió en la habitación... —dijo Desirée.

—Olvídalo —la corté.

—No. Yo quería a Jay. De verdad. Y a ti apenas te conozco.

—Cierto.

—Pero tal vez... No sé... ¿Estás al corriente de la patología de una gran parte de las víctimas de incesto y abusos sexuales, Patrick?

—Sí, Desirée, lo estoy. Por eso te he dicho que lo olvidaras todo.

Enfilamos el camino del aeropuerto, siguiendo las señales rojas en busca de la terminal de Delta.

—¿De dónde has sacado el billete de avión? —le pregunté.

—Fue Jay. Compró dos.

—¿Jay te acompañaba en esto?

Asintió.

—Compró dos —repitió.

—Ya te he oído la primera vez, Desirée.

Torció la cabeza:

—Puedes estar de vuelta en dos días. Mientras tanto, la señorita Gennaro podría tomar el sol, visitar el lugar, descansar...

Aparcó ante la puerta de Delta.

—¿Dónde quieres que quedemos en Boston? —le pregunté.

Miró por la ventanilla un instante, con las manos en el volante, los dedos tamborileando y la respiración entrecortada. Luego se puso a hurgar en el bolso, distraída, y se hizo con una bolsa de cuero de gimnasia que estaba en el asiento de atrás. Llevaba el cabello cubierto por una gorra de béisbol, unos pantalones cortos de loneta y una camisa azul masculina arremangada hasta los codos. Nada especial, pero aun así conseguía que la mayoría de los hombres que pasaban por allí se luxaran el cuello para mirarla. Mientras estaba ahí sentado tenía la impresión de que el coche se encogía en torno de nosotros.

—Hmmm... ¿qué me habías preguntado? —dijo Desirée.

—¿Mañana, dónde y cuándo?

—¿Cuándo llegas?

—Probablemente mañana por la tarde.

—¿Por qué no quedamos delante del edificio de Jay? —sugirió mientras salía del coche.

Yo hice lo propio mientras ella sacaba del maletero una bolsa pequeña y me daba las llaves.

—¿El edificio de Jay?

—Ahí es donde pienso refugiarme. Jay me dio una llave, la contraseña, el código de la alarma...

—Vale —dije—. ¿A qué hora?

—A las seis.

—Pues a las seis.

—Estupendo. Me lo tomaré como una cita. —Se dio la vuelta hacia las puertas—. Oh, casi se me olvida, tenemos otra cita.

—¿De verdad?

Sonrió y se echó la bolsa al hombro:

—Pues sí. Jay me hizo prometérselo. Primero de abril. *Punto límite.*

—*Punto límite* —repetí mientras mi temperatura corporal descendía diez grados pese al calor circundante.

Desirée asintió mientras los ojos se le entrecerraban por el sol:

—Me dijo que si le pasaba algo, yo tenía que hacerte compañía este año. Perritos calientes, cerveza y Henry Fonda. ¿No es ésa la tradición?

—Ésa es la tradición —reconocí.

—Pues ya está. Trato hecho.

—Si eso es lo que dijo Jay...

—Me obligó a prometérselo. —Sonrió y me saludó con el brazo mientras se abrían las puertas a su espalda—. ¿Tenemos una cita?

—Tenemos una cita —dije agitando el brazo a mi vez y ofreciéndole mi mejor sonrisa.

—Te veo mañana.

Se internó en el aeropuerto y la vi a través del cristal mientras deslizaba el culo con mucha habilidad entre una manada de jovenzuelos, enfilaba un pasillo y desaparecía.

La pandilla de gaznápiros seguía observando el vacío que había dejado Desirée al esquivarlos como si estuviera bendecido por el Señor, y yo hacía lo mismo.

Mirad bien, chavales, pensé. Nunca habréis estado tan cerca de la perfección. Nunca, con toda probabilidad, ha habido una criatura como esa chica prácticamente perfecta.

Desirée. Hasta el nombre te llegaba al corazón.

Me quedé junto al coche, sonriendo de oreja a oreja y, probablemente, con una pinta de idiota total, hasta que un mozo de equipajes se me plantó delante y me dijo:

—Tío, ¿estás bien?

—Muy bien —le respondí.

—¿Has perdido algo?

Negué con la cabeza:

—He encontrado algo, más bien.

—Pues me alegro por ti —resumió el hombre mientras se iba.

Era como para alegrarse por mí. Sí. Pero no por Desirée.

Estuviste a punto de conseguirlo, señora mía. Y entonces metiste la pata.

Hasta el fondo.

TERCERA PARTE

PUNTO LÍMITE

32

Cosa de un año después de terminar mi aprendizaje con Jay Becker, una cubana que bailaba flamenco y atendía por Esmeralda Vázquez lo echó de su propio apartamento. La tal Esmeralda había estado de gira con una compañía de teatro, representando *La ópera de tres peniques*, cuando conoció a Jay en su segunda noche en la ciudad. Cuando el espectáculo llevaba en cartel tres semanas, ya estaba viviendo prácticamente con él, aunque Jay no veía las cosas de la misma manera. Para desgracia de mi amigo, Esmeralda sí, y fue probablemente a causa de ese punto de vista por lo que se cogió un enorme cabreo al pillar a Jay en la cama con otra bailarina de la misma compañía. Esmeralda tiró de navaja y Jay y la otra danzarina salieron pitando de Dodge esa misma noche.

La bailarina regresó al apartamento que compartía con su novio y Jay vino a llamar a mi puerta.

—¿Que has cabreado a una cubana que baila flamenco? —le pregunté.

—Eso parece —reconoció él mientras metía una caja de cervezas Beck en el frigorífico y depositaba una botella de Chivas en el mostrador de la cocina.

—¿Te parece una medida inteligente?

—Parece que no.

—¿No habrá sido, más bien, una estupidez?

—¿Me vas a estar abroncando toda la noche o te vas a portar como un buen amigo y a decirme dónde guardas las patatas fritas?

Así fue cómo acabamos sentados en el sofá del salón, bebiéndonos sus Beck y su Chivas y hablando de cómo habíamos estado a punto de ser castrados por mujeres engañadas, de separaciones chungas, de novios y maridos celosos y de varios temas parecidos que no se nos habrían antojado ni la mitad de divertidos de no ser por la priva y la buena compañía.

Y de repente, justo cuando nos estábamos quedando sin temas de conversación, levantamos la vista y nos topamos con los créditos de *Punto límite* en la pantalla del televisor.

—Joder —dijo Jay—. Sube el volumen.

Obedecí.

—¿Quién es el director? —preguntó Jay.

—Lumet.

—¿Estás seguro?

—Del todo.

—Creí que era Frankenheimer.

—Frankenheimer dirigió *Siete días de mayo* —apunté.

—Tienes razón. Dios, me encanta esta peli.

Durante las siguientes dos horas nos quedamos ahí sentados, totalmente concentrados, mientras Henry Fonda, que interpretaba al presidente de Estados Unidos, apretaba los dientes ante un frío mundo en blanco y negro que se había vuelto loco y un ordenador manipulado hacía que un escuadrón de ataque norteamericano se saltara la frontera de seguridad y bombardeara Moscú. Acto seguido, el pobre Hank Fonda tenía que apretar los dientes un poco más y ordenar el bombardeo de Nueva York para apaciguar a los rusos y evitar la guerra nuclear.

Cuando terminó, nos pusimos a discutir cuál era mejor, si *Punto límite* o *Teléfono rojo: volamos hacia Moscú*. Yo dije que no había discusión posible, que *Teléfono rojo* era una obra maestra y Stanley Kubrick un genio. Jay dijo que a mí me iba el arte y ensayo. Yo le dije que estaba anticuado. Él dijo que Henry Fonda era el mejor actor de la historia del cine y yo lo acusé de estar borracho.

—Sólo con que hubieran tenido algún tipo de contraseña super-secreta para hacer volver a los bombarderos... —se arrellanó en el sofá con los párpados a media asta, una cerveza en una mano y un Chivas en la otra.

—¿Contraseña supersecreta? —me eché a reír.

Torció la cabeza:

—No, de verdad. Pongamos que el viejo presidente Fonda ha hablado en privado con todos los pilotos del escuadrón y les ha dado a cada uno una palabra secreta que sólo ellos conocen. En ese caso, podría haberles hecho volver después de cruzar la línea de seguridad.

—Pero, Jay —le dije—, ahí está la cosa: en que no podía avisar a nadie. Los pilotos habían sido entrenados para considerar un truquito de los rusos cualquier intento de hacerles dar media vuelta.

—Aún así...

Luego vimos *Regreso al pasado*, que iba justo después de *Punto límite*.

Otra impresionante película en blanco y negro del Canal 38, cuando el Canal 38 valía la pena. En un momento dado, Jay se fue al baño y volvió al salón con otras dos cervezas.

—Si alguna vez te quiero enviar un mensaje —me dijo con la boca pastosa por el licor—, ése será nuestro código.

—¿El qué? —pregunté.

—Punto límite —repuso.

—Ahora estoy viendo *Regreso al pasado*, Jay. *Punto límite* era lo de hace media hora. Nueva York está hecha añicos. Supéralo.

—No, te lo digo en serio —tras pelear con el almohadón, consiguió incorporarse en el sofá—. Si alguna vez te he de enviar un mensaje desde la tumba, será «punto límite».

—¿Un mensaje desde la puta tumba? —Me eché a reír—. ¿Estás de broma?

—Ni hablar. —Se inclinó hacia adelante y abrió los ojos como para aclararse las ideas—. Éste es un trabajo duro, tío. Te lo juro, no tanto como lo del FBI, pero no es ningún chollo. Si me llega a pasar algo... —Se frotó los ojos y meneó la cabeza—. Mira, Patrick, tengo dos cerebros.

—Querrás decir dos cabezas. Y Esmeralda te diría que esta noche usaste la que no era, que es la que te piensa cortar.

Estornudó:

—No. Vale, sí. Tengo dos cabezas, de acuerdo. Pero estoy hablando de cerebros. Tengo dos cerebros. Vaya que sí. —Se dio unos golpecitos en la cabeza con el índice y entrecerró los ojos en mi dirección—. Uno de ellos, el normal, no plantea ningún problema. Pero el otro, mi cerebro de poli, nunca se desconecta. De noche, despierta a mi otro cerebro y me obliga a saltar de la cama para ponerme a pensar en algo que me inquieta y que ni siquiera sé muy bien lo que es. Mira, Patrick, yo he resuelto la mitad de mis casos a las tres de la mañana, siempre gracias a ese segundo cerebro.

—Debe ser jodido vestirse por las mañanas.

—¿Qué?

—Con esos dos cerebros —le expliqué—. Igual tienen gustos distintos en cuestiones de vestimenta. Por no hablar de gustos culinarios.

Me enseñó el dedo medio, bien tieso.

—Hablo en serio.

Levanté la mano.

—En serio —le dije—. Me gustaría saber de qué coño estás hablando.

—Anda por ahí. —Se me quitó de encima de un manotazo—. Aún estás demasiado verde. Pero ya lo entenderás. Algún día. Tío, ese segundo cerebro es un cabrón. Pongamos que conoces a alguien —un posible amigo, una amante, lo que se te ocurra— y quieres que la relación funcione, pero va tu segundo cerebro y se pone en marcha. Aunque tú no quieras. Y se disparan las alarmas, una cosa instintiva, y te das cuenta de que, en el fondo, no puedes confiar en esa persona. Tu segundo cerebro ha captado algo que tu cerebro normal no sabe o no puede intuir. Puede que te tires años para descubrir de qué se trataba... Igual era la manera en que ese amigo tartamudeaba al pronunciar cierta palabra, o la manera en que los ojos de tu amante se iluminaban al ver diamantes, aunque te había dicho que el dinero no le interesaba lo más mínimo. Igual era... ¿Quién sabe? Pero será algo. Y será verdad.

—Estás borracho.

—Lo estoy, pero eso no impide que de mis labios brote la verdad. Mira lo que te digo... Si alguna vez se me cepillan...

—¿Sí?

—No va a ser un asesino de la mafia ni un camello asqueroso ni alguien al que se le vea venir. Va a ser alguien en quien confíe, alguien a quien ame. Y puede que me vaya a la tumba confiando en esa persona. Una parte de mí, al menos. —Me guiñó un ojo—. Pero mi segundo cerebro te aseguro que es un detector de mentiras. Y me dirá que establezca algún tipo de mecanismo de seguridad contra esa persona, tanto si el resto de mí está de acuerdo como si no. Y eso es lo que hay.

Se dio la razón a sí mismo y se dejó caer contra el respaldo del sofá.

—¿Qué es lo que hay?

—El plan.

—¿Qué plan? Llevas veinte minutos sin decir nada que tenga el menor sentido.

—Si alguna vez me muero y alguien cercano a mí te viene con alguna chorrada de mensaje que incluya *Punto límite*, sabrás que tienes que cargártelo o joderle la vida en serio. —Levantó la cerveza—. Brindo por ello.

—Supongo que no habrá que cortarse los pulgares con una navaja y mezclar la sangre, ¿no?

Me puso mala cara:

—Contigo no hace falta. Bebe.

Bebimos.

—¿Y qué pasa si soy yo el que te quita de en medio, Jay?

Me miró con un ojo de canto:

—Entonces me temo que estoy jodido —dijo.

Y se echó a reír.

Con el tiempo, Jay estuvo refinando el «mensaje de ultratumba», como yo lo llamaba. Año tras año y cerveza tras cerveza. Lo del Día de los Inocentes se añadió como un segundo chiste a costa de la persona o personas que podrían hacerle daño y luego intentar ganarse mi amistad.

La cosa va para largo, solía decirle yo. Es como colocar una mina en el desierto del Sáhara y esperar a que alguien la pise. Una persona, una mina, un desierto y un millón de kilómetros cuadrados.

—Ya veremos —dijo Jay—. Puede que vaya para largo, pero cuando esa mina explote, va a ser vista a varios kilómetros de distancia. Tú acuérdate de mi segundo cerebro, compadre. Cuando el resto de mí esté bajo tierra, puede que ese segundo cerebro te envíe un mensaje. Y más vale que lo oigas.

Así había sido.

«Tienes que cargártelo o joderle la vida en serio», me pidió mi amigo muchos años atrás.

De acuerdo, Jay. No hay ningún problema. Lo haré con mucho gusto.

33

—Levántate. Vamos. De pie. —Abrí las cortinas y la dura luz del sol se coló en el cuarto, desparramándose sobre la cama.

Angie se las había apañado para ponerse completamente de lado mientras yo no estaba. Se había apartado las mantas de las piernas y sólo la cubría un minúsculo triángulo blanco en el trasero. Me contempló con ojos embotados y el pelo cayéndole sobre la cara cual musgo negro.

—¿Eres tú, Romeo, quien aparece de buena mañana? —ironizó.

—Venga —la apremié—. Vámonos.

Cogí mi bolsa de gimnasia y empecé a llenarla de ropa.

—Déjame adivinarlo —dijo Angie—. Consideras que no he estado mal, pero que ya me puedo ir largando.

Me arrodillé y le di un beso:

—Algo así. Venga, socia, que hay prisa.

Se incorporó hasta quedarse de rodillas, la sábana se deslizó y sus brazos rodearon mis hombros. Su cuerpo, suave y cálido tras las horas de sueño, se pegó contra el mío.

—¿Dormimos juntos por primera vez en diecisiete años y me despiertas así?

—Me temo que eso es lo que hay —reconocí.

—Pues más te vale que valga la pena.

—Así será. Vamos, Angie, te lo contaré todo de camino al aeropuerto.

—El aeropuerto.

—El aeropuerto.

—El aeropuerto —repitió mi socia entre bostezos mientras conseguía salir de la cama y dirigirse al cuarto de baño.

Los verdes bosques, los blancos corales, los pálidos tonos azules y los exuberantes amarillos fueron alejándose y convirtiéndose en retazos de color a medida que avanzábamos hacia las nubes en dirección norte.

—Explícamelo otra vez —dijo Angie—. Lo de cuando estaba medio desnuda.

—Llevaba un bikini —puntualicé.

—Y estabais en una habitación a oscuras —dijo ella.

—Sí.

—¿Y tú cómo te sentías?

—Nervioso —reconocí.

—No —dijo ella—. Respuesta equivocada, muy equivocada.

—Espera —le dije a sabiendas de haber firmado mi sentencia de muerte.

—¿Hicimos el amor durante seis horas y eso no impidió que te sintieras tentado por una tía en bikini? —Se echó hacia adelante en el asiento, dándose la vuelta, y se me quedó mirando.

—Yo no he dicho *tentado* —me defendí—. He dicho *nervioso*.

—Es lo mismo —dijo Angie sonriendo y meneando la cabeza—. Hay que ver cómo sois los tíos.

—Exacto —dije—. Los tíos. ¿No lo pillas?

—No. —Se llevó el puño al mentón y entrecerró los ojos para que yo apreciara que se estaba concentrando en el tema—. Por favor, ilumíname.

—Muy bien. Desirée es una sirena. Atrae a los hombres. Tiene un halo de inocencia que es, al mismo tiempo, de lo más carnal.

—Un halo.

—Exacto. A los tíos nos encantan los halos.

—Lo que tú digas.

—Cuando un tío se le acerca, ella enciende el halo. O igual lo tiene enchufado todo el rato. No lo sé. Pero en cualquier caso, el halo en cuestión es potente. Y cuando un tío la mira a la cara o al cuerpo, escucha su voz y huele su aroma, ya está listo.

—¿Cualquier tío?

—La mayoría, intuyo.

—¿Tú también?

—No. Yo no.

—¿Por qué?

—Porque yo te quiero a ti.

Eso la dejó tiesa. Se le borró la sonrisa, le palideció el rostro y se le quedó la boca abierta como si hubiera olvidado lo que hay que hacer para hablar.

—¿Qué es lo que acabas de decir? —consiguió pronunciar finalmente.

—Ya me has oído.

—Sí, pero... —Se dio la vuelta y miró hacia el frente por un instante.

Luego se volvió hacia la mujer negra de mediana edad que tenía en el asiento de al lado y que no había perdido ripio de nuestra conversación, sin molestarse en disimular su interés, desde que entramos en el avión.

—Yo le he oído, guapa —dijo la mujer mientras tricotaba algo parecido a un castor pequeñito con unas agujas de apariencia letal—. Fuerte y claro. No sé de qué va toda esa chorrada del halo, pero lo otro lo he oído muy bien, gracias.

—Caramba —le dijo Angie—. ¿Está segura?

—No es que sea muy guapo —precisó la mujer—. Pero tampoco está tan mal.

Angie me miró.

—Pues vaya —dijo.

—Adelante —me animó la mujer—, siga explicándole lo de la guarra que le hizo un café.

—Pues bueno... —le dije a Angie.

Y ella parpadeó y cerró la boca a base de empujar la mandíbula hacia arriba con la mano.

—Vale, vale, vale. Volvamos al asunto.

—Mira, si yo no estuviera...

—*Enamorado* —me acabó la frase la vecina.

Le lancé una mirada asesina.

—... contigo, Angie, pues sí, la habría palmado allí mismo. Es una víbora. Elige a un tío —el primero que pasa— y consigue que haga lo que ella quiere, sea eso lo que sea.

—Quiero conocer a esa chica —dijo la mujer—. A ver si consigue que mi Leroy se ponga a segar el césped.

—Pero eso es lo que no acabo de pillar —dijo Angie—. ¿Tan idiotas son los tíos?

—Sí.

—Más razón que un santo —sentenció la mujer sin dejar de tricotar.

—Las mujeres y los hombres son distintos —me expliqué—. La mayoría, en cualquier caso. Especialmente en lo que concierne a la reacción ante el sexo opuesto. —Le cogí la mano—. Desirée se cruza con cien tíos por la calle. De esos cien tíos, por lo menos la mitad se tirará días pensando en ella. Y cuando se la crucen, no se limitarán a decir «bonita cara, bonito culo, bonita sonrisa» o algo así. Sufrirán. Querrán poseerla allí mismo, fundirse con ella, inhalarla.

—¿Inhalarla?

—Sí. La reacción de los hombres ante las mujeres hermosas es diferente a la de las mujeres ante los hombres atractivos.

—O sea, que Desirée es... —recorrió con los dedos el interior de mi brazo.

—La llama. Y nosotros las polillas.

—No está usted nada mal —intervino la vecina echándose hacia adelante y mirándome—. Si mi Leroy supiera decir esas chorradas

282

tan bonitas, le hubiera ido mucho mejor conmigo durante estos últimos veinte años.

Pobre Leroy, pensé.

Cuando sobrevolábamos Pennsylvania, Angie dijo:

—Ay, Dios.

Y yo aparté la cabeza de su hombro:

—¿Qué pasa?

—Las posibilidades —dijo ella.

—¿Qué posibilidades?

—¿No lo ves? Si le damos la vuelta a todo lo que pensábamos, si miramos las cosas desde la perspectiva de que Desirée no es tan sólo una mujer ligeramente jodida o ligeramente corrupta, sino una viuda negra, una máquina egoísta e implacable... Entonces, mucho cuidado.

—Explícate —le dije.

Asintió:

—Vale. Sabemos que empujó a Price al robo, ¿verdad? Verdad. Y luego consigue que Jay piense en quitarle ese dinero a Price. Pero lo hace disimulando. Ya sabes, «oh, Jay, ¿no podemos ser felices sin el dinero?». Aunque, claro está, lo que está pensando es: «Pica el anzuelo, merluzo, pica el anzuelo». Y Jay va y pica. Pero no puede dar con el dinero. Y entonces ella descubre dónde está. Va para allá, pero no la pillan, pese a lo que dijo. Y consigue el dinero. Pero ahora tiene un problema.

—Jay.

—Exacto. Sabe que si desaparece, él no parará hasta encontrarla. Y Jay es muy bueno en lo suyo. Y ella también tiene que deshacerse de Price. No puede limitarse a desaparecer. Tiene que morir. Por lo tanto...

—Se cargó a Liliana Ríos —dije.

Nos miramos el uno al otro, con los ojos bien abiertos.

—Le disparó a quemarropa con un fusil —dijo Angie.

—¿Tú crees?

—¿Por qué no?

Me puse a darle vueltas al asunto, asimilándolo. Angie tenía razón: ¿por qué no?

—Si aceptamos esa premisa —apunté—, también estamos aceptando que...

—Que esa mujer carece de conciencia, de moral, de empatía y de cualquiera de esas cosas que nos hacen humanos —declaró Angie.

—Y si es así —añadí—, no se convirtió en esa clase de persona de la noche a la mañana. Lleva mucho tiempo *siendo* lo que es.

—De tal palo, tal astilla —dijo Angie.

Y fue entonces cuando lo vi claro. Fue como si se me cayera encima un edificio. Casi se me para el corazón ante aquel momento de insoportable lucidez.

—¿Cuál crees que es el mejor tipo de mentira que hay en el mundo? —le pregunté a Angie.

—El tipo de mentira que es casi una verdad.

Asentí:

—¿Por qué tiene Trevor tanto interés en ver muerta a Desirée?

—Dímelo tú.

—Porque no fue él quien organizó el intento de asesinato en el puente Tobin.

—Fue ella —dijo Angie en un susurro.

—Desirée mató a su madre —añadí.

—E intentó asesinar a su padre.

—No me extraña que esté cabreado con ella —dijo la mujer de al lado.

—No me extraña —repetí.

34

Todo estaba a la vista para cualquiera que dispusiese de la información y la perspectiva adecuadas. En titulares como TRES HOMBRES ACUSADOS DEL BRUTAL ASESINATO DE UNA DAMA DE LA ALTA SOCIEDAD DE MARBLEHEAD O LOS TRES ASESINOS DEL COCHE, CONDENADOS. Los artículos abandonaron rápidamente la primera plana de los diarios cuando los tres criminales —Harold Madsen, de Lynn, Colum Deveraux, de Boston Sur, y Joseph Brodine, de Revere— aceptaron su culpabilidad al día siguiente de las acusaciones del gran jurado.

Angie y yo fuimos directamente desde el aeropuerto a la biblioteca pública de Boston, en la plaza Copley. Nos sentamos en la hemeroteca y nos pusimos a revisar microfilmes del *Trib* y del *News* hasta dar con los artículos que buscábamos, que nos leímos de uno en uno hasta encontrar lo que andábamos persiguiendo.

No tardamos mucho. De hecho, la búsqueda no llegó a media hora.

La jornada anterior a la reunión del gran jurado, el abogado de Harold Madsen se puso en contacto con el despacho del Fiscal del Distrito con una propuesta de trato para su cliente. Madsen aceptaría los cargos de asesinato en primer grado con una sentencia de entre catorce y veinte años de reclusión. A cambio, señalaría al individuo que lo contrató a él y a sus amigos para matar a Trevor e Inés Stone.

La cosa llamó la atención, pues hasta entonces no se había dicho nada de que el crimen fuera algo más que un asalto fallido a un automóvil.

EL ASESINO DEL COCHE ASEGURA QUE FUE UN ENCARGO, clamaba el *News*.

Pero cuando el hombre que Madsen aseguraba que era quien les había contratado resultó que había muerto dos días después de su detención, el Fiscal del Distrito le echó con cajas destempladas de su despacho junto al abogado.

—¿Anthony Lisardo? —le dijo Keith Simon, ayudante del Fiscal del Distrito, a un reportero del *Trib*—. ¿Está usted de broma? Era compañero de clase de dos de los acusados y murió de una sobredosis. Se trata de un truco patético de la defensa para darle a este sórdido crimen una grandeza que nunca ha tenido. Anthony Lisardo no guarda la menor relación con este caso.

Nadie del equipo defensor pudo probar lo contrario. Si Madsen, Devereaux y Brodine habían sido enrolados por Lisardo, éste se llevó el secreto a la tumba. Y como su coartada consistía únicamente en la relación con Lisardo, los tres acabaron entre rejas por el asesinato de Inés Stone.

Un acusado que se declara culpable antes de un juicio potencialmente oneroso, suele ver reducida su condena. Pero Madsen, Devereaux y Brodine, por el contrario, fueron condenados por homicidio en primer grado sin que el juez y el Fiscal del Distrito mostraran algo más que pura indiferencia ante la posibilidad de contemplar el segundo grado. Bajo las leyes del estado de Massachussets, sólo hay una condena posible para los casos de asesinato en primer grado: cadena perpetua sin posibilidad de libertad vigilada.

Personalmente, yo no perdería ni un minuto de sueño preocupándome por tres miserables sin alma capaces de ejecutar a una mujer a sangre fría. Ha sido un placer conoceros, chavales. Y cuidadito cuando vayáis a las duchas.

Pero el auténtico criminal, la persona que los empujó a hacer algo así, que lo planeó todo, pagó por ello y los dejó que se apañaran como pudieran... Esa persona merecía la misma agonía, o mayor, que la que iban a experimentar esos chicos durante el resto de sus vidas.

—Pásame la carpeta del caso —le dije a Angie mientras salíamos de la hemeroteca.

Me la pasó y me puse a hojearla hasta que di con las notas de nuestro encuentro con el capitán Emmett T. Groning de la policía de Stoneham. El acompañante de Lisardo la noche que éste se ahogó era un muchacho llamado Donald Yeager, natural de Stoneham.

—¿Me deja el listín? —le preguntó Angie al conserje.

Había dos Yeagers en Stoneham.

Dos monedas después, nos habíamos quedado con uno de ellos: Helene Yeager tenía noventa y tres años y nunca había conocido a ningún Donald Yeager. Recordaba a algunos Michaels, a algunos Eds y hasta a un Chuck, pero no al Chuck famoso, el astronauta.

Donald Yeager, de la avenida Montvale, número 123, atendió al teléfono con un dubitativo «¿Dígame?».

—¿Donald Yeager? —preguntó Angie.

—¿Sí?

—Soy Candy Swan, jefa de programas de la emisora WAAF en Worcester.

—WAAF —dijo Donald—. Cojonudo. Sois la rehostia.

—Somos la única emisora que mola de verdad —le aseguró Angie mientras exhibía su dedo medio bien tieso ante mi felicitación con los dos pulgares hacia arriba—. Donald, el motivo de mi llamada es que estamos empezando una nueva sección en la franja horaria de siete a doce de la noche llamada... LO MÁS HEAVY.

—Buen título.

—Gracias. La cosa va de entrevistas a forofos como tú, gente cercana, para que le expliquéis a la gente porqué os gusta WAAF, cuáles son vuestros grupos favoritos y cosas así.

—¿Voy a salir en antena?

—A no ser que tengas otros planes para esta noche.

—No. Qué va. Joder. ¿Puedo llamar a mis amigos?

—Por supuesto. Sólo necesito tu autorización verbal y...

—¿Mi qué?

—Tienes que decirme si te parece bien que te llamemos luego. Pongamos que a eso de las siete.

—¿Que si me parece bien? Pero si es la hostia, tú.

—Muy bien. ¿Estarás ahí cuando te volvamos a llamar?

—No pienso irme a ningún lado. Oye, ¿puede que gane un premio o algo así?

Angie cerró los ojos un momento:

—¿Qué te parecen dos camisetas negras de Metallica, un vídeo de Beavis y Butthead y cuatro entradas para el combate de lucha libre en el Worcester Centrum?

—¡Acojonante, tronca! Acojonante. Pero oye...

—¿Sí?

—No sabía que había lucha libre en el Centrum.

—Pues ya lo sabes, Donald. Te llamaremos a las siete. Prométeme que estarás ahí.

—Y con la chupa puesta, chata.

—¿De dónde has sacado todo eso? —le pregunté a Angie mientras íbamos en taxi, de regreso a Dorchester, para dejar el equipaje, ducharnos, reemplazar las pistolas que perdimos en Florida y hacernos con el coche.

—Y yo qué sé. Stoneham. WAAF. Suena bien todo junto.

—La única emisora que mola *de verdad* —dije—. Impresionante.

Me di una ducha rápida, después de Angie, y regresé al salón para encontrármela manoseando pilas de ropa. Llevaba unas botas negras, unos tejanos igual de negros y un sujetador del mismo color. Supongo que buscaba la camiseta adecuada entre aquel montón de prendas.

—Señorita Gennaro —le dije—. Vaya, vaya. Fustígueme, pégueme, oblígueme a firmar cheques sin fondos.

Me sonrió:

—Así que te gusta mi aspecto.

Saqué la lengua y me puse a babear.

Angie se acercó a mí con una camiseta negra colgando del índice:

—Cuando volvamos, te dejaré que me lo quites todo.

Babeé un poco más y ella, tras dedicarme una mueca muy simpática, me alborotó el pelo con la mano.

—A veces eres muy mono, Kenzie.

Se dio la vuelta para regresar al sofá y yo la agarré por la cintura y la hice girar hacia mí. El beso que nos dimos fue tan largo y profundo como el que compartimos en el baño la noche anterior. Puede que hasta más largo. Y puede que incluso más profundo.

Cuando nos separamos, con sus manos en mi rostro y las mías en sus nalgas, le dije:

—Llevaba todo el día con ganas de hacerlo.

—La próxima vez no hace falta que controles tus impulsos.

—¿Te pareció bien lo de anoche?

—¿Bien? Estoy estupenda.

—Sí —le dije—. Eres estupenda.

Sus manos recorrieron mis mejillas y se posaron en mi pecho.

—Cuando esto termine, nos vamos unos días.

—¿De verdad? —pregunté.

—Sí. Me da igual si es a Maui o al final de la calle, al Chalet Suisse, pero vamos a colgar el cartelito de NO MOLESTAR en la puerta, a utilizar a discreción el servicio de habitaciones y a no movernos de la cama en una semana.

—Lo que usted diga, señorita Gennaro. Usted es la que manda.

Donald Yeager le echó un vistazo a Angie —chaqueta negra de cuero, tejanos, botas y una camiseta del concierto FURIA EN EL MATADERO rajada a la altura del ombligo— y tuve la impresión de que empezaba a redactar mentalmente una carta para la revista *Penthouse.*

—Hay que joderse —saludó.

—¿El señor Yeager? —le preguntó mi socia—. Soy Candy Swan, de la WAAF.

—¿Me lo juras?

—Te lo juro —le aseguró Angie.

Y el hombre abrió de par en par la puerta de su casa:

—Pasad, pasad.

—Éste es mi ayudante, Wild Willy.

¿El salvaje Willy?

—Vale, vale —dijo Donald tirando de Angie y sin prestarme la menor atención—. Un placer conoceros y tal.

Me dio la espalda, yo entré tras él y cerré la puerta. Su bloque de pisos era un edificio de ladrillo rosa pálido situado en la avenida Montvale, la arteria principal de Stoneham. El edificio en cuestión era feo y chaparro, de sólo dos pisos de altura, y lo más probable es que tuviera dieciséis apartamentos. El estudio de Donald, supuse, era prototípico. Un salón con un sofá cama, bajo cuyos cojines asomaban las sábanas sucias. Una cocina tan pequeña que no daba ni para freír un huevo. Había ruido de agua, procedente de un baño situado a la izquierda. Una cucaracha repugnante deambulaba a los pies del sofá, no tanto en busca de comida como atontada, perdida y desorientada a causa del pestazo a marihuana que imperaba en el salón.

Donald apartó unos periódicos que había encima del sofá para que Angie pudiera sentarse bajo un enorme póster de Keith Richards. Era una foto de los años setenta que ya había visto antes. Keith parecía estar muy colocado y se apoyaba contra una pared con una botella de Jack Daniel's en una mano y el inevitable cigarrillo en la otra, luciendo una camiseta con la frase JAGGER ES GILIPOLLAS.

Angie tomó asiento y Donald se me quedó mirando mientras yo ponía el cerrojo de la puerta y sacaba la pistola de la sobaquera.

—¡Oye! —me dijo.

—Donald —le atajó Angie—, no nos sobra el tiempo, así que seremos breves.

—¿Y esto qué tiene que ver con la WAAF, tíos? —se quedó mirando mi arma y, aunque la seguía llevando a la altura de la rodilla, el hombre se echó hacia atrás como si le hubiera arreado un sopapo.

—Lo de la WAAF era una trola —reconoció Angie—. Siéntate, Donald. Ya.

Se sentó. Era un chaval paliducho y consumido, con el pelo corto, amarillento y de punta. Tenía la cabeza en forma de manzana. Le echó un vistazo a la pipa que había en la mesa situada frente a él y preguntó:

—¿Sois de narcóticos?

—Los idiotas me sacan de quicio —le dije a Angie.

—Donald, no somos narcos. Somos gente con armas y prisa. A ver, ¿qué pasó la noche en que murió Anthony Lisardo?

Se dio tales manotazos en la cara que me quedé convencido de que le saldrían moratones.

—¡Ah, coño! ¿Así que todo esto va de lo de Tony? ¡Joder, joder, joder!

—Sí —le informé—. Esto va de lo de Tony.

—¡Ay, Dios mío!

—Háblanos de Tony —le ordené—. Y rapidito.

—Y luego me mataréis.

—No vamos a matarte —Angie le dio unas palmaditas en la pierna—. Te lo prometo.

—¿Quién le puso la coca en el tabaco? —pregunté.

—No lo sé. No. Lo. Sé.

—Estás mintiendo.

—De verdad que no.

Amartillé el arma.

—Vale, sí, estoy mintiendo —reconoció—. Pero aparta eso, por favor, ¿vale?

—Fue ella, ¿no?

La palabra «ella» fue lo que le desarmó. Se me quedó mirando como si yo fuese la Muerte en persona y se retorció en el sofá. Las piernas le saltaron del suelo. Apretó los codos contra el pecho hundido.

—Dilo.

—Desirée Stone, tío. Fue ella.

—¿Por qué? —le preguntó Angie.

—No lo sé —levantó las manos—. De verdad que no lo sé. Tony había hecho algo por ella, algo ilegal, pero no me quiso decir de qué se trataba. Sólo me dijo que me mantuviera alejado de esa tía porque la pava tenía un rollo muy chungo, colega.

—Pero tú no le hiciste caso.

—Sí que se lo hice —dijo él—. Yo guardé las distancias. Pero ella... joder, tío, apareció por aquí como si viniera a comprar hierba, ¿sabes? Y bueno, pues que la tía... En fin... ¿qué te voy a contar?

—Que te pegó un polvazo que te dejó tieso —dijo Angie.

—Me dolía todo, tíos. Menuda era la tía cabalgando. Deberían ponerle su nombre a un hipódromo...

—Los cigarrillos —le recordé.

—Ah, sí, claro —miró hacia abajo y habló bajito—. Yo no sabía lo que contenían. Lo juro por Dios. Tony era mi mejor amigo. —Levantó la vista para mirarme—. Mi mejor amigo, tío.

—¿Te pidió ella que le dieras los cigarrillos? —preguntó Angie.

Donald asintió:

—Eran de la marca que él fumaba. Se suponía que yo tenía que dejarlos en el coche, ¿sabéis? Pero luego nos pusimos en marcha y acabamos en el embalse. Y él enciende un pitillo y se va al agua y se le pone una cara muy rara... Como si estuviera pisando algo que no le hiciera ninguna gracia, ¿no? Bueno, pues eso fue todo. Se le puso una cara muy rara, se llevó la mano al pecho y se fue para abajo.

—¿Y no lo sacaste a flote?

—Lo intenté, pero estaba muy oscuro. No podía encontrarlo. Y al cabo de cinco minutos, me entró miedo y me largué de allí.

—Desirée sabía que era alérgico a la coca, ¿verdad? —pregunté.

—Claro —repuso—. Tony sólo tomaba maría y priva, aunque como Mensajero se suponía que no podía...

—¿Lisardo pertenecía a la Iglesia de la Verdad Revelada? —inquirí.

Donald me miró de frente:

—Sí. Desde que era un crío.

Me senté un momento en el brazo del sofá, respiré hondo y me tragué los restos de las fumadas de mi anfitrión.

—Todo —comentó Angie.

Me la quedé mirando:

—¿Qué quieres decir?

—Que todo lo que esta mujer lleva haciendo desde un buen principio ha estado convenientemente calculado. La supuesta depresión. Alivio de la Pena. Todo.

—¿Cómo se convirtió Lisardo en Mensajero? —le pregunté a Donald.

—Su madre, tío, que está como una chota porque el marido era un prestamista asqueroso. Ella se hizo de los Mensajeros y obligó a Tony a apuntarse. Fue hace cosa de diez años. Él era un crío.

—¿Y qué pensaba Tony de ello? —preguntó Angie.

Donald hizo un gesto despectivo con la mano:

—Pensaba que era una puta mierda. Pero también los respetaba, en cierta medida, pues decía que los Mensajeros eran como su padre, unos timadores. Dijo que tenían pasta a punta pala, y que no podían declararla.

—Desirée estaba al corriente de todo eso, ¿verdad?

Se encogió de hombros:

—A mí no me comentó nada.

—Vamos, Donald...

Se me quedó mirando:

—De verdad que no lo sé. Tony largaba mucho, ¿vale? O sea, que lo más probable es que le contara todo acerca de él a Desirée, desde el día que nació. Quiero decir... Poco antes de morir, Tony me habló de ese tío que iba a soplarle un buen puñado de billetes a la Iglesia, y yo le dije: «Joder, Tony, a mí no me expliques esas mierdas, ¿vale?». Pero Tony era un bocazas. Un bocazas del copón.

Angie y yo intercambiamos una mirada. Tenía razón hace un minuto.

Desirée había calculado hasta el más mínimo movimiento realizado. Le había echado el ojo a Alivio de la Pena y a la Iglesia de la Verdad Revelada. No había sido al revés. Había elegido a Price. Y a Jay. Y, probablemente, a todos los demás, a cualquiera que pensase que era él quien le estaba echando el ojo a ella.

Silbé por lo bajini. Había que reconocer que esa mujer era única en el mundo. Menuda alhaja.

—Así pues, Donald, ¿tú no sabías que los cigarrillos llevaban coca? —le pregunté.

—No —respondió—. Ni hablar.

Asentí:

—Tú sólo pensabas que Desirée era un encanto al regalarle a su ex novio un paquete de tabaco.

—No, mira, no exactamente... Yo no lo entendía todo muy bien, que digamos. Lo único que tenía claro era que Desirée siempre se salía con la suya. Siempre.

—Y quería ver muerto a tu mejor amigo —dijo Angie.

—Y tú te encargaste de complacerla —remaché.

—No, tío, no. Yo apreciaba a Tony. De verdad. Pero Desirée...

—Era un pedazo de coño —dijo Angie.

Donald cerró la boca y se miró los pies descalzos.

—Espero que fuera el polvo de tu vida —le dije—. Porque la ayudaste a matar a tu mejor amigo. Y vas a tener que vivir con eso para siempre. Que te sea leve.

Echamos a andar hacia la puerta.

—También os matará a vosotros —dijo Donald.

Nos lo quedamos mirando. Se inclinó hacia adelante y metió hierba en la pipa con unos dedos temblorosos.

—El que se cruza en su camino, sea quien sea, es eliminado. Ella sabe que no le diré nada a la policía porque... Porque no soy nada, ¿sabéis? —Levantó la vista hacia nosotros—. Esa Desirée... No creo ni que le guste follar. Lo hace muy bien, pero tengo la impresión de que le da lo mismo. ¿Pero destruir a la gente? Tíos, os aseguro que eso sí que le encanta.

35

—¿Qué piensa conseguir volviendo aquí? —preguntó Angie mientras ajustaba los prismáticos y miraba a través de ellos hacia las ventanas iluminadas del apartamento de Jay en Whittier Place.

—No creo que se trate de las memorias de su madre —apunté.

—Creo que eso podemos descartarlo.

Estábamos en un aparcamiento situado bajo la rampa de una autovía, en una especie de islote situado entre la nueva calle Nassau y Whittier Place. Dentro del coche, nos manteníamos lo más hundidos que podíamos en los asientos para poder atisbar mejor las ventanas del dormitorio y del salón del piso de Jay. Durante el tiempo que llevábamos allí, habíamos visto dos siluetas —una masculina y una femenina— pasar por delante de las ventanas. No estábamos seguros de que la silueta femenina correspondiera a Desirée, pues las cortinas estaban corridas y sólo podíamos ver sombras. La identidad de la figura masculina era un misterio. En cualquier caso, teniendo en cuenta el sistema de seguridad de Jay, era acertado suponer que la mujer era Desirée.

—¿Y de qué puede tratarse? —insistió Angie—. Vamos a ver, lo más probable es que los dos millones obren en su poder, ¿no? La tía está a salvo en Florida con pasta suficiente como para irse a donde se le antoje. ¿Para qué volver?

—Lo ignoro. Puede que para acabar el trabajo que empezó hace casi un año.

—¿Matar a Trevor?

Me encogí de hombros:

—¿Por qué no?

—¿Con qué objetivo?

—¿Qué?

—¿Con qué objetivo? Patrick, esa chica siempre va detrás de algo. Nunca hace nada por motivos emocionales. Cuando mató a su madre y trató de matar a su padre, ¿cuál crees que era su principal interés?

—¿Emanciparse? —propuse.

Y Angie negó con la cabeza:

—No me parece motivo suficiente.

—¿No te parece motivo suficiente? —Bajé los prismáticos y me la quedé mirando—. No creo que Desirée necesite muchos motivos para nada. Recuerda lo que le hizo a Liliana Ríos. Joder, acuérdate de lo que le hizo a Lisardo.

—Vale, pero ahí había cierta lógica. Había un motivo, por retorcido que te parezca. Mató a Lisardo porque era el único nexo que la relacionaba con los tres tíos que se cargaron a su madre. Mató a Liliana Ríos porque así borraba sus huellas al robarle los dos millones a Price. En ambos casos, Desirée obtuvo algo importante. ¿Pero qué puede ganar ahora matando a Trevor? ¿Y qué podía ganar hace ocho meses cuando intentó liquidarlo por primera vez?

—Bueno, supongo que siempre se trata de dinero.

—¿Por qué?

—Porque supongo que en su momento fue la principal beneficiaria del testamento de su progenitor. Muertos sus padres, ella heredaría unos cientos de millones.

—Pues sí. Exactamente.

—Vale —dije—. Pero eso ya no funciona así. Es imposible que Trevor siga teniéndola presente en su testamento.

—Cierto. ¿Para qué vuelve entonces?

—Eso es lo que yo me pregunto.

Angie apartó los prismáticos y se frotó los ojos:

—Todo un misterio, ¿no crees?

Me recliné un momento en el asiento, me froté el cuello y los músculos de la espalda contra el respaldo y lo lamenté de inmediato. Una vez más, me había olvidado del hombro fracturado y el dolor me estalló en la clavícula, se extendió por la parte izquierda del cuello y acabó clavándoseme en el cerebro. Tragué aire a toda prisa en un intento de reprimir la bilis que me salía del pecho.

—Físicamente, Liliana Ríos tenía mucho en común con Desirée —acabé diciendo—. Es normal que Jay las confundiera.

—Ya. ¿Y?

—¿Crees que fue una casualidad? Fuera cual fuera su relación, Desirée escogió a Liliana Ríos para que la palmara en ese hotel porque se parecía mucho a ella. Lo tenía todo previsto.

Angie sintió un escalofrío:

—Esa mujer es tremenda.

—Muy cierto. Y por eso la muerte de la madre no tiene ningún sentido.

—¿Cómo dices? —se giró para mirarme.

—Esa noche, el coche de la madre se estropeó, ¿no?

—Sí —asintió Angie—. Y entonces la madre recurrió a Trevor, lo cual aseguró la presencia de ambos en el coche cuando los amigos de Lisardo...

—Mucha casualidad, ¿no? Quiero decir, teniendo en cuenta la agenda de Trevor, sus hábitos laborales y su relación conyugal... ¿qué lógica tiene que Inés lo usara de chofer? ¿Y qué lógica tiene que él estuviera ahí para atender su petición? ¿Para qué iba a prestarse a recogerla en vez de decirle que pillara un taxi?

—Hay un montón de cabos sueltos, sí —reconoció Angie.

—Muchos. Y Desirée nunca deja cabos sueltos, como tú misma has dicho.

—¿Insinúas que la muerte de la madre no formaba parte del plan?

—No lo sé. —Miré por la ventanilla y meneé la cabeza—. Con

Desirée no me aclaro mucho. Mañana quiere que la acompañemos a la casa. Se supone que para protegerla.

—Como si alguna vez hubiese necesitado la menor protección...

—Exacto. ¿Para qué quiere entonces que vayamos con ella? ¿Qué nos está preparando?

Nos quedamos allí un rato más, con los prismáticos enfocados hacia las ventanas de Jay, esperando una respuesta a mi pregunta.

Al día siguiente, a las siete y media de la mañana, Desirée hizo su aparición.

Y yo casi me colé en su campo de visión.

Volvía de una cafetería en la calle Causeway porque Angie y yo habíamos llegado a la conclusión de que tras pasar la noche en el coche valía la pena arriesgarse por un poco de cafeína.

Yo estaba a unos diez metros del vehículo, justo enfrente del edificio de Jay, cuando se abrió la puerta de la calle. Me di cuenta a tiempo y me escondí tras un pilar de la rampa de la autovía.

Un hombre muy bien vestido, de una edad comprendida entre el final de la cuarentena y el comienzo de la cincuentena, salió de Whittier Place con un maletín en la mano. Apoyó el maletín en el suelo, se quitó el chaquetón, se estiró y se puso a oler el aire fresco de esa soleada mañana de marzo. Acto seguido, se echó el chaquetón al hombro, recogió el maletín y miró por encima del hombro a un grupito de trabajadores matutinos que iba tras él. Le sonrió a alguien del grupo.

Ella no le devolvió la sonrisa y, al principio, el moño y las gafas me despistaron. Llevaba un traje chaqueta de ejecutiva cuya falda le llegaba hasta la rodilla, una blusa blanca muy severa y una bufanda gris anudada al cuello. Se detuvo un instante a arreglarse el cuello del abrigo negro mientras el resto del grupo se diseminaba en dirección a sus coches o echaba a andar hacia la Estación Norte o el Centro de

Gobierno, optando algunos de ellos por el paso elevado que conducía al Museo de la Ciencia o a la Estación Lechmere.

Desirée los observó a todos con el mayor de los desprecios y cierto odio displicente. O igual es que yo veía más cosas de las que había.

El hombre bien vestido se acercó a ella y le dio un beso en la mejilla. Desirée le acarició levemente la entrepierna y se apartó de él.

Le dijo algo, sonriendo, y él negó con la cabeza mientras en su rostro poderoso se instalaba una sonrisita de alegre sorpresa. Desirée echó a andar hacia el aparcamiento y vi que se dirigía a un Ford Falcon azul, el descapotable de Jay, que llevaba ahí desde que su dueño se fue a Florida.

Experimenté un odio profundo y sin paliativos hacia Desirée mientras la veía insertar la llave en la cerradura del coche, pues era consciente del tiempo y el dinero que Jay había invertido en restaurarlo, cambiando el motor, buscando partes concretas por todo el país... No era más que un coche y quedárselo no era el más grave de los delitos de Desirée, pero para mí lo que había allí era un trozo de Jay que aún vivía y que ella pensaba seguir disfrutando un poquito más.

El hombre caminó hasta la acera que estaba casi enfrente de mí y yo me escondí un poco mejor tras el pilar de cemento. Cambió de opinión con respecto a su chaquetón cuando le golpeó el viento procedente de la calle Causeway, se lo volvió a poner mientras Desirée ponía en marcha el Falcon y empezó a andar calle arriba.

Rodeé la columna, por detrás del coche, y vi los ojos de Angie clavados en el retrovisor.

Señaló a Desirée y luego a sí misma.

Sonrió y me envió un beso.

Puso el coche en marcha y yo crucé la calle hacia la acera, siguiendo a aquel hombre por Lomasney Way.

Un minuto después, Desirée me pasó al volante del coche de Jay, seguida por un Mercedes blanco que, a su vez, era seguido por Angie. Vi cómo los tres coches enfilaban la calle Staniford y torcían a la derecha por la calle Cambridge, abriéndoseles a partir de entonces todo tipo de posibilidades.

Por el modo en que el hombre se ponía el maletín bajo el brazo y metía las manos en los bolsillos, deduje que el paseo iba para largo. Dejé una distancia de cincuenta metros entre él y yo y lo seguí Merrimac arriba. Merrimac llevaba a la calle del Congreso y a la plaza Haymarket. Una nueva ráfaga de viento nos azotó mientras cruzábamos New Sudbury en dirección al distrito financiero, donde había más mezclas arquitectónicas que en cualquier otra ciudad que yo conociera. Vidrio resplandeciente y moles de granito se imponían a edificios de cuatro plantas de estilo gótico y a seudopalacios de aire florentino; el modernismo se mezclaba con el Renacimiento alemán, el postmodernismo, el arte pop, las columnas jónicas, las cornisas francesas, las pilastras corintias y el tradicional granito de Nueva Inglaterra. Me he pasado tantos días enteros en el distrito financiero, sin hacer nada más que mirar los edificios, que he llegado a la conclusión de que esa zona es una metáfora de las distintas maneras de vivir que hay en el mundo: lo más curioso de la acumulación de tan dispares perspectivas es que el conjunto funcione.

Eso sí, seguía pensando que si me dejaran volar el Ayuntamiento, lo haría sin dudarlo.

Justo antes de entrar en el corazón del distrito financiero, el hombre giró a la izquierda, atajando por las calles State, Congress y Court y pisando de esa manera las losas que conmemoran la Matanza de Boston, caminó otros veinte metros y giró hacia el edificio Exchange Place.

Me lancé al trote porque Exchange Place es enorme y cuenta con no menos de dieciséis ascensores. Cuando me planté en esos suelos de mármol de los que salían paredes de cuatro pisos de altura, no lo

vi. Giré a la derecha, hacia el pasillo de los ascensores rápidos, y vi dos puertas cerrándose suavemente.

—¡Un momento, por favor! —corrí hacia las puertas y conseguí deslizar el hombro bueno entre ellas. Cedieron, pero no antes de arrearme un buen pellizco. Mis pobres hombros estaban teniendo una semana espantosa.

El hombre estaba apoyado en la pared del ascensor, mirándome mientras yo entraba, con una expresión de enfado en el rostro, como si hubiera irrumpido de forma molesta en su intimidad.

—Gracias por sostenerme la puerta —le dije.

Ni me miró:

—A estas horas del día, hay un montón de ascensores más.

—Vaya —ironicé—, un buen samaritano.

Mientras se cerraban las puertas, observé que apretaba el botón del piso 38. Asentí en dirección al interruptor y me apoyé en la pared.

El hombre observó mi rostro magullado, el cabestrillo que me aguantaba el brazo y la ropa que había conseguido arrugar de manera superlativa a base de tirarme once horas encerrado en un coche.

—¿Tiene cosas que hacer en el 38? —me preguntó.

—Pues sí.

Cerré los ojos, bien apoyadito en la pared.

—¿Qué tipo de cosas? —insistió mi vecino de ascensor.

—¿Usted qué cree?

—Pues no lo sé.

—Entonces, puede que se dirija al piso que no es —apunté.

—Yo *trabajo* ahí.

—¿Y no sabe a qué se dedican? Caramba. ¿Es su primer día?

Se dedicó a suspirar mientras el ascensor recorría la distancia entre los pisos 1 y 20 a tal velocidad que pensé que me iban a salir disparados los mofletes hacia arriba.

—Joven —me dijo—, creo que ha cometido un error.

—¿Joven? —me sorprendí, pero al mirarle con más atención me di cuenta de que le había echado diez años menos. Me habían engañado su piel firme y bronceada, así como su cabello oscuro y sus andares enérgicos, pero lo cierto es que el tío no tendría menos de sesenta.

—Sí, estoy convencido de que se equivoca de sitio.

—¿Por qué?

—Porque conozco a todos los clientes de la firma y a usted no le he visto nunca.

—Soy nuevo —le aseguré.

—Lo dudo —sentenció él.

—Se lo aseguro.

—No me lo creo —dijo obsequiándome con una sonrisa paternal hecha de unos dientes blanquísimos.

Había dicho «firma», pero deduje que no se trataba de una empresa de contabilidad.

—He sufrido heridas —le dije señalando el brazo chungo—. Soy el batería de Guns N' Roses, el grupo de rock. ¿Le suena?

Asintió.

—El caso es que anoche dimos un concierto en el Fleet y alguien se lió con la cosa pirotécnica y ahora necesito un abogado.

—¿De verdad?

—Sí.

—El batería de Guns N' Roses se llama Matt Forum y no se parece en nada a usted.

¿Un fan de Guns N' Roses de sesenta años? ¿Cómo era posible? ¿Y por qué había tenido que encontrármelo yo?

—Era Matt Forum —me defendí—. *Era*. Se cabreó con Axl y me llamaron a mí.

—¿Para tocar en el Fleet? —dijo mientras el ascensor llegaba a la planta 38.

—Pues sí, colega.

Se abrieron las puertas y el hombre las bloqueó poniendo la mano sobre el panel de control.

—Anoche en el Fleet hubo un partido entre los Celtics y los Bulls.

Lo sé porque yo estaba allí —me dedicó otras de sus francas sonrisas—. Sea usted quien sea, rece para que este ascensor llegue a la planta baja antes que los de seguridad.

Salió y se me quedó mirando mientras se empezaban a cerrar las puertas. A su espalda, pude ver un rótulo dorado con la inscripción GRIFFIN, MYLES, KENNEALLY Y BERGMAN.

Le sonreí.

—Desirée —susurré.

Se echó hacia adelante, metió la mano entre las puertas y éstas se abrieron de nuevo.

—¿Qué ha dicho?

—Ya me ha oído, señor Griffin. ¿O debería llamarle Danny?

36

Su despacho disponía de todo aquello que una persona próspera pueda necesitar, con la excepción de una plaza de aparcamiento para el avión, que también le habría cabido perfectamente.

Los demás despachos estaban vacíos, descontando a un secretario que iba rellenando cafeteras cada cuatro cubículos y dentro de cada oficina. Allá a lo lejos, en algún lugar del recinto, alguien pasaba la aspiradora.

Daniel Griffin colgó el chaquetón y la chaqueta del traje en un perchero y rodeó un escritorio inmenso. Tomó asiento y me indicó que hiciera lo propio al otro lado de la mesa.

Me quedé de pie.

—¿Quién es usted? —me preguntó.

—Patrick Kenzie, investigador privado. Si quiere corroborarlo, llame a Cheswick Hartman.

—¿Conoce a Cheswick?

Asentí.

—¿No será usted el que sacó a su hermana de cierta... situación, en Connecticut, hace unos años?

Me hice con una estatuilla de bronce que había en una esquina de la mesa y me quedé mirándola. Representaba a alguna deidad oriental o a una figura mitológica y consistía en una mujer con una corona en la cabeza que, en vez de nariz, lucía una trompa de elefante. Estaba sentada con las piernas cruzadas mientras unos cuantos peces saltaban desde el agua hacia sus pies. Tenía cuatro manos que sostenían, respectivamente, un hacha de guerra, un diamante, un frasco de ungüento y una serpiente enroscada.

—¿De Sri Lanka? —pregunté.

Alzó las cejas y asintió:

—Entonces se llamaba Ceilán.

—Ajá.

—¿Qué quiere de mí?

Observé la foto de una bella y sonriente esposa, y luego la de varios hijos ya crecidos junto a una multitud de nietos perfectos.

—¿Usted vota a los republicanos? —inquirí.

—¿Qué?

—Valores familiares —dije.

—No le entiendo.

—¿Qué quería Desirée? —le pregunté.

—No creo que eso sea asunto suyo.

Se estaba recuperando de la sorpresa del ascensor, su voz se iba haciendo más profunda y sus ojos volvían a ser severos. No faltaba mucho para que me amenazara de nuevo con llamar a los seguratas, así que tuve que pararle en seco.

Me acerqué más al escritorio, aparté una lamparita de lectura y me senté con una pierna a dos centímetros de la suya.

—Danny —le dije—, si te hubieras limitado a flirtear con ella, nunca me habrías dejado salir del ascensor. Tú tienes algo gordo que ocultar. Algo poco ético, ilegal y susceptible de enviarte al trullo para lo que te queda de vida. Todavía no sé de qué se trata, pero teniendo en cuenta cómo se las gasta Desirée, sé que no perdería ni cinco minutos con tus fláccidos genitales sin obtener algo importante a cambio. —Me incliné sobre él, le aflojé el nudo de la corbata y le desabroché el primer botón de la camisa—. Anda, dime de qué va la cosa.

Tenía el labio superior sudado y se le empezaban a desplomar los carrillos. Me dijo:

—Esto es una intrusión ilegal.

Enarqué una ceja:

—¿Eso es lo mejor que se te ocurre? Muy bien, Danny.

Me aparté del escritorio. Él se arrellanó en el asiento, dándole a las ruedas para alejarse de mí, pero yo le di la espalda y me encaminé hacia la puerta. Desde ahí, le eché una mirada:

—Dentro de cinco minutos, cuando llame a Trevor Stone para informarle de que su abogado se está follando a su hija, ¿quieres que le dé algún mensaje?

—No puedes hacer eso.

—¿Que no puedo? Tengo fotos, Danny.

A veces hay que marcarse un buen farol.

Daniel Griffin levantó una mano y tragó saliva siete veces. Se levantó tan deprisa que la silla salió disparada. Acto seguido, apoyó las manos en la mesa un instante y trató de aspirar todo el oxígeno a su alcance.

—¿Trabajas para Trevor? —preguntó.

—Trabajaba —reconocí—. Ya no. Pero aún conservo su número de teléfono.

—¿Le eres leal? —pronunció con voz aguda.

—Tú no —repuse con una sonrisita.

—¿Y tú?

Negué con la cabeza:

—No me caen bien ni él ni su hija. Y por lo que sé de ellos, podría estar muerto antes de las seis de la tarde.

Asintió:

—Son gente peligrosa.

—¿De verdad, Danny? Cuéntame algo que no sepa. ¿Qué se supone que tienes que hacer por Desirée?

—Yo... —Negó con la cabeza y echó a andar hacia una neverita que había en un rincón. Se inclinó sobre ella y yo saqué la pistola y le quité el seguro.

Pero todo lo que sacó de allí fue una botella de Evian. Se bebió la mitad del agua y luego se secó los labios con el dorso de la mano. Se le dilataron los ojos al ver el arma. Yo me encogí de hombros.

—Es un tipo malvado y mezquino y se está muriendo —dijo Griffin—. Tengo que pensar en el futuro. Tengo que pensar en quién va a controlar su dinero cuando él ya no esté. Quién va a tener la cartera, por así decir.

—Una buena cartera —reconocí.

—Sí. Un billón, ciento setenta y cinco millones, según la última estimación.

Esa cifra me mareó ligeramente. Hay ciertas cantidades de dinero que uno se imagina que pueden llenar un camión o la caja fuerte de un banco. Y luego están las cantidades de dinero que sobrepasan las medidas de esas dos cosas.

—Eso no es una cartera —le dije—. Eso es un producto nacional bruto.

Griffin asintió:

—Y tiene que ir a alguna parte cuando él muera.

—Dios mío —comenté—. Vas a alterar su testamento.

Apartó sus ojos de los míos y se puso a mirar por la ventana.

—¿O ya lo has hecho? —le pregunté—. Porque él cambió el testamento después de que atentaran contra su vida, ¿no es cierto?

Miró hacia la calle State y hacia la parte de atrás de la plaza del Ayuntamiento y asintió.

—¿Dejó fuera a Desirée?

Otro cabezazo.

—¿Y ahora a quién irá a parar el dinero?

Nada.

—Daniel —insistí—. ¿Para quién es ahora el dinero?

Hizo un gesto ambiguo con la mano:

—Está repartido entre varios intereses: universidades, bibliotecas, investigación médica, cosas así.

—Mentira. El tipo no es tan buena persona.

—El noventa y dos por ciento del total va a parar a una fundación privada que lleva su nombre. Como abogado, tengo poderes para transferir cada año de esa cuenta un cierto porcentaje de los intereses a esas empresas dedicadas a la investigación científica. El resto se queda en la fundación y va creciendo.

—¿De qué empresas se trata?

Apartó la vista de la ventana:

—De empresas especializadas en investigación criogénica.

Casi me eché a reír:

—¿El puto chiflado piensa congelarse?

Griffin asintió:

—Hasta que haya una cura para su cáncer. Y cuando despierte, seguirá siendo uno de los hombres más ricos del mundo, pues sólo con los intereses de su dinero, conseguirá superar la inflación hasta el año 3000.

—Un momento —le dije—. Si está muerto, o congelado o lo que sea, ¿cómo piensa vigilar su dinero?

—¿Cómo va a impedir que yo o mis sucesores se lo robemos?

—Exactamente.

—Con una compañía privada de contabilidad.

Me apoyé en la pared un momento, para asimilarlo todo.

—Pero esa compañía privada de contabilidad sólo se pone en marcha cuando él esté muerto o congelado, ¿no?

Cerró los ojos y asintió.

—¿Y cuándo piensa meterse en la nevera?

—Mañana.

Me reí. Aunque era de lo más absurdo.

—No te rías. Está loco. Pero no hay que tomárselo en broma. Yo no creo en el proceso criogénico, pero... ¿Y si me equivoco y él está en lo cierto, Kenzie? Acabará bailando sobre nuestras tumbas.

—No si tú cambias el testamento —le dije—. Ése es el único agujero de su plan, ¿verdad? Aunque le dé por comprobar el testamento antes de meterse en el frigorífico, tú siempre puedes dar el cambiazo después, ¿no?

Echó un trago de la botella de Evian.

—Es complicado, pero puede hacerse.

—Brillante. ¿Dónde está ahora Desirée?

—No tengo ni idea.

—Vale. Pilla el chaquetón.

—¿Qué?

—Te vienes conmigo, Daniel.

—No pienso hacerlo. Tengo reuniones. Tengo...

—Yo tengo varias balas en el cargador con ganas de salir a dar una vuelta. No sé si me explico...

37

Paramos un taxi en la calle State y nos dirigimos a Dorchester enfrentándonos al tráfico de la hora punta.

—¿Cuánto tiempo llevas trabajando para Trevor? —le pregunté a Griffin.

—Desde 1970.

—Más de un cuarto de siglo —comenté.

Y él asintió.

—Pero anoche le traicionaste en un momento por poder tocar la carne de su hija.

Se inclinó y tiró de la raya de los pantalones hasta que éstos se aposentaron sobre sus relucientes zapatos.

—Trevor Stone —dijo aclarándose la garganta—. Es un monstruo. Trata a la gente como si fueran cosas. Peor que cosas. Compra personas, las vende, las intercambia y las tira a la basura cuando ya no le son útiles. Admito que, hace tiempo, me pareció que su hija era lo contrario a él. La primera vez que hicimos el amor...

—¿Cuándo fue eso?

Se ajustó la corbata:

—Hace siete años.

—Cuando ella tenía dieciséis.

Observó el tráfico complicado al otro lado de la autovía:

—Pensé que era un regalo del cielo. Una belleza sin mácula, una chica adorable que se convertiría en todo aquello que nunca había sido su padre. Pero a medida que pasaba el tiempo, me di cuenta de que todo era una actuación. Eso es lo que es ella, una actriz que disimula mejor que su padre. Pero es igual que él. Así pues, como yo ya era mayor y hacía mucho tiempo que había perdido la inocencia, cambié mi perspectiva de la situación e intenté sacar lo que pudiera de ella. Desirée me utiliza, yo la utilizo a ella y ambos rezamos por el hundimiento de Trevor Stone. —Me sonrió—. Puede que ella no sea mejor que su padre, pero es más guapa y mucho más divertida en la cama.

Nelson Ferrare me contempló con ojos somnolientos y se rascó a través de la camiseta. A su espalda, podía oler el pestazo a sudor y a comida podrida que impregnaba el apartamento como una plaga.

—¿Quieres que vigile a este tío?

Daniel Griffin parecía aterrorizado, pero creo que aún no por Nelson, aunque no le faltasen motivos. De momento, era por el apartamento.

—Pues sí. Hasta medianoche. Trescientos pavos.

Extendió la mano y le solté los billetes.

Se apartó de la puerta y dijo:

—Adelante, carcamal.

Empujé a Daniel Griffin hacia dentro y llegó trastabillando al salón.

—Si es necesario, Nelson, espósalo a algo. Pero no le hagas daño. Ni un rasguño.

Bostezó.

—Por trescientos pavos, hasta le prepararía el desayuno. Lástima que no sepa cocinar.

—¡Esto es intolerable! —se indignó Griffin.

—Suéltalo a medianoche —le dije a Nelson—. Ya nos veremos.

Nelson se dio la vuelta y cerró la puerta.

Mientras caminaba por el pasillo del edificio, escuché su voz a través de las delgadas paredes:

—En esta casa hay una regla muy sencilla, carcamal: cómo toques el mando a distancia, te corto la mano con un serrucho viejo.

Tomé el metro de regreso al centro y recogí mi coche en el garaje de la calle Cambridge, donde lo guardo normalmente. Es un Porsche de 1963 que he restaurado de manera similar a como Jay restauró su Falcon: pieza a pieza, a lo largo de los años, hasta conseguir sacarlo a la carretera. Y al cabo del tiempo, era el trabajo invertido y no los resultados lo que más me enternecía. Como dijo mi padre una vez al señalarme un edificio que había ayudado a construir, antes de convertirse en bombero: «El edificio me importa una mierda, ¿pero ves ese ladrillo, Patrick? ¿Y toda esa hilera del tercer piso? Pues yo los puse ahí. Los primeros dedos que los tocaron fueron los míos. Y esos ladrillos vivirán más que yo».

Así fue. El trabajo y sus resultados siempre viven más que los trabajadores, como puede afirmar el fantasma de cualquier esclavo egipcio.

Y tal vez, pensaba mientras le quitaba la funda a mi coche, eso es lo que Trevor no puede aceptar. Por lo poco que sabía de sus negocios (y podía estar equivocado, dada su extrema diversificación), sus probabilidades de alcanzar la inmortalidad eran escasas. No parecía haber construido gran cosa. Era un comprador, un vendedor y un explotador, pero el café salvadoreño y los beneficios que generaba no eran algo tangible cuando ese café había sido bebido y esos beneficios gastados.

¿Qué edificio conserva tus huellas, Trevor?

¿Qué amantes recuerdan tu rostro con alegría o afecto?

¿Qué es lo que marca tu estancia en la tierra?

¿Y quién lamentará tu fallecimiento?

Nadie.

Guardaba un teléfono móvil en la guantera, y lo usé para llamar a Angie, que también tenía uno en el Crown Victoria. Pero no contestó.

Aparqué delante de mi casa, conecté la alarma, subí a mi apartamento y me puse a esperar.

Llamé a Angie otras diez veces durante las siguientes dos horas,
y hasta revisé el teléfono para cerciorarme de que funcionaba perfectamente. Así era.

Igual se había quedado sin baterías, me dije.

Pero en ese caso podría haber utilizado el adaptador y enchufar
el aparato al encendedor del coche.

A no ser que no estuviera en el coche.

Pero entonces me habría llamado aquí.

A no ser que no tuviera tiempo o que no encontrara una cabina.

Miré la tele unos minutos para pensar en otra cosa. Echaban
Monkey business, de los hermanos Marx, pero ni ver a Harpo persiguiendo a mujeres por un trasatlántico ni esperar a que los cuatro
hermanos imitaran a Maurice Chevalier para poder largarse del barco con el pasaporte robado del cantante me eran de utilidad a la hora
de concentrarme.

Apagué el televisor y llamé una vez más a Angie.

No hubo respuesta.

Y no la hubo durante el resto de la tarde. Lo único que oí fueron
los timbrazos al otro lado de la línea y los que sonaban en mi cabeza.

Por no hablar del silencio subsiguiente. Un silencio tan intenso
como burlón.

38

El silencio me acompañó mientras conducía de regreso a Whittier Place para mi cita de las seis en punto con Desirée.

Angie no sólo era mi socia. Y tampoco era únicamente mi mejor amiga. Ni siquiera era tan sólo mi amante. Era todas esas cosas, claro que sí, pero también mucho más. Desde que hicimos el amor la otra noche, me había empezado a dar cuenta de que lo que había entre nosotros —aquello que, con toda probabilidad, había existido entre los dos desde la infancia— era más que especial: era sagrado.

Angie era mi principio y mi final.

Sin ella —sin saber dónde o *cómo* estaba— yo no me sentía disminuido, sino eliminado.

Desirée. Desirée estaba detrás de ese silencio. Estaba seguro de ello. Y en cuanto la viera, le iba a pegar un balazo en la rodilla y a hacerle algunas preguntas.

Pero Desirée, susurraba una vocecilla, es muy lista. Recuerda lo que dijo Angie: Desirée siempre tiene algo en la cabeza. Si estaba tras la desaparición de mi socia, si la tenía atada en alguna parte, la usaría para uno de sus cambalaches. No creo que la hubiera matado. De eso no sacaría ningún provecho. Nada de nada.

Salí por la rampa de la autovía hacia Storrow Drive y luego giré a la derecha para poder circunvalar Leverett Circle e ir a parar a Whittier Place. Pero antes de llegar al círculo, aparqué dejando el motor en marcha y dediqué un minuto a recuperarme, obligándome a respirar hondo, a enfriar un poco la sangre que me hervía en las venas y a pensar.

Los celtas, me susurraba la vocecilla, acuérdate de los celtas, Patrick. Estaban locos. Tenían muy mala hostia. Eran tu gente y aterrorizaban Europa un siglo antes de Cristo. Nadie les tocaba las narices. Porque eran unos chiflados sedientos de sangre que se lanzaban a la batalla pintados de azul y con la polla tiesa. Todo el mundo temía a los celtas.

Hasta que llegó César. Julio César les preguntó a sus hombres de qué iba todo ese rollo acerca de los temibles salvajes que rondaban por las Galias, por Alemania, por Irlanda y por España. Roma no le tenía miedo a nadie.

Los celtas tampoco, le contestaron sus hombres.

El valor ciego, dijo César, no puede competir con la inteligencia.

Dicho lo cual, envió setenta y cinco mil hombres a enfrentarse con más de un cuarto de millón de celtas en la batalla de Alesia.

Los celtas aparecieron con los ojos inyectados en sangre. Iban desnudos y con la polla tiesa, gritando furiosos y desprovistos de la menor preocupación por su propia seguridad.

Y los batallones de César los barrieron.

Utilizando precisas maniobras tácticas, sin asomo de emoción, las guarniciones de César conquistaron a los apasionados, decididos y valerosos celtas.

Mientras César presidía el desfile de la victoria por las calles de Roma, comentó que nunca había conocido a un guerrero más valiente que Vercingetorix, caudillo de los celtas galos. Y puede que para probar lo que pensaba en realidad del simple valor, César tamizó su opinión blandiendo la cabeza cercenada de Vercingetorix durante todo el desfile.

El cerebro, una vez más, se imponía al músculo. Las mentes sometían a los corazones.

Atacar como un celta, pegándole un tiro en la rodilla a Desirée, y esperar resultados era de lo más idiota. Desirée era una fina estratega. Desirée era una romana.

Mi sangre ardiente se enfrió como el hielo mientras seguía sentado en el coche en marcha, mientras las oscuras aguas del río Charles fluían a mi derecha. El ritmo de los latidos del corazón se fue calmando. Los temblores de las manos desaparecieron.

Esto no era un combate a puñetazos, me dije. Aunque ganes un combate, lo único que consigues es sangre, la tuya y la de tu adversario, pero éste suele estar dispuesto a repetir el encuentro.

Esto era una guerra. La guerra hay que ganarla cortándole la cabeza al enemigo. Y no hay más que hablar.

—¿Cómo estás? —me preguntó Desirée al llegar a Whittier Place con diez minutos de retraso.

—Bien —le sonreí.

Se quedó mirando el coche y lo alabó con un silbido:

—Es precioso. Ojalá hiciera buen tiempo para poder bajar la capota.

—Ojalá.

Pasó las manos por la puerta antes de abrirla. Una vez dentro, me dio un besito en la mejilla.

—¿Dónde está la señorita Gennaro? —preguntó mientras acariciaba con los dedos el revestimiento de madera del volante.

—Prefirió quedarse tomando el sol unos días más.

—¿Lo ves? Ya te lo dije. Malgastaste un billete gratis de avión.

Enfilamos la rampa de entrada a la autovía y nos pasamos al carril de la Carretera 1 encajando algunos bocinazos.

—Me gusta cómo conduces, Patrick. Muy de Boston.

—Así soy yo —le dije—. De Boston hasta las cachas.

—Dios mío —comentó—. ¡Cómo suena este motor! Parece el rugido de un leopardo.

—Por eso lo compré. Me chiflan los rugidos de leopardo.

Me obsequió con una risa sonora y profunda.

—¡Vaya que sí!

Llevaba un jersey azul marino de cachemir, unos tejanos muy ceñidos y unos mocasines marrones de cuero blando. Su perfume olía a jazmín. Su cabello, a manzanas maduras.

—Bueno —le dije—, ¿te lo has pasado bien desde que has vuelto?

—¿Pasarlo bien? —Negó con la cabeza—. No me he movido del apartamento desde que llegué. Tenía miedo de asomar la cabeza hasta que tú apareciste. —Sacó del bolso un paquete de cigarrillos Dunhill—. ¿Te molesta que fume?

—No. Me gusta el aroma.

—¿Ex fumador? —encendió el mechero del salpicadero.

—Prefiero el término «adicto a la nicotina en recuperación».

Atravesamos el túnel de Charlestown y subimos hacia las luces del puente Tobin.

—Creo que el mundo es injusto con las adicciones placenteras —declaró mi acompañante.

—¿Ah, sí?

Encendió el cigarrillo y le pegó una sonora calada:

—Absolutamente. Todo el mundo se muere. ¿Estoy en lo cierto?

—Yo diría que sí.

—Así pues, ¿por qué no aceptar las cosas que te acabarán matando? ¿Por qué demonizar ciertas cosas —heroína, alcohol, sexo, nicotina, saltos en paracaídas o lo que le guste a cada uno— y, al mismo tiempo, guardar un silencio hipócrita ante ciudades trufadas de toxinas y polución? Joder, la comida buena también es peligrosa. Por no hablar de vivir en el país más industrializado del planeta a finales del siglo XX...

—No te falta razón.

—Si muero de esto —levantó el pitillo—, por lo menos habrá sido por propia voluntad. Sin excusas de ningún tipo. Porque tuve poder de decisión —tuve cierto control— sobre mi propia desaparición. Es mejor que ser atropellado por un camión mientras vas de camino a un congreso de vegetarianos.

Sonreí a mi pesar:

—Nunca lo había oído plantear de esa manera.

Atravesamos el puente Tobin y la vista me recordó a Florida, por el modo en que el agua parecía caer desde debajo de nosotros a chorro. Pero no se trataba únicamente de los recuerdos de Florida. Aquí es donde había muerto Inés Stone, chillando mientras las balas le atravesaban la piel y los órganos vitales, mientras veía el rostro de la locura matricida, tanto si era consciente de ello como si no.

Inés. ¿Su muerte había formado parte del plan o no?

—¿Tú qué crees? —preguntó Desirée—. ¿Soy una nihilista?

Negué con la cabeza:

—Lo tuyo es el fatalismo. Mezclado con escepticismo.

Sonrió:

—Me gusta.

—Me alegro de que así sea.

—Lo que quiero decir es que todos moriremos —anunció Desirée echándose hacia atrás en el asiento—. Tanto si queremos como si no. Es una sencilla realidad vital.

Se inclinó hacia adelante y dejó caer algo blando en mi regazo.

Tuve que esperar a pasar bajo una farola para ver de qué se trataba, pues era un tejido muy oscuro.

Era una camiseta. Llevaba impresas en letras blancas las palabras FURIA EN EL MATADERO. Estaba rajada a la altura del ombligo de su propietaria.

Desirée me plantó una pistola en los testículos y se acercó a mí hasta que me pudo rozar la oreja con la lengua.

—No está en Florida —me dijo—. Está metida en un agujero en alguna parte. Aún no está muerta, pero lo estará si no haces exactamente lo que te diga.

—Te mataré —le susurré mientras el puente llegaba a su punto más alto e iniciaba la curva hacia el otro lado del río.

—Eso se lo dirás a todas.

Mientras dábamos la vuelta a Marblehead Neck, con el océano golpeando las rocas ahí abajo, conseguí apartar de mi mente la imagen de Angie y esquivar las negras nubes de preocupación que amenazaban con asfixiarme.

—Desirée...

—Así me llamo —sonrió.

—Tú quieres ver muerto a tu padre —le dije—. Me parece bien. Resulta totalmente lógico.

—Gracias.

—Para una sociópata.

—Qué cosas más bonitas dices.

—Pero lo de tu madre... —comenté—. ¿Por qué tenía ella que morir?

La voz de mi acompañante sonó fina y ligera:

—Ya sabes lo que pasa entre madres e hijas. Todos esos celos ridículos. Todas esas funciones escolares perdidas y esas discusiones sobre perchas...

—Hablo en serio —le dije.

Tamborileó un poquito en el cañón de la pistola.

—Mi madre era una mujer muy guapa —declaró.

—Ya lo sé. He visto fotos.

Hizo un ruidito despectivo:

—Las fotos mienten. Las fotos sólo recogen momentos aislados. Mi madre no era tan sólo bella físicamente, capullo. Era la elegancia personificada. Vivía en estado de gracia. Amaba sin reservas. —Tragó saliva.

—Entonces, ¿por qué tenía que morir?

—Cuando yo era pequeña, mi madre me llevó al centro de la

ciudad. Un día sólo para chicas, lo llamó ella. Hicimos un picnic en el parque, visitamos museos, tomamos el té en el Ritz y fuimos en barca por los Jardines Públicos. Fue un día perfecto. —Miró por la ventanilla—. A eso de las tres, nos cruzamos con un niño de mi edad... Yo debía de tener diez u once años por aquel entonces. Era chino y lloraba porque alguien le había tirado una piedra desde un autobús escolar en marcha y le había dado en el ojo. Y mi madre, esto nunca lo olvidaré, lo cogió en brazos y lloró con él. En silencio. Las lágrimas le caían por las mejillas mientras la sangre del chaval le manchaba la blusa. Así era mi madre, Patrick. —Apartó la vista de la ventanilla—. Lloraba por los desconocidos.

—¿Y por eso la mataste?

—Yo no la maté —siseó.

—¿No?

—¡Se le estropeó el coche, gilipollas! ¿Lo pillas? Eso no formaba parte del plan. Se suponía que no tenía que estar con Trevor. Ella no tenía que morir.

Tosió con fuerza y tragó saliva y algo más.

—Fue un error —dije.

—Sí.

—Tú la querías.

—Sí.

—O sea, que sentiste su muerte —le dije.

—Más de lo que te puedas imaginar.

—Bien —reconocí.

—¿Bien que se muriera o bien que su muerte me afectara?

—Las dos cosas —dije.

Las enormes verjas de hierro se abrieron ante nosotros cuando nos dirigíamos al sendero de entrada a la mansión de Trevor Stone. Una vez dentro, las puertas se cerraron tras nosotros y las luces del coche enfocaron los matorrales perfectamente esculpidos. Giramos a la izquierda mientras el blanco camino de grava circundaba un prado de forma ovalada con una enorme fuente en el centro y torcía de manera grácil a la derecha para desembocar en el camino principal. La casa estaba a unos cien metros de distancia, separada de nosotros por sendas hileras de robles blancos, altos y orgullosos, situados a una distancia exacta de cinco metros entre uno y otro.

Cuando llegamos al callejón sin salida al final del camino, Desirée dijo: «Sigue adelante. Ahí», y señaló hacia un lugar. Di una vuelta a la fuente y se encendió en ese preciso momento: unos rayos de luz amarilla atravesaron unas súbitas erupciones de agua espumosa. Una ninfa de bronce flotaba encima de todo, girando en lentas piruetas, mientras me contemplaban los ojos muertos de un querubín.

El camino se desviaba hacia un extremo de la mansión y yo seguí un sendero que atravesaba un pinar hasta llegar a un granero restaurado.

—Aparca ahí —me dijo Desirée, señalando un claro a la izquierda del granero.

Aparqué y apagué el motor.

Ella se hizo con las llaves y salió del coche, apuntándome con el arma a través del parabrisas mientras yo abría la portezuela y salía a la noche, cuyo aire era el doble de frío que en la ciudad a causa del viento que venía rugiendo desde el océano.

Escuché el sonido inconfundible de una bala entrando en la recámara, volví la cabeza y me topé con el negro cañón de la pistola que sostenía Julian Archerson.

—Buenas noches, señor Kenzie.

—Siniestro —le dije—. Siempre es un placer verte.

A la tenue luz pude distinguir un cilindro de metal que le asomaba del bolsillo izquierdo del chaquetón. Pude verlo mejor cuando mis ojos se acostumbraron a la oscuridad y me di cuenta de que se trataba de algún tipo de tanque de oxígeno.

Desirée se acercó a Julian y levantó un tubo que colgaba del tanque. Tiró de unas roscas del tubo hasta extender una máscara amarilla traslúcida a través de la oscuridad.

Me pasó la máscara y apretó el tornillo del tanque, que emitió un zumbido.

—Chupa —me dijo.

—No seas ridícula.

Julian me clavó el cañón de su arma en la mandíbula:

—No tiene elección, señor Kenzie.

—Hazlo por la señorita Gennaro —dijo Desirée con una suave voz—. El amor de tu vida.

—Lentamente —dije mientras cogía la máscara.

—¿A qué te refieres? —preguntó Desirée.

—A la manera en que vas a morir, Desirée. Lentamente.

Me puse la máscara sobre la cara y respiré. Sentí de inmediato cómo se me anestesiaban las mejillas y la punta de los dedos. Aspiré una vez más y sentí como si unas nubes se me colaran en el pecho. Aspiré por tercera vez y todo se volvió primero verde y luego negro.

39

Lo primero que pensé, mientras recuperaba la consciencia, fue que estaba paralizado.

Los brazos no se movían. Las piernas no se movían. Y no se trataba únicamente de las extremidades en sí, sino también de los músculos.

Abrí los ojos y parpadeé varias veces para deshacerme de una especie de costra que parecía habérseme formado en las córneas. Vi pasar la cara de Desirée, sonriendo. Luego, el pecho de Julian. Después, de nuevo el rostro de Desirée, que seguía sonriendo.

—Hola —me saludó.

La habitación en que estábamos empezó a tomar forma, como si de repente todo saliera de la oscuridad en dirección hacia mí y se detuviera abruptamente a espaldas de mis captores.

Me encontraba en el estudio de Trevor, sentado en una silla junto a la esquina izquierda del escritorio. Podía oír el rugido del mar a mi espalda. Y mientras se me pasaban los efectos del sueño, pude oír un reloj que hacía tic tac a mi derecha. Torcí la cabeza y lo miré. Las nueve en punto. Me había tirado dos horas fuera de combate.

Me miré el pecho y lo vi todo blanco. Tenía los brazos atados al respaldo de la silla y las piernas pegadas a las patas. Me habían atado con una sábana que me tapaba el pecho y los muslos y otra que me cubría piernas y pies. No podía notar ningún nudo, por lo que deduje que las sábanas, con toda probabilidad, estaban atadas a la parte de atrás del respaldo de la silla. Y bien fuerte. Lo cierto es que estaba momificado del cuello para abajo, con lo que mi cuerpo no mostraría la menor huella de sogas o grilletes cuando le llegara la hora de esa autopsia tan esperada por Desirée.

—Nada de marcas —dije—. Muy bien.

Julian hizo como que se quitaba un sombrero que no llevaba.

—Lo aprendí en Argelia —me informó—. Hace mucho tiempo.

—Eres un hombre viajado, Siniestro —le dije—. Eso está bien.

Desirée se me acercó y se sentó sobre el escritorio con las manos bajo los muslos y balanceando las piernas como una colegiala.

—Hola —dijo de nuevo, toda dulzura y amabilidad.

—Hola.

—Estamos esperando a mi papá.

—Ah —miré a Julian—. Con el Siniestro aquí y el Fardón muerto, ¿quién atiende a tu padre cuando está en la ciudad?

—Pobre Julian —dijo ella—. Ha pillado la gripe.

—No sabes cómo lo siento, Siniestro.

Julian apretó los labios.

—O sea, que papá tuvo que llamar a un servicio de limusinas para que le llevaran a la ciudad.

—Madre de Dios —comenté—. ¿Qué van a pensar los vecinos?

Sacó las manos de debajo de las piernas, extrajo del bolsillo el paquete de Dunhill y encendió un cigarrillo:

—¿Ya sabes cómo van a ir las cosas, Patrick?

Giré un poquito la cabeza y me la quedé mirando:

—Primero te cargas a Trevor, luego a mí y haces como que nos hemos matado mutuamente.

—Algo así.

Puso el pie izquierdo sobre el escritorio, escondió el derecho bajo su cuerpo y me contempló a través de los anillos de humo que expelió en mi dirección.

—Los polis de Florida asegurarán que yo planeaba una especie de venganza personal contra tu padre, o que me había obsesionado con él, y me presentarán como un paranoico o algo peor.

—Probablemente —tiró la ceniza al suelo.

—Caramba, Desirée, qué bien te está saliendo todo.

Me dedicó un conato de reverencia:

—Como de costumbre, Patrick. Tarde o temprano me salgo con la mía. Price tenía que estar donde tú estás ahora, pero la cagó y tuve que improvisar. Luego se suponía que tu silla era para Jay, pero las cosas se volvieron a liar y tuve que improvisar de nuevo. —Suspiró y apagó el pitillo sobre la mesa—. Pero no pasa nada: la improvisación es una de mis especialidades.

Se echó hacia atrás, apoyando las manos en el escritorio, y me dedicó una ancha sonrisa.

—Aplaudiría —le dije—, pero no sé cómo.

—La intención es lo que cuenta —dijo ella.

—Como no tenemos gran cosa que hacer antes de que te nos cargues a tu padre y a mí, permíteme que te haga una pregunta.

—Adelante, guapo.

—Price cogió el dinero que habíais robado los dos y lo escondió, ¿verdad?

—Verdad.

—¿Pero por qué le dejaste hacer eso, Desirée? ¿Por qué no torturarlo hasta sacarle la información y luego matarlo?

—Era un tío muy peligroso —dijo arqueando las cejas.

—Bueno, vale, lo que tú digas... Yo creo que comparado contigo, no era más que un pelele.

Se echó hacia adelante y me miró con una expresión de leve aprobación.

Se incorporó de nuevo, cruzó las piernas sobre la mesa y se agarró a los tobillos.

—Pues sí, al final podría haber conseguido los dos millones en menos de una hora si me hubiera dado por ahí. Pero habría corrido la sangre. Y el negocio de drogas de Price no estaba nada mal, Patrick. Si ese barco no se llega a hundir, le habrían caído diez millones de dólares.

—Y tú te lo hubieras cargado nada más recoger su dinero.

Asintió:

—No está mal, ¿eh?

—Pero la heroína llegó flotando a las costas de Florida...

—Con lo que todo el chanchullo se fue al carajo, sí. —Encendió otro cigarrillo—. Y entonces, papá os envió a ti, a Clifton y a Cushing, estos dos borraron del mapa a Jay y yo tuve que improvisar una vez más.

—Pero si te sale de maravilla, Desirée.

Sonrió con la boca bien abierta y la punta de la lengua recorriendo los dientes de arriba. Puso los pies en el suelo, saltó de la mesa, dio varias vueltas alrededor de mi silla y se dedicó a fumar y a mirarme con unos ojos radiantes.

Se paró y volvió a apoyarse en el escritorio sin apartar de mí sus ojos de jade.

No sé cuánto tiempo estuvimos así, mirándonos a los ojos, esperando que el otro parpadeara. Me gustaría poder decir que a medida que me sumergía en los relucientes ojos verdes de Desirée la iba entendiendo mejor. Me gustaría poder decir que atisbé la naturaleza de su alma, que encontré el común denominador entre nosotros y, por consiguiente, entre todos los seres humanos. Me encantaría poder decir todo eso, pero me resulta imposible.

Cuanto más miraba, menos veía. La porcelana y el jade no ocultaban nada. Y esa nada no llevaba a ningún sitio. Como no fuera, tal vez, a la pura avaricia, al deseo sin límites, a los pulidos engranajes de una máquina de conspirar. Y a nada más.

Desirée apagó el cigarrillo sobre la mesa, junto al anterior, y se me plantó justo delante.

—Patrick, ¿sabes qué es lo que da pena?

—¿Aparte de tu corazón? —apunté.

Y ella sonrió.

—Aparte de eso. Lo que da pena es que me caías bastante bien. Ningún hombre se me había resistido hasta ahora. Jamás. Y la verdad es que eso me ponía. Con un poco más de tiempo, te habría llevado al huerto.

Negué con la cabeza:

—Ni hablar.

—¿Ah, no? —Se puso de rodillas y puso la cabeza en mi regazo. Apoyó la mejilla izquierda y me miró con el ojo derecho—. No se me escapa nadie. Pregúntaselo a Jay.

—¿Crees que engañaste a Jay? —le pregunté.

Se frotó la mejilla contra mis muslos:

—Yo diría que sí.

—Entonces, ¿por qué fuiste tan tonta como para decirme en el aeropuerto lo de *Punto límite*?

Apartó la cabeza de mi regazo:

—¿Eso fue lo que te puso sobre aviso?

—Estaba en la higuera con respecto a ti desde que te conocí, Desirée, pero eso fue lo que hizo saltar las alarmas.

Hizo un ruidito con la lengua.

—Vaya con Jay. Qué listo era el tío. Me señaló desde la tumba, ¿no?

—Exactamente.

Se puso en jarras.

—Pues ya ves de qué le sirvió. —Se estiró, pasándose las manos por el pelo—. Siempre estoy preparada para todo tipo de contingencias, Patrick. Siempre. Es algo que aprendí de mi padre. Por mucho que deteste a ese capullo, eso lo aprendí de él. Siempre hay que tener un plan de repuesto. O tres, si es necesario.

—Mi padre me enseñó eso mismo. Y yo también odiaba a ese capullo.

Torció la cabeza a la derecha:

—¿De verdad?

—Pues sí, Desirée. De verdad.

—¿Se está tirando un farol, Julian? —dijo mirando por encima del hombro.

El rostro impasible de Julian pegó un respingo:

—Sí, querida, se está tirando un farol.

—Te estás tirando un farol —me espetó Desirée.

—Me temo que no querida —repuse—. ¿Has sabido algo hoy del abogado de tu padre?

Unos faros recorrieron la mansión mientras se oía el ruido de las ruedas de un coche sobre la grava.

—Ése debe de ser tu padre —dijo Julian.

—Ya sé quién debe de ser, Julian. —Desirée me estaba contemplando fijamente y los músculos de la mandíbula se le movían de forma casi imperceptible.

La miré a los ojos más profundamente que si fuese mi amante:

—Aunque te cargues a Trevor y luego a mí y hagas que parezca que nos eliminamos mutuamente, Desirée, no te va a servir de nada sin un cambio de testamento.

Se abrió la puerta principal.

—¡Julian! —clamó Trevor Stone—. ¡Julian! ¿Dónde estás?

Un coche abandonaba el sendero de grava en dirección a la verja de entrada a la mansión.

—¿Dónde está? —preguntó Desirée.

—¿Quién? —inquirí.

—¡Julian! —gritó Trevor.

Y Julian se dirigió hacia la puerta.

—Quédate aquí —le ordenó Desirée.

Y Julian se quedó tieso.

—Si le tiras un hueso, ¿va a por él y te lo trae? —le pregunté a Desirée.

—¡Julian! ¿Pero dónde te metes, hombre de Dios? —los pasos decrépitos de Trevor sobre el suelo de mármol sonaban cada vez más cercanos.

—¿Dónde está Danny Griffin? —preguntó Desirée.

—Lejos de tu alcance, me temo.

Sacó una pistola de debajo del jersey.

—¡Julian! ¡Por el amor de Dios! —las pesadas puertas se abrieron de par en par y apareció Trevor Stone, apoyado en su bastón, vestido de esmoquin, con un fular de seda blanca al cuello y el cuerpo tembloroso.

Desirée lo apuntó con la pistola mientras se arrodillaba en el suelo.

—Hola, papá —dijo—. Cuánto tiempo sin vernos.

40

Trevor Stone se comportaba con una dignidad que yo nunca había visto antes en un hombre al que le están apuntando con una pistola.

Contempló a su hija como si la hubiera visto ayer mismo, observó el arma como si se tratara de un regalo que no iba a rechazar aunque no le hiciese particular ilusión, se internó en la habitación y se dirigió a su escritorio.

—Hola, Desirée. Te sienta muy bien el bronceado.

Ella movió la cabeza en su dirección:

—¿Tú crees?

Los ojos verdes de Trevor recorrieron rápidamente el rostro de Julian y luego se posaron en mí.

—Señor Kenzie —dijo—. Veo que ha vuelto de Florida en muy buen estado.

—A pesar de estas sábanas que me tienen atado a la silla —le dije—, estoy estupendamente, Trevor.

Apoyó la mano en el escritorio mientras lo rodeaba, luego alcanzó la silla de ruedas situada junto a las ventanas y se sentó. Desirée, aún de rodillas, le siguió con la pistola.

—Bueno, Julian —dijo Trevor, llenando la espaciosa habitación con su bonita voz de barítono—, veo que has tomado partido por la juventud.

Julian cruzó las manos a la altura de la cintura e inclinó levemente la cabeza:

—Era la opción más pragmática, señor. Estoy seguro de que me comprende.

Trevor abrió el humidificador de ébano que tenía en el escritorio y Desirée amartilló el arma.

—Sólo es un cigarro, querida —sacó un habano del tamaño de mi antebrazo, le cortó la punta y lo encendió. Unos circulillos de humo salieron de la gruesa brasa mientras Trevor chupaba con fuerza. Al cabo de unos segundos, las fosas nasales se me llenaron de un aroma de hojas de roble.

—Pon las manos donde pueda verlas, papá.

—Ni se me ocurriría hacer otra cosa —dijo Trevor Stone mientras se arrellanaba en el asiento y seguía lanzando volutas al aire—. Todo parece indicar que has venido a terminar el trabajo que empezaron aquellos tres búlgaros el año pasado, en el puente.

—Algo así —reconoció Desirée.

Trevor torció un poco la cabeza para mirar a su hija por el rabillo del ojo:

—No, Desirée, algo así no, exactamente eso. Recuerda que si tu discurso es confuso, parecerá que también lo es tu mente.

—Las Reglas Fundamentales de Trevor Stone —me confió Desirée.

—Señor Kenzie —dijo su padre mientras miraba los anillos de humo—, ¿ha probado usted a mi hija?

—Papá —dijo ésta—. Por favor...

—No —confesé—. No he tenido el placer. Debo ser el único en este cuarto.

Los labios agrietados de Trevor Stone se contrajeron en una imitación de sonrisa:

—Veo que Desirée insiste en sus fantasías sexuales conmigo.

—Te hice caso, papá: si algo funciona, agárrate a ello.

Trevor me guiñó el ojo:

—No estoy libre de pecado, pero lo del incesto ni se me ocurriría

—giró la cabeza—. Dime, Julian, ¿qué te pareció la técnica de mi hija en la cama? ¿Satisfactoria?

—Bastante —dijo Julian mientras se le escapaba un tic.

—¿Mejor que la de su madre?

Desirée miró a Julian y luego volvió a enfocar a su padre.

—No sé nada de su madre, señor.

—Vamos, hombre —se guaseó Trevor—. No seas modesto, Julian. Pero si tú eres el padre de la criatura, no yo.

Julian se puso tenso y los pies se le separaron ligeramente:

—Se imagina usted cosas, señor.

—¿Tú crees? —Trevor torció la cabeza y me guiñó un ojo de nuevo.

Me sentí como si estuviera atrapado en una obra de teatro de Noel Coward reescrita por Sam Shepard.

—¿Tú crees que eso te va a funcionar? —preguntó Desirée justo antes de incorporarse—. Papá, paso tanto de los conceptos normales sobre lo que es correcto o incorrecto sexualmente, que ni te lo puedes imaginar. —Pasó a mi lado y se situó junto a él, inclinándose sobre sus hombros. Le colocó el cañón de la pistola en la parte izquierda de la frente y recorrió ésta con el arma, con tanta fuerza que le dejó una larga marca de sangre—. Y si Julian fuese mi padre biológico, ¿qué?

A Trevor se le cayó de la frente una gota de sangre que fue a parar sobre el puro.

—Venga, papá —dijo ella pellizcándole la oreja izquierda—, vamos a colocarte en el centro del cuarto para que podamos estar todos juntos.

Trevor le dio al habano mientras su hija empujaba su silla, intentando aparentar la misma tranquilidad que al entrar en la habitación, pero yo me daba cuenta de que empezaba a acusar la situación. El miedo había penetrado en su orgulloso pecho, en sus fríos ojos y en su cascada mandíbula.

Desirée lo empujó hasta el otro lado del escritorio, donde el viejo se quedó de cara a mí. Ahí estábamos los dos, en nuestra sillita, preguntándonos si alguna vez podríamos volver a levantarnos.

—¿Cómo se siente uno, señor Kenzie? —me preguntó Trevor—. Atado, impotente, sin saber qué respiro será el último...

—Usted sabrá, Trevor.

Desirée se apartó de nosotros y se acercó a Julian. Ambos cuchichearon unos instantes sin que ella dejara de apuntar a la cabeza de su padre.

—Usted es el más astuto —dijo Trevor en voz baja, inclinándose hacia adelante—. ¿Alguna sugerencia?

—Mire, Trevor, yo diría que está usted bien jodido.

Me señaló con el cigarro:

—Igual que usted, joven.

—Yo no estoy tan mal.

Alzó las cejas ante mi cuerpo momificado:

—¿De verdad? Me temo que se equivoca. Pero igual si unimos nuestros esfuerzos...

—Una vez conocí a un tipo que acosaba sexualmente a su hijo, que mandó asesinar a su mujer y que provocó una guerra de bandas en Roxbury y Dorchester que se cobró las vidas de dieciséis críos, por lo menos.

—¿Y? —preguntó Trevor.

—Y me caía mejor que usted —le dije—. No mucho mejor, claro está. Quiero decir... El tipo era un mierda y usted también lo es, pero hablo desde el punto de vista de alguien que tiene que elegir entre dos clases de cucarachas inmundas. En todo caso, aquel tío era pobre e inculto, y la sociedad le había demostrado de mil maneras distintas lo mucho que pasaba de él. Pero usted, Trevor, usted ha tenido todo lo que un hombre pueda desear. Y no ha sido suficiente. Tuvo que comprar a su mujer como el que compra una vaca. Tuvo que coger a un bebé al que había traído a este mundo y convertirlo en un monstruo. El sujeto del que le hablo era responsable de la muerte de unas veinte personas, que yo sepa. Puede que muchas más. Y me lo cargué como a un perro. Porque eso es lo que se merecía. ¿Pero usted? Yo creo que ni con una calculadora podría echar la cuenta de la gente que ha muerto por su culpa. Por no hablar de ésos a los que les jodió la vida o se la hizo imposible durante años.

—¿También me mataría como a un perro, señor Kenzie? —sonrió.

Negué con la cabeza:

—Más bien como a un tiburón de ésos con los que te cruzas cuando haces pesca submarina. Me lo subiría al barco y le daría de garrotazos hasta que perdiera el sentido. Luego le rajaría la tripa y lo volvería a echar al agua, para ver cómo se lo comían vivo los tiburones más grandes.

—Vaya, vaya. Menudas ideas tiene usted...

Desirée se acercó a nosotros:

—¿Pasándolo bien, caballeros?

—El señor Kenzie me estaba explicando las sutilezas del concierto de Brandenburgo, de Bach. Y la verdad, querida, es que ahora lo entiendo todo mucho mejor.

Ella le dio un golpe en la sien:

—Eso está muy bien, papá.

—Bueno, ¿y qué piensas hacer con nosotros? —le preguntó Trevor.

—¿Te refieres a después de mataros?

—Me estaba haciendo ciertas preguntas al respecto. No sé para qué tienes que departir con mi querido sirviente, el señor Archerson, acerca de si todo va según lo convenido. Tú eres meticulosa, Desirée, porque yo te entrené para que lo fueras. Si necesitabas despachar con el señor Archerson, debe de ser porque te has encontrado una mosca en la sopa. —Me miró—. ¿No tendrá algo que ver con el astuto señor Kenzie?

—Es la segunda vez que me llama astuto —dije.

—Le acabará gustando —me aseguró Trevor.

—Patrick —intervino Desirée—, tú y yo tenemos cosas de las que hablar, ¿no es cierto? —Giró la cabeza hacia atrás—. Julian, ¿puedes llevarte al señor Stone a la despensa y encerrarlo?

—¡La despensa! —se entusiasmó Trevor—. Me encanta la despensa. Toda esa deliciosa comida en lata...

Julian colocó las manos sobre sus hombros:

—Ya conoce usted mi fuerza, señor. No me obligue a utilizarla.

—Ni se me ocurriría —le aseguró Trevor—. A por las latas, Julian. Arreando.

Julian lo sacó de la habitación, y pude escuchar el quejido de la silla de ruedas sobre el mármol mientras pasaban junto a la escalinata en dirección a la cocina.

—¡Todos esos jamones! —clamaba Trevor—. ¡Todos esos puerros!

Desirée se me sentó encima y me clavó la pistola en la oreja izquierda:

—Al fin solos.

—¿A que es romántico?

—Lo de Danny... —entonó.

—¿Sí?

—¿Dónde está?

—¿Dónde está mi socia?

Sonrió.

—En el jardín.

—¿En el jardín?

Asintió:

—Enterrada hasta el cuello —miró por la ventana—. Uy, espero que no nieve.

—Desentiérrala —le dije.

—No.

—Entonces, despídete de Danny.

Le bailaban cuchillos en los ojos:

—Déjame adivinarlo... A no ser que hagas una llamada a cierta hora, la palma y bla, bla, bla.

Miré el reloj que colgaba de la pared, a su espalda, mientras ella se acomodaba sobre mis muslos:

—No exactamente. Le pegarán un balazo en cosa de media hora, tanto si llamo como si no.

Se le tensó un poco más la cara, me agarró con fuerza del pelo y me clavó la pistola en la oreja de tal forma que pensé que me saldría por la otra.

—Más vale que hagas esa llamada —dijo.

—No. Una llamada telefónica no podrá impedir la ejecución por la sencilla razón de que el tío que vigila a Danny no tiene teléfono. O me presento en su puerta dentro de treinta minutos... perdón, veintinueve, o el mundo tendrá un abogado menos. Pero, total, ¿quién va a echar de menos a un picapleitos?

—¿Y qué sacas tú de su muerte?

—Nada —reconocí—. Me matarás haga lo que haga.

—¿Te has olvidado de tu socia? —meneó la cabeza en dirección a la ventana.

—Venga, Desirée, seguro que ya te la has cargado.

La miré a los ojos mientras respondía.

—No, no lo he hecho.

—Pruébalo.

Se echó a reír y se echó hacia atrás sin abandonar mis muslos.

—Que te jodan, colega —me señaló con el dedo—. Se te empieza a notar desesperado, Patrick.

—A ti también, Desirée. Si pierdes al abogado, lo pierdes todo. Mata a tu padre, mátame a mí, da igual, te quedas con dos millones. Y ambos sabemos que eso no te basta. —Moví la cabeza para apartarme de la pistola, que acabó contra mi mejilla—. Veintiocho minutos —dije—. Después de eso, te pasarás la vida recordando lo cerca que estuviste de pillar un billón de dólares. Y viendo cómo se lo gastan otros.

Me golpeó con la pistola en la cabeza tan fuerte que todo a mi alrededor se puso de color rojo y empezó a dar vueltas.

Desirée saltó de mis muslos y me dio un bofetón en toda la cara.

—¿Crees que no te conozco? —gritó—. ¿Eh? ¿Crees que no...?

—Creo que te falta un abogado, Desirée —la corté yo—. Eso es lo que creo.

Otro sopapo, esta vez acompañado de arañazos en la mejilla izquierda.

Amartilló la pistola, colocó el cañón entre mis cejas y me gritó en plena cara con una boca que no era más que un agujero inmundo del que sólo salía una furiosa insolencia. Echaba espuma por la boca y no paraba de berrear mientras el índice se le iba poniendo morado en torno al gatillo. Había tanta violencia en sus gritos que el cráneo me dolía y las orejas me ardían.

—Te vas a morir, joder —me dijo con una voz desquiciada.

—Veintisiete minutos —repuse.

Julian apareció a la carrera y ella le apuntó con su arma.

Levantó las manos:

—¿Algún problema, señorita?

—¿Cuánto tardarías en llegar a Dorchester? —preguntó ella.

—Media hora —respondió Julian.

—Tienes veinte minutos. Vamos al jardín, a enseñarle al señor Kenzie a su socia —bajó la vista para mirarme—. Y luego, Patrick, nos darás la dirección de tu amigo.

—Julian no saldrá vivo de ahí.

Levantó la pistola como para arrearme de nuevo, pero se detuvo a medio camino.

—Deja que él se preocupe de eso —siseó—. La dirección a cambio de ver a tu socia, ¿vale?

Asentí.

—Desátalo.

—¿Querida?

—Ni «querida» ni hostias, Julian —se apoyó en el respaldo de la silla—. Desátalo.

338

—No me parece una medida muy inteligente —protestó el sirviente.

—Julian, dime qué otra opción tengo.

Pero Julian no tenía respuesta para eso.

Primero, sentí una liberación en el pecho. Luego en las piernas. Las sábanas cayeron al suelo delante de mí.

Desirée me sacó de la silla a pistoletazos en la coronilla. Luego me clavó el cañón de la pistola en el cuello.

—Vamos.

Julian cogió una linterna que había en una estantería y abrió las puertas que daban al patio de atrás. Le seguimos mientras giraba a la izquierda y la luz bailaba sobre la hierba por delante de él.

Con Desirée agarrándome por el pelo mientras mantenía la pistola contra mi cuello, me veía obligado a agacharme para estar a su altura. Salimos del césped y enfilamos un corto sendero que rodeaba un cobertizo junto al que había una carretilla del revés. Luego atravesamos unos matorrales y fuimos a parar al jardín.

Para no desentonar con el resto del lugar, era enorme: por lo menos, del tamaño de un campo de fútbol y limitado por los tres lados con setos de una altura de un metro y medio. Pasamos por encima de un rollo de plástico situado a la entrada y la linterna de Julian fue pegando saltos entre la tierra helada y los montones de hierba que habían sobrevivido al crudo invierno. Un movimiento repentino al fondo, a la derecha, nos llamó la atención, y Desirée me detuvo con un buen tirón de pelo. La luz de la linterna enfocó a la derecha, luego a la izquierda y acabó alumbrando a una liebre flaca y muerta de frío que atravesó el círculo de luz y se esfumó entre los setos.

—Mátala —le dije a Desirée—. Igual lleva algo de dinero.

—Cállate. Julian, date prisa.

—Querida...

—No me llames «querida».

—Tenemos un problema, querida.

Julian dio un paso atrás. La linterna iluminaba un agujero vacío de casi dos metros de profundidad y unos cuarenta centímetros de anchura.

Puede que el agujero hubiera estado de lo más pulcro hacía un rato, pero alguien lo había enguarrado a conciencia al salir de él. Había rastros de tierra en el suelo y todo tipo de porquería esparcida alrededor del orificio. La persona que había salido de allí no sólo había hecho esfuerzos sobrehumanos para conseguirlo, también se había cabreado lo suyo.

Desirée miró a derecha e izquierda:

—Julian...

—¿Sí? —dijo el sirviente atisbando el fondo del agujero.

—¿Cuándo fue la última vez que la vigilaste?

Julian consultó su reloj de pulsera:

—Hace una hora, por lo menos.

—Una hora.

—A estas alturas —dijo Julian—, puede que ya haya encontrado un teléfono.

Desirée hizo una mueca:

—¿Dónde? La casa más cercana está a cuatrocientos metros y sus propietarios están pasando el invierno en Niza. Va cubierta de barro. Está...

—En esta casa —la interrumpió Julian, mirando por encima del hombro hacia la mansión—. Podría estar dentro de *esta* casa.

Desirée meneó la cabeza:

—Sigue por aquí fuera. Lo sé. Está esperando a su novio. ¿No es verdad? —le gritó a la oscuridad—. ¿No es verdad?

Algo hizo un ruido a nuestra izquierda. Puede que el sonido viniera de los setos, pero era difícil precisarlo con el mar rugiendo a veinte metros de distancia, al otro lado del jardín.

Julian se inclinó junto a una fila de matojos altos.

—No estoy seguro —dijo lentamente.

Desirée apuntó con la pistola hacia su izquierda y me soltó el cabello:

—Los focos, Julian. Podemos encender los focos.

—No lo veo muy claro —dijo Julian.

El viento, o tal vez el ruido del mar, me entró en la oreja.

—Maldita sea —dijo Desirée—. ¿Cómo habrá podido...?

Y algo hizo ese tipo de ruido húmedo que hace un zapato al pisar un charco helado.

—Oh, no —dijo Julian mientras enfocaba con la linterna su propio pecho y veía cómo le salían del esternón las brillantes cuchillas de unas tijeras de podar.

—Oh, no —repitió. Y se quedó mirando el mango de madera de las tijeras de podar como si esperara que le diera una explicación.

Acto seguido, la linterna fue a parar al suelo y él se vino abajo. La punta de las cuchillas le salió por la espalda. Parpadeó una sola vez, con el mentón pegado a la tierra, y exhaló el último suspiro. Se acabó.

Desirée giró el arma hacia mí, pero le salió disparada de la mano cuando le golpeó en la muñeca el mango de una azada.

—¿Qué pasa? —dijo.

Y giró la cabeza a la izquierda mientras Angie emergía de la oscuridad, cubierta de barro de la cabeza a los pies, y le pegaba tal puñetazo en mitad de la cara que estoy convencido de que perdió el conocimiento mucho antes de tocar tierra.

41

Me quedé de pie, junto a la ducha del cuarto de baño para invitados de la planta baja, mientras el agua recorría el cuerpo de Angie y se llevaba por delante los restos de la suciedad. Mi socia se pasó una esponja por el brazo izquierdo y el jabón se le deslizó por el codo y se quedó ahí un momento, cual largas lágrimas, antes de caer sobre el suelo de mármol. Acto seguido, Angie se concentró en el otro brazo.

Yo creo que se había lavado cada parte del cuerpo cuatro veces desde que llegamos ahí, pero el espectáculo me seguía pareciendo lleno de matices.

—Le rompiste la nariz —le dije.

—¿Ah, sí? ¿Tú ves que haya champú por aquí?

Utilicé una toallita para abrir el armario de las medicinas. Envolví con la toallita un frasco pequeño de champú y me puse un poco en la palma de la mano antes de regresar junto a la ducha.

—Date la vuelta.

Obedeció y yo le pasé el champú por el pelo, sintiendo los rizos mojados en torno a mis dedos y el jabón alcanzando sus raíces mientras yo le masajeaba el cráneo.

—Me gusta —dijo.

—No me digas.

—¿Tiene muy mala pinta? —Se inclinó hacia adelante y yo aparté las manos de su cabello mientras ella levantaba los brazos y se ponía a rascarse la pelambrera con una fuerza que yo no emplearía jamás en mi propio cabello, pues me gustaría llegar a los cuarenta en su compañía.

Me aclaré el champú de las manos en el lavabo:

—¿El qué?

—Su nariz.

—Muy mala —reconocí—. Parece una patata.

Volví a la ducha mientras Angie ponía la cabeza bajo el agua y la blanca espuma del jabón le caía en cascada por la espalda.

—Te quiero —me dijo con los ojos cerrados, la cabeza bajo la ducha y las manos apartando el agua de las sienes.

—¿De verdad?

—De verdad —echó la cabeza hacia atrás y extendió la mano hacia la toalla que yo le ofrecía.

Cerré el grifo y ella se secó la cara, parpadeó un poco y se topó con mis ojos. Aspiró el agua de la nariz y se secó el cuello con la toalla.

—Cuando el Siniestro cavó el hoyo, lo hizo demasiado hondo. Y cuando me tiró ahí, uno de mis pies tropezó con una piedra que sobresalía de uno de los lados y que estaba como a unos quince centímetros del fondo. Conclusión: tuve que tensar cada músculo del cuerpo para mantener el pie en ese pequeño saliente. Y no fue fácil, pues no podía dejar de mirar a ese capullo que me iba echando tierra encima sin mostrar la más mínima emoción en el rostro. —Se bajó la toalla de los pechos a la cintura—. Date la vuelta.

Me di la vuelta y me quedé de cara a la pared mientras ella se secaba.

—Veinte minutos. Eso es lo que necesitó para llenar el agujero. Y se aseguró de que me quedara bien ceñido. Por lo menos, en los hombros. Ni pestañeó cuando le escupí a la cara. ¿Me secas la espalda?

—Por supuesto.

Me di la vuelta y Angie me pasó la toalla mientras salía de la ducha. Le froté los hombros y los músculos de la espalda mientras ella se recogía el cabello con ambas manos e improvisaba un moño.

—Aunque estaba subida a esa especie de repisa natural, aún tenía bastante tierra por debajo. Al principio no me podía mover, cosa que me aterrorizó, pero entonces supe qué era lo que me ayudaba a sostenerme sobre una piedra con un solo pie durante veinte minutos mientras aquel muerto viviente me enterraba viva.

—¿Y qué era?

Se me echó en brazos.

—Tú. —Deslizó su lengua sobre la mía por un instante—. Nosotros. Bueno, ya sabes... esto. —Me dio un golpecito en el pecho y recuperó la toalla—. Y me dediqué a menearme y a agitarme y cada vez caía más tierra a mis pies y seguí dale que te pego y... pues como tres horas después, empecé a hacer algún progreso.

Sonrió y la besé. Los labios chocaron contra sus dientes, pero qué se le va a hacer.

—Tenía tanto miedo... —dijo abrazándome.

—Lo siento.

Se encogió de hombros.

—No era culpa tuya. Yo la cagué esta mañana, mientras seguía a Desirée. No me di cuenta de que el Siniestro me seguía a mí.

Nos besamos y mi mano dio con unos restos de agua en su espalda que se me habían pasado por alto. Tenía ganas de abrazarla tan fuerte que desapareciera dentro de mí, o al revés.

—¿Dónde está la bolsa? —me preguntó cuando por fin nos separamos.

La levanté del suelo del cuarto de baño. Dentro estaba su ropa sucia y el pañuelo que habíamos usado para limpiar sus huellas del mango de la azada y de las tijeras de podar. Angie echó la toalla dentro de la bolsa y yo añadí la toallita que había usado. Acto seguido, Angie cogió una sudadera del montoncito de ropa de Desirée que yo había dejado sobre la tapa del retrete y se la puso. Luego se hizo con unos tejanos, un par de calcetines y unas bambas.

—Las zapatillas son de un número más, pero todo lo demás me va bien —dijo—. Y ahora vamos a ver a esos mutantes.

Salió del baño y yo la seguí con la bolsa de basura en la mano.

Empujé a Trevor al interior del estudio mientras Angie subía a ver cómo estaba Desirée.

Nos detuvimos frente al escritorio y Trevor me estuvo mirando mientras yo utilizaba otro pañuelo para limpiar los flancos de la silla a la que había estado atado.

—Borrando las huellas de su presencia en esta casa —comentó—. Muy interesante. ¿Y cómo piensa hacerlo? Porque lo del criado muerto... Supongo que está muerto, ¿no?

—Supone usted bien.

—¿Y cómo piensa explicar eso?

—La verdad es que me da igual. No creo que nos relacionen.

—Muy astuto —dijo—. Así es usted, joven.

—E implacable —precisé—. No se olvide de por qué nos contrató.

—Oh, claro. Pero «astuto» suena mejor. ¿No le parece?

Me apoyé en el escritorio, con las manos cruzadas a la altura del regazo, y lo contemplé:

—Se hace usted muy bien el tonto cuando le conviene, Trevor.

Hizo un gesto en el aire con el trozo de cigarro que aún le quedaba:

—Todos necesitamos recurrir a ciertos truquillos de vez en cuando.

Asentí:

—Me está usted enterneciendo.

Sonrió.

—Pero a mí no me engaña.

—¿No?

Negué con la cabeza:

—Demasiada sangre mancha sus manos.

—Todos tenemos las manos manchadas de sangre —dijo—. ¿Se acuerda de cuando se puso de moda deshacerse de los Krugerrands y boicotear todo lo que venía de Sudáfrica?

—Por supuesto.

—La gente quería sentirse buena. A fin de cuentas, ¿qué es un Krugerrand comparado con una injusticia del calibre del apartheid, eh?

Bostecé.

—Pero al mismo tiempo que esos simpáticos y justicieros americanos boicotean a Sudáfrica o el tráfico de pieles de animales o lo que se les ocurra boicotear un día de éstos, hacen la vista gorda ante los procesos por los que consiguen el café de Sudamérica o de América Central, la ropa de Indonesia o de Manila, la fruta de Oriente Medio o cualquier cosa que provenga de China. —Le dio una buena calada al habano y se me quedó mirando a través del humo que exhalaba—. Ya sabemos cómo funcionan esos gobiernos, cómo se enfrentan a la disidencia, cómo muchos de ellos utilizan esclavos; sabemos lo que le hacen a cualquiera que ponga en peligro sus provechosos chanchullos con las empresas norteamericanas. Y no nos limitamos a hacer la vista gorda, sino que más bien les damos ánimos. Porque todo el mundo quiere sus suaves camisas, su café, sus bambas de lujo, su azúcar y su melocotón en almíbar. Y todo eso lo consigue gente como yo. Sostenemos a esos gobiernos y así mantenemos a raya los costes de producción y ayudamos al ciudadano a ahorrar. —Sonrió—. ¿No somos estupendos?

Levanté la mano buena y la dejé caer sobre el muslo varias veces, consiguiendo exactamente el mismo ruido que habría obtenido aplaudiendo con ambas manos.

Trevor siguió sonriendo y chupando su habano.

Pero yo seguí aplaudiendo. Aplaudí hasta que me dolía el muslo y no notaba la mano. Aplaudí y aplaudí, llenando esa enorme estancia con el sonido de la carne contra la carne, hasta que los ojos de

Trevor perdieron su alegría, el cigarro se le quedó colgando de la mano y dijo:

—Vale. Ya puede parar.

Pero yo seguí aplaudiendo, con una mirada muerta clavada en su jeta, no menos muerta.

—Ya está bien, joven.

Clap, clap, clap, clap, clap, clap.

—¿Podría dejar de hacer ese ruido tan molesto?

Clap, clap, clap, clap, clap, clap.

Se levantó de la silla y yo utilicé el pie para volverlo a sentar. Me incliné sobre él mientras incrementaba el ritmo y la fuerza de mi mano contra el muslo. Trevor cerró los ojos. Yo me puse a dar puñetazos contra el brazo de su silla de ruedas, arriba y abajo, arriba y abajo, arriba y abajo, arriba y abajo, cinco golpes por segundo, una y otra vez. Y los párpados de Trevor se cerraron aún más.

—Bravo —acabé diciendo—. Es usted el Cicerón de los grandes chorizos, Trevor. Enhorabuena.

Abrió los ojos.

Me apoyé de nuevo en el escritorio.

—La verdad es que en estos momentos no pienso en la hija del capataz a la que hizo despedazar. No pienso en todos esos misioneros y monjas enterrados de cualquier manera, con un balazo en la nuca, porque le alborotaban el orden en alguna de sus repúblicas bananeras. Ni siquiera me importa que comprara a su esposa y le diera una vida infernal.

—¿Qué es entonces lo que le importa, señor Kenzie?

Se llevó el cigarro a los labios y yo se lo arranqué de un manotazo, dejando que se muriera de asco en la alfombra.

—Me importan Jay Becker y Everett Hamlyn, inútil de mierda.

Parpadeó porque le estaba saliendo sudor en las pestañas:

—El señor Becker me traicionó.

—Porque cualquier otra cosa habría sido un pecado mortal.

—El señor Hamlyn iba a llamar a las autoridades para informar de mis asuntos con el señor Kohl.

—Porque usted destruyó un negocio que a él le había costado toda una vida levantar.

Se sacó un pañuelo del bolsillo interior de la chaqueta y estuvo un minuto tosiendo en él.

—Me estoy muriendo —dijo.

—Ni hablar —le contradije—. Si de verdad creyera que se está muriendo, no habría matado a Jay. No habría matado a Everett. Pero si cualquiera de los dos le hubiera llevado a juicio, usted no podría meterse en su cámara criogénica, ¿verdad? Y para cuando pudiese hacerlo, ya no le quedaría cerebro, se le habrían frito todos los órganos y sería una pérdida de tiempo congelarle.

—Me estoy muriendo —repitió.

—Pues sí —le di la razón—. Ahora sí. ¿Pero y a mí qué, señor Stone?

—Tengo dinero. Dígame cuál es su precio.

Me incorporé y apagué el cigarro de un taconazo.

—Valgo dos billones de dólares.

—Sólo tengo uno.

—Qué lastima... —dije mientras lo sacaba del estudio en dirección a la escalinata.

—¿Qué va a hacer? —preguntó.

—Menos de lo que usted se merece —le informé—. Pero más de lo que puede aguantar.

42

Ascendimos lentamente la escalinata. Trevor se apoyaba en el pasamanos, deteniéndose a reposar de vez en cuando y respirando con dificultad.

—Esta noche le oí venir y vi cómo entraba en el estudio —le dije—. Caminaba usted mucho mejor entonces.

Me ofreció el rostro torturado de un mártir:

—Viene a ramalazos —me dijo—. El dolor.

—Usted y su hija —comenté— son de los que nunca se dan por vencidos, ¿verdad? —Sonreí y meneé la cabeza.

—Rendirse es morir, señor Kenzie. Doblarse es quebrarse.

—Errar es humano, perdonar es divino. Podríamos seguir en este plan durante horas y horas. Venga, le toca a usted.

Llegó exhausto al descansillo.

—A la izquierda —le dije mientras le devolvía el bastón.

—Por el amor de Dios —se quejó—. ¿Qué piensa hacer conmigo?

—Al final del pasillo, tuerza a la derecha.

La mansión estaba construida de tal manera que la parte trasera daba al este. El estudio de Trevor y su sala de juegos del primer piso tenían vistas al mar. Lo mismo sucedía, en la segunda planta, con el dormitorio principal y la habitación de Desirée.

En el tercer piso, por el contrario, sólo una habitación tenía vistas al agua. Ventanas y paredes podían ser desmontadas y, durante el verano, se colocaba un raíl en los extremos del parqué, se quitaban los listones del techo para que se viera el cielo y se pegaban al suelo unas planchas de madera para proteger el parqué. Estoy convencido de que no era tarea fácil desmontar esa habitación cada soleada mañana de verano para volverla a montar y protegerla del tiempo inclemente cada vez que a Trevor le daba por irse a la cama de noche. Pero no era él quien tenía que preocuparse de esos asuntos. Para eso estaban el Fardón y el Siniestro, supuse, o los sirvientes de éstos.

En invierno, la habitación estaba decorada como un estudio de pintor francés antiguo, con sillones dorados Luis XIV y lujosos canapés, ricos bordados y mullidos divanes, frágiles mesitas de té con incrustaciones de oro y lienzos protagonizados por aristócratas de ambos sexos hablando de ópera, de las utilidades de la guillotina o de cualquier otra cosa típica de la nobleza durante los últimos días de sus seculares privilegios.

—Vanidad —dije contemplando la nariz rota y abollada de Desirée y la desarbolada mitad inferior del rostro de Trevor—. Eso es lo que destruyó a las clases altas francesas. Eso fue lo que aceleró la revolución y envió a Napoleón a Rusia. Por lo menos, eso me contaron los jesuitas. —Miré a Trevor—. ¿Me equivoco?

Se encogió de hombros:

—Un poco simplista, pero no le falta razón.

Tanto él como Desirée estaban atados a una silla en sendos extremos de la habitación. Veinticinco metros de suelo los separaban. Angie andaba por el ala oeste del primer piso, recogiendo cosas.

—Necesito que me vea un médico —dijo Desirée.

—En estos momentos, andamos un poco escasos de cirujanos plásticos.

—¿Era un farol? —preguntó.

—¿El qué?

—Lo de Danny Griffin.

—Pues sí, todo un farolazo.

Se sopló un mechón de pelo que le había caído sobre la cara y se dio la razón a sí misma con la cabeza.

Angie apareció por la habitación y nos pusimos a apartar los muebles a los lados, dejando un buen trecho de parqué entre Desirée y su padre.

—¿Has medido la habitación? —le pregunté a mi socia.

—Por supuesto. Mide exactamente veintiocho metros de longitud.

—No sé si podría lanzar una pelota de rugby a veintiocho metros. ¿A cuánto está de la pared la silla de Desirée?

—A dos metros.

—¿Y la de Trevor?

—Igual.

Le miré las manos:

—Bonitos guantes.

Angie levantó las manos:

—¿Te gustan? Son de Desirée.

Levanté la mano buena, también enguantada:

—Son de Trevor. Piel auténtica, creo. Suaves y cómodos.

Angie echó mano al bolso y sacó dos pistolas. Una de ellas era una Glock 17 austriaca de nueve milímetros. La otra, una Sig Sauer P226 alemana, también de nueve milímetros. La Glock era negra y ligera. La Sig Sauer era de una aleación de aluminio plateado y pesaba un poquito más.

—Había mucho donde elegir en el armero —me informó Angie—, pero éstas me parecieron las más adecuadas para nuestros intereses.

—¿Y los cargadores?

—En el de la Sig caben quince balas. En el de la Glock, diecisiete.

—Y una en la recámara de ambas pistolas, claro está.

—Evidentemente. Pero las recámaras están vacías.

—¿Pero qué están tramando, por el amor de Dios? —clamó Trevor.

Pero le ignoramos.

—¿Cuál de los dos te parece que es más fuerte? —le pregunté a Angie.

Y ella los miró a ambos:

—No es fácil decirlo. Desirée es más joven, pero Trevor tiene unas manos muy potentes.

—Coge la Glock.

—Con mucho gusto —me pasó la Sig Sauer.

—¿Preparada? —dije mientras me ponía la culata de la Sig Sauer entre el brazo chungo y el pecho y usaba la mano buena para deslizar un proyectil en la recámara.

Angie apuntó la Glock al suelo e hizo lo propio:

—Preparada.

—¡Esperen! —gritó Trevor mientras yo cruzaba el suelo con el arma extendida y apuntándole directamente a la cabeza.

En el exterior, rugían las olas y las estrellas centelleaban.

—¡No! —chilló Desirée mientras Angie avanzaba hacia ella con el arma extendida en su dirección.

Trevor empezó a pelearse con las cuerdas que lo ataban a la silla.

Torció la cabeza a la izquierda, después a la derecha, luego otra vez a la izquierda.

Pero yo seguía adelante.

Podía oír el ruido que hacía Desirée con la silla contra el suelo mientras seguía el ejemplo de su padre. En torno a éste, la habitación parecía encogerse a medida que me acercaba a él. Estiraba la cabeza de manera imposible mientras los ojos se le movían de un lado a otro de forma espasmódica. Sudaba a chorros y sufría convulsiones en las mejillas. Los labios blancuzcos se le clavaban en los dientes. Y aullaba.

Llegué junto a su silla y le puse la pistola en la punta de la nariz:

—¿Qué se siente?

—No —suplicó—. Por favor.

—¿Que qué se siente? —le gritó Angie a Desirée desde el otro extremo de la sala.

—¡No lo hagas! —bramó Desirée—. ¡No lo hagas!

—Creo que le acabo de hacer una pregunta —le dije a Trevor.

—Yo...

—¿Qué se siente?

Sus ojos se clavaron en ambos lados del cañón mientras unas venas rojas parecían a punto de reventarle las córneas.

—Respóndame.

Empezó a farfullar. Se le tensaron los labios. Se le marcaron violentamente las venas del cuello.

—¡Es una puta mierda! —gritó.

—Pues sí que lo es —le di la razón—. Eso es lo que pensó Everett Hamlyn al morir. Que era una mierda. Así se sintió Jay Becker. Así es cómo se sintieron su esposa y aquella niña de seis años a la que hizo despedazar. Como una mierda, Trevor. Como si no fueran nada.

—No me dispare —rogó mientras se echaba a llorar—. Por favor. Por favor.

Aparté el arma:

—No voy a dispararle, Trevor.

Mientras me miraba sorprendido, dejé caer el peine de la pistola en el cabestrillo. Apreté el arma contra mi muñeca herida y conseguí sacar la bala de la recámara. Me agaché, la recogí y me la guardé en el bolsillo.

Mientras Trevor se sentía cada vez más confuso, le quité el percutor al arma y lo dejé sobre el cabestrillo. Luego desmonté la cobertura del cañón. La mantuve en alto para que Trevor la viera y la deposité también en el vendaje. Finalmente, desmonté también el cañón y lo puse junto a las otras piezas.

—Cinco piezas —le dije a Trevor—. Eso es todo. El peine, el

percutor, la cobertura del cañón, el cañón y la culata. Supongo que usted sabe montar y desmontar pistolas, ¿verdad?

Asintió.

Giré la cabeza para hablar con Angie:

—¿Qué tal se le da a Desirée lo de montar y desmontar?

—Yo creo que papá se lo enseñó muy bien.

—Estupendo —me volví hacia Trevor—. Como supongo que ya sabe, la Glock y la Sig Sauer son armas idénticas en lo que respecta al montaje y desmontaje.

Asintió:

—Me consta.

—Magnífico.

Sonreí y me di la vuelta. Conté quince pasos al andar, me detuve y saqué las piezas del arma del cabestrillo. Las coloqué ordenadamente en el suelo, en línea recta, dejando un espacio entre una y otra.

Luego crucé el suelo hacia Angie y Desirée. Me quedé junto a la silla de ésta, me di la vuelta y conté otros quince pasos a partir de la silla. Angie se vino conmigo y colocó las cinco piezas de la Glock desmontada en línea recta sobre el suelo.

Volvimos hasta donde estaba Desirée. Angie le desató las manos del respaldo de la silla y luego se agachó y le apretó los nudos en torno a los tobillos.

Desirée me miró y optó por respirar con fuerza por la boca a falta de poder hacerlo por la nariz hecha polvo.

—Estás loco —me dijo.

Asentí:

—Tú quieres ver muerto a tu padre. ¿Correcto?

Apartó la mirada de mí y la plantó en el suelo.

—Eh, Trevor —grité—. ¿Todavía quiere ver muerta a su hija?

—Con toda la energía que me queda —respondió.

Miré a Desirée y ella torció la cabeza y me contempló a través de unos párpados entreabiertos y el pelo que se le había desplomado sobre la cara.

—Así está el patio, Desirée —le dije mientras Angie le desataba los brazos a Trevor y comprobaba los nudos de sus tobillos—. Ambos estáis atados por los pies. Trevor un poco menos que tú, pero tampoco mucho. Supongo que es algo más lento que su hijita, así que le he dado cierta ventaja. —Señalé hacia el bien pulimentado suelo—. Ahí están las pistolas. Haceos con ellas, montadlas y que Dios reparta suerte.

—No puedes hacer esto —me dijo.

—Desirée... Lo de «no poder» es un concepto moral. Deberías saberlo. Los humanos *podemos* hacer lo que nos salga de las narices. Ahí estás tú para probarlo.

Caminé hasta el centro de la sala, junto a Angie, y ahí nos quedamos los dos, mirando a nuestros prisioneros mientras flexionaban las manos y se preparaban.

—Si a alguno de vosotros se le ocurre la brillante idea de unir fuerzas en contra nuestra —les advirtió Angie—, sabed que estaremos de camino a la redacción del *Boston Tribune*. Así que no perdáis el tiempo. El que sobreviva de vosotros —si es que sobrevive alguien—, lo mejor que puede hacer es pillar un avión. —Me dio un codazo—. ¿Algo que añadir?

Me los quedé mirando a los dos mientras se secaban las palmas de las manos en los muslos, flexionaban los dedos un poco más y se inclinaban hacia la soga que les ataba los tobillos. El parecido genético resultaba evidente en sus movimientos corporales, pero era aún más notorio en esos ojos de jade que compartían. Lo que vivía en ellos era avaricioso, recalcitrante y carente de moral. Era primitivo y se sentía más a gusto entre el hedor de las cuevas que rodeado de tanta elegancia.

Negué con la cabeza.

—Que lo paséis muy bien en el infierno —dijo Angie.

Salimos de la habitación y cerramos las puertas tras nosotros.

Fuimos directos a la escalera de servicio y salimos por una pequeña puerta que daba a una esquina de la cocina. Por encima de nosotros, algo arañaba el suelo repetidamente. Acto seguido, oímos un golpe, seguido al momento por otro procedente del otro extremo.

Salimos al exterior y seguimos el sendero a lo largo del jardín trasero mientras el mar se iba calmando.

Cogí las llaves que había recuperado de Desirée y, tras atravesar el jardín, llegamos al granero rehabilitado y nos paramos junto a mi Porsche.

Estaba oscuro, pero había un cierto resplandor en la noche, causado por las estrellas. Nos quedamos junto al coche disfrutando de ese resplandor. La maciza residencia de Trevor Stone relucía bajo esa luz. Yo me puse a mirar esa plana extensión de agua negra en el punto en que se unía al cielo y al horizonte.

—Mira —dijo Angie, y señaló un asterisco blanco de luz que cruzaba el oscuro cielo, dejando ascuas tras de sí, dirigiéndose hacia algún punto más allá de nuestra vista, pero sin conseguir alcanzarlo. Se quedó a escasa distancia del objetivo y se deshizo en la nada mientras, a su alrededor, varias estrellas parecían asistir al espectáculo sin poner mucho interés.

El viento que había estado aullando desde el océano al llegar yo, se había callado. La noche era de una quietud inverosímil.

El primer disparo sonó como un petardo.

El segundo sonó igual.

Nos quedamos a la espera, pero lo único que reemplazó los disparos fueron el silencio y el sonido distante de unas olas cansadas.

Le abrí la puerta del coche a Angie y ella entró, extendió el brazo y abrió la mía mientras yo rodeaba el vehículo.

Dimos la vuelta, pasamos junto a la fuente iluminada, entre la hilera de robles y rodeamos el pequeño césped con la fuentecilla para pájaros.

Mientras recorríamos el camino de grava blanca, Angie sacó un mando a distancia que había cogido en la casa, apretó un botón y las enormes verjas de hierro —con el escudo familiar y las letras TS en el centro— se abrieron como dos brazos que nos dieran la bienvenida o nos dijeran adiós. Ambos gestos parecen el mismo: todo depende de tu perspectiva.

EPÍLOGO

No nos enteramos de lo que había pasado hasta que volvimos de Maine.

La noche que abandonamos la mansión de Trevor, nos fuimos directamente en coche hacia Cabo Elizabeth, siguiendo la costa, y nos alojamos en un pequeño bungalow con vistas al mar de un hotel cuyos empleados se sorprendieron al ver aparecer a alguien antes de la primavera.

No leímos los periódicos, ni vimos la tele ni hicimos gran cosa a excepción de colgar el cartelito de NO MOLESTAR, recurrir al servicio de habitaciones y quedarnos en la cama por la mañana, contemplando los pájaros que sobrevolaban el Atlántico al final del invierno.

Desirée le había dado a su padre en el estómago, y éste le había disparado a ella en el pecho. Se quedaron tirados en el suelo, mirándose el uno al otro, mientras la sangre abandonaba sus cuerpos y las olas lamían los cimientos de la casa que habían compartido durante veintitrés años.

La policía se mostró sorprendida, tanto por el criado muerto en el jardín como por la evidencia de que tanto el padre como la hija habían sido atados a una silla antes de que se mataran mutuamente. El conductor de limusinas que llevó a Trevor a casa esa noche fue interrogado y puesto en libertad, y la policía no pudo encontrar ninguna prueba de que hubiera habido alguien más en la mansión aparte de las víctimas.

Asimismo, durante la semana que estuvimos fuera, empezó a publicarse la serie de artículos de Richie Colgan sobre Alivio de la Pena y la Iglesia de la Verdad Revelada. De manera inmediata, la Iglesia demandó al *Tribune*, pero a ningún juez se le ocurrió secuestrar el diario y, a finales de esa misma semana, Alivio de la Pena cerró temporalmente las puertas en varios lugares de Nueva Inglaterra y el Medio Oeste.

De todos modos, y mira que lo intentó, Richie nunca descubrió quiénes estaban detrás de P. F. Nicholson Kett. Y el tal Kett no pudo ser localizado.

Pero no nos enteramos de nada de eso en Cabo Elizabeth.

Sólo nos enterábamos de que estábamos juntos, de cómo sonaban nuestras voces, del sabor del champán y de la calidez de nuestra carne.

No hablamos de nada importante, pero fue mi conversación favorita en mucho tiempo. Nos mirábamos el uno al otro, durante largos lapsos de tiempo cargados de erótico silencio, y a menudo nos echábamos a reír al unísono.

Un día, en el maletero de mi coche, encontré un libro con sonetos de Shakespeare. Había sido un regalo de un agente del FBI con el que había trabajado el pasado año en el caso Gerry Glynn. El agente especial Bolton me lo había dado mientras yo estaba sumido en una profunda depresión. Me aseguró que me proporcionaría consuelo. En su momento, no le creí y tiré el libro en el maletero. Pero en Maine, mientras Angie se duchaba o dormía, leí la mayor parte de los poemas; y aunque nunca he sido un gran aficionado a la poesía, me gustaron las palabras de Shakespeare, el flujo sensual de su lenguaje. La verdad es que el hombre parecía saber mucho más que yo: del amor, de la pérdida, de la condición humana, de todo en general.

A veces, por la noche, nos envolvíamos en la ropa que habíamos comprado en Portland el día después de llegar y salíamos al jardín por la puerta trasera del bungalow. Nos abrazábamos para hacer frente al frío y nos llegábamos hasta la playa, donde nos sentábamos en una roca con vistas al oscuro mar e intentábamos impregnarnos de toda esa belleza que nos rodeaba bajo la oscuridad celeste.

El ornamento de la belleza, escribió Shakespeare, resulta sospechoso.

Y estaba en lo cierto.

Pero la belleza en sí misma, sin adornos ni afectaciones, yo creo que es sagrada y que merece nuestra admiración y nuestra lealtad.

Durante esas noches frente al mar, solía cogerle la mano a Angie y llevármela a los labios para besarla. Y a veces, mientras el mar rugía y el cielo se iba haciendo cada vez más oscuro, experimentaba el asombro de los humildes.

Y me sentía de maravilla.

AGRADECIMIENTOS

Mi más honda gratitud a Claire Wachtel y a Ann Rittenberg por encontrar el libro oculto en el manuscrito y por no parar hasta que yo también lo encontré.

Lo poco que sé de pistolas semiautomáticas se lo debo a Jack y Gary Schmock, de la tienda de Quincy, Massachussets, Jack's Guns and Ammo.

Lo que era incapaz de recordar del área de St. Pete/Tampa, del Sunshine Skyway Bridge y de datos concretos de la ley en Florida me fue suministrado por Mal y Dawn Ellenburg. Cualquier error es culpa mía.

Y gracias, como siempre, a quienes leyeron las primeras versiones y me dieron opiniones sinceras al respecto: Chris, Gerry, Sheila, Reva Mae y Sterling.

TÍTULOS DE DENNIS LEHANE EN SERIE NEGRA

SERIE PROTAGONIZADA POR PATRICK KENZIE Y ANGELA GENNARO
(por orden de aparición original)

Un trago antes de la guerra (Serie Negra, 28)
Abrázame, oscuridad (Serie Negra, 72)
Lo que es sagrado
Desapareció una noche
Plegarias en la noche

OTROS TÍTULOS

Mystic River (Serie Negra, 41)
Shutter Island (Serie Negra, 40)
Cualquier otro día (Serie Negra, 39)